北欧神话

李娟 ◎ 主编

中国华侨出版社
北京

图书在版编目（CIP）数据

北欧神话 / 李娟主编 .—北京：中国华侨出版社，2017.12
（世界经典神话丛书 / 李娟主编）
ISBN 978-7-5113-7296-3

Ⅰ.①北… Ⅱ.①李… Ⅲ.①神话—作品集—北欧
Ⅳ.① I530.73

中国版本图书馆 CIP 数据核字（2017）第 318672 号

北欧神话

主　　编 / 李　娟
责任编辑 / 刘雪涛
责任校对 / 高晓华
经　　销 / 新华书店
开　　本 / 787 毫米 ×1092 毫米　1/16　印张 /18　字数 /230 千字
印　　刷 / 三河市华润印刷有限公司
版　　次 / 2022 年 2 月第 1 版第 3 次印刷
书　　号 / ISBN 978-7-5113-7296-3
定　　价 / 48.00 元

中国华侨出版社　北京市朝阳区静安里 26 号通成达大厦 3 层　邮编：100028
法律顾问：陈鹰律师事务所
编辑部：（010）64443056　　64443979
发行部：（010）64443051　　传真：（010）64439708
网　　址：www.oveaschin.com
E-mail：oveaschin@sina.com

前言

在绚丽多姿的世界文化史中，神话故事是现代文明灿烂发展的起点，对世界各地文学文化的发展和繁荣产生了深刻和久远的影响。它如珍珠一般闪闪发光，在世界文学宝库中成为一朵不可多得的奇葩。神话故事构思奇特，风格多样，其丰富的内容和无穷的艺术魅力展现了该民族的历史与价值观。

本丛书以世界范围内广泛流传和为人关注的八大神话派系展开，包括希腊神话、罗马神话、埃及神话、印度神话、北欧神话、非洲神话、俄罗斯神话和中国神话。

各文化派系的神话故事各有特点。如希腊神话中，无论是人是神，都有善良和感性的一面，同样有欲和恶的一面，和凡人很相似。因为这种相似，让他们在理智和情感之间，在神性与人性之间，在公正与偏私之间，留下了广阔的想象空间。

再如北欧神话。北欧神话中的世界不是永恒的，神不是万能的，像神王奥丁，他也需要以一只眼睛为代价穿过迷雾森林，从而得到大智慧。另外，北欧神话相信当万物消亡时，新的生命将再次形成，世界上的一切都是无限循环的。

……

不同的特点造就了这些神话的多彩多样性。

本丛书立足不同神话的特点，通过搜集整理大量资料，根据中国读者的阅读特点，进行了细致认真地选编和译注，在保证原神话故事民族文化特点的基础上，让阅读更符合国人的习惯，从而加强可读性。

本丛书内容丰富多彩，故事引人入胜，语言精练有趣，人物栩栩如生，是读者了解世界古代文化与文明的窗口。

目录
Contents

第一章　/　创世诸神　　　　　　　　001

第二章　/　主神奥丁　　　　　　　　011

第三章　/　众神之后芙丽嘉　　　　　031

第四章　/　火神和恶作剧之神洛基　　039

第五章　/　雷神索尔　　　　　　　　051

　雷神之锤　　　　　　055
　出访巨人国　　　　　061
　西摩之巨釜　　　　　070
　赛马比赛　　　　　　076
　雷神之锤被盗　　　　080
　交友不慎　　　　　　087

第六章 / 战神铁尔和圣刀	091
第七章 / 蜜醪和美神布拉奇	099
第八章 / 青春女神伊童	109
第九章 / 夏神尼尔德和冬神斯嘉蒂	117
第十章 / 光明之神博德	127
第十一章 / 丰饶之神费雷尔	135
第十二章 / 森林之神威达尔	145
第十三章 / 爱与美之神芙丽雅	149
第十四章 / 命运三女神和生命之烛	163
第十五章 / 海姆达尔和人间的三个阶层	171
第十六章 / 真理与正义之神福尔塞提	177
第十七章 / 西古尔德和女武神布伦修德	183
第十八章 / 死亡女神海拉	219

第十九章 / 奥丁和他的恩赫里亚　　**223**

　　战无不胜的哈拉尔德　　226

　　屠蟒英雄瑞格纳　　231

　　哈尔夫和沃尔格　　245

　　孤胆英雄雅尔哈康　　250

　　神秘的圣矛武士布兰修法　　265

第二十章 / 诸神的黄昏　　**273**

第一章 「创世诸神」

世界之初是一个让人无法分辨方向的太虚之境，没有天，没有地，完全处于混沌和无秩序的状态，无边无际的浓雾笼罩着一切，一片黑暗。不知过了多少岁月，在沙漠的不毛之地中出现了一个弥漫着浓雾和神秘气息的无底深渊。后来，一抹亮光出现在深渊的中心，一道名为"赫威高密尔"的活泉出现了。

深渊之北是一个寒冷刺骨的冰川世界，取名"雾国"——尼夫尔海姆。赫威高密尔泉水流经这里时会凝结成巨大的冰川，冰川在成年累月的积累下变得深不可测。随着时间的推移，冰川越来越高，最终无法承受自己的重量而崩塌并掉入深渊，发出了雷鸣般的巨响。

在深渊之南是一个火的世界，千里赤地，终日烈焰焚天，取名"烈焰之国"——穆斯贝尔海姆。火巨人苏尔铁尔镇守于此，苏尔铁尔有一柄赤红炙热、火星四射的真火巨剑。自古"冰火不相容"，每当冰川滑坡时，苏尔铁尔就会拿起真火巨剑劈向北方涌来的如山巨冰，不仅制造出了惊天动地的巨响，而且还将滚滚热浪引向了北方的尼夫尔海姆。

南方的热风不断地把北方的冰川融化成水，进而变成水蒸气向上升腾，遇到高空的寒气凝结成霜雪飘落而下。就这样，在热风和冰山的相互影响下，水的三种形态在发生不同的变换，最终诞生了霜巨人族之祖——伊米尔和一头名为奥德姆布拉的巨型母牛。奥德姆布拉以寒冰下的岩盐为食物，生产出甜美的乳汁供伊米尔吸食。

一天，一缕人的头发在奥德姆布拉所舔过的岩盐下露了出来。第二天，一个英俊的人头破冰而出。到了第三天，一个高大健壮的人形生物完全暴露了出来，北欧诸神始祖布里就这样诞生了。布里一出世就有了自己的儿子博尔。伊米尔在沉睡中从腋窝下诞生出了一男一女两个巨人，生下了六头巨人苏德高米尔。没多久苏德高米尔就生下了巨人博格米尔。他们就是霜巨人族的祖先。霜巨人族和神族的后代都以奥德姆布拉的乳汁为食，而奥德姆布拉的乳汁终究有限，于是就发动了一场关于食物的争夺战。一场战争后，霜巨人族中的女巨人拜斯迪娜被神族的博尔俘虏了。拜斯迪娜对博尔一见钟情，就留在了神族与其结为夫妻。后来，他们生下了三胞胎，分别为长子奥丁、次子维利、三子伟（奥丁意为"神圣"；维利意为"精神"；伟意为"意志"）。神族在增加了这三兄弟后如虎添翼，打破了僵持的战争局面，霜巨人族的始祖伊米尔最终被神族打倒了。伊米尔在死亡之时伤口流出的血液如同决堤而出的洪流一般泛滥成灾，甚至淹没吞噬了不少自己的后代，只有博格米尔和少数巨人残众侥幸逃脱。他们逃离了世界的中心，在极北之地建立了名叫乔森海姆的王国，一大群霜巨人在那里繁衍生息，卧薪尝胆，伺机复仇。

之后，神族便成为世界的主宰，他们决定重建一个全新的世界，天界的阿瑟（阿瑟在古北日耳曼语中为"擎天柱"之意）诸神作为开拓施工者说："先要有海。"于是，就把伊米尔的血液化为海洋，汗水化为江河湖泊，躯体化为大地，牙齿化为岩石，胡须化为植物，骨骼化为山脉，伊米尔的颅骨被悬放起来化为天穹，脑浆化为云层，给大地带来雨雪霜露，人类居住的中土世界米德加特的墙壁则是由他的眉毛所做成的。有了天就应该有擎天柱，虽然诸神个个身材魁梧，但他们都有着各自的责任——保卫新世界的安定。于是，伊米尔尸体上最先孵化出的四条蛆虫被诸神变为四个强壮的矮人，由他们来扛着天空的四个角，他们分别为奥斯特（东）、苏德（南）、维斯特（西）、诺德（北），此后他们就像擎天柱一样支撑着整个天空。之后，诸神将"烈焰之国"——穆斯贝尔海姆的大小不一的火花镶嵌在天空，化为闪亮的星辰，让其中的一些星辰按一定图案排列形成星座，并让它们按照一定的轨迹运行。太阳和月亮则是其中两股最大的火苗造成的，把它们分别放在金碧辉煌的六轮车上。太阳由两匹分别叫阿瓦可（早醒者）和奥斯温（健步者）的马拖拽。诸神在车前马后打造了一面叫斯瓦凌的巨盾，隔开太阳和马匹，以免太阳炙热灼伤马匹。体积小、热量低的月亮只有一匹名为奥斯维达的马单独拖着。

为了壮大日夜出巡的场面，每当热情奔放的女神苏尔驾驭太阳车飞驰天际时，花草树木便在阳光下抽芽生长。每当夜幕降临后，温文尔雅的曼尼便驾驶月车驶过夜空。紧追月车之后的是前来投诚的霜巨人族诺威之女诺蒂驾驭的黑色霜马车。每天清晨她将黑色霜马车驶入车棚时，黑色霜马鬃毛上洒下的汗水会结成露水洒到地面上。后来曼尼成了月亮之神、诺蒂成了夜之女神。有时，天狼会追赶日神和月神就形成了日食和月食。

诸神颇感欣慰地漫步在焕然一新的世界里，虽说赏心悦目，却觉得并未圆满。在这片广袤的土地上，虽然树木葱茏、鸟语花香，却没有人情味儿，更没有人来歌颂和肯定诸神的功绩。于是诸神用梣木枝造成男人，用榆树枝造成女人。而后奥丁赋予他们生命与灵魂，维利让他们拥有情感和欲望，伟让他们懂得了仪表和语言。然后让他们在中土世界米德加特繁衍生息。沃达尔边的三个命运女神操纵着人类的健康、财富、命运和生死，她们纺织、测量和剪裁人类的命运之线，裁夺人类健康的好坏、财富的多少以及寿命的长短。

乾坤树伊格特西中间部分的枝干是人类生活的地方。人类所称的高山和峡谷就是树枝表面凹凸不平的地方；湖泊和海洋则是树枝表面凹下去积了水的地方；森林则是树枝上长满了青苔的地方。人类的保护神是阿瑟诸神，他们掌管人类的和平和战争、爱情和婚姻、知识和智慧、力量和财富以及诗歌、历史、狩猎、渔业、海港、生育等各种事务。

在诸神改造新世界的时候，伊米尔残骸的腐肉里面长出了很多尸虫，它们攫取了残骸的精华变成了富有灵性的生物。诸神就将它们改造成具有超人的智慧和魔法的身材矮小的矮人族。这些矮人族根据肤色、性格分为两类。诸神把一些肤色黝黑，生性贪婪好色、奸诈狡猾的矮人放逐于地下的斯瓦塔尔法海姆居住，被称为"黑侏儒"。这些黑侏儒打造的铁器和首饰巧夺天工，且价格公道，诸神让他们永远生活在黑暗中，禁止他们白天到地面活动，否则就会化为石头。诸神对黑侏儒的歧视令他们十分不满，他们一边对诸神阿谀奉承，一边暗中反抗。他们会在打造的武器或首饰上附加诅咒，让手持这些武器的诸神作战失利，让佩戴这些首饰的女神们变坏。除此之外，这些黑侏儒还用他们那对贵重金属非常灵敏的嗅觉搜集地下的各种稀有金属，然后秘密地藏起来。

而一些肤色白皙，生性温良贤淑，长相俊美的矮人，被称为"白侏儒"，又被称为"精灵"。他们允许居住在伊米尔眉骨上一个叫阿尔夫海姆的地方。可以随意地飞来飞去，他们的工作就是打理花草树木，和花鸟鱼虫尽情玩耍，晚上则举办篝火晚会，生活得逍遥自在。

安排完这些后，奥丁开始着手建造自己的家园，他带领诸神在永不封冻的伊芬河边的伊达沃特平原兴建了自己的家园阿斯加德，并立下誓言：永远不允许有流血事件在此地发生！阿斯加德完工后诸神已经精疲力尽了，为了修建高耸入云、绵延千里的围墙，诸神广发告示，招募能者。这时一个霜巨人族工匠声称可以在三个冬天内修建好此围墙。但他的条件是不仅要让爱神芙丽雅做自己的妻子，还要求日月也归他所有。这个庞大的工程不是单枪匹马就能完成的，诸神完全不相信他有此能力。

为了捉弄此人，诸神不仅同意了他的要求，而且附加了更为苛刻的条件，要求全部工程在不得有他人援手的条件下必须在一个冬天里完成，否则就以性命作为食言的代价。工匠竟然答应了这个条件，有条不紊地开始工作了。没多久，一堵崭新的围墙便出现在了众神的面前，并且快速地增长着，按照这个速度工匠将会提前完工。诸神发现工匠身边的神骏不休不眠的运来一块又一块修筑围墙所需的巨石，这匹唤作斯华帝弗利的马才是工匠施工如此神速的原因。到约定的前三天时，阿斯加德四周的围墙已经矗立了起来，整个工程只剩下城门就彻底完工。按照约定，在围墙完工时美丽的芙丽雅以及太阳和月亮都将归工匠所有，到那时又将是无止境的黑暗，诸神开始紧张和后悔了。这时，诡计多端的火神洛基想出一条让诸神拍手称绝的计谋。在趁工匠睡觉的时候，洛基把一匹发情期的母马牵到还在连夜施工的斯华帝弗利附近，斯华帝弗利听到了母马求偶时发出的低嘶声，内心的欲望驱使它奔向了这匹漂亮的母马，而洛基则牵着母马将工匠的神骏引向远方。

于是，无法按期完工的工匠被雷神索尔用神锤结束了性命。后来，神骏斯华帝弗利和那匹母马产下了一匹混血八蹄马驹，它长大后日行千里，速度堪称天上人间的"第一匹神马"，后被奥丁驯服成为其专属坐骑，取名斯普莱尼尔。

伊米尔死后，在诸神用其尸体初创天地万物之时，一株根深叶茂、高耸入云的巨型梣木伊格特西从伊米尔的心脏上长了出来，强壮的枝干支撑着整个世界。它就是北欧神话中的乾坤树，它的盛衰荣枯关系着整个世界的命运。乾坤树有三根特别粗大的根，它从三股不同的泉水处吸取水分，而且连通着三层不同的世界。

第一条树根深入命运之泉——沃达尔。沃达尔位于阿斯加德，这里不仅是阿瑟诸神集会议事、商榷重大决策的圣地，而且还住着能透视神、魔、人怪命运的命运三女神。

第二条树根深入智慧之泉——秘密尔。秘密尔位于霜巨人之地乔森海姆。它是由人、神、魔三界的智慧汇聚而成的，只要饮用了这里的泉水，就能获得超凡脱俗的大智慧。智慧之泉秘密尔由霜巨人中最睿智、最彪悍的米默尔守卫，就算付出极大的代价也不一定能找到它。即便是主神奥丁，也是以一只眼睛为代价才饮到仅仅一口泉水。

第三条树根深入冥界的尼夫希尔姆泉。在旁边有一条毒龙尼德霍格在不断地啃食树根。如果乾坤树的树根被啃食完，世界也就灭亡了。为了暂缓毒龙啃噬树根的速度，诸神在那里建立了冥界，并让死亡女神海拉将世间罪大恶极的亡魂丢给毒龙吃。

整个宇宙都受到了乾坤树伊格特西繁茂枝叶的遮盖和庇佑。诸神的居住圣地被乾坤树的最高枝莱拉德（莱拉德意为"和平给予者"）笼罩着。枝上结着只有青春女神伊童才能采摘的金苹果。一只名为维德佛尼尔的巨隼栖息在这里，它把洞察到的天上人间的一切事件都报告给奥丁。树上还有一只名为拉塔托斯克的小松鼠，它经常在树枝上上蹿下跳并挑拨隼和树下毒龙之间的关系，让它们发生争斗。

乾坤树是三界的脊梁，承载着整个宇宙的命运，关系着整个世界的幸福。它有痛觉，不仅脆弱而且容易受到伤害，这个世界上的所有苦难几乎都由它来承受。乾坤树不仅受到冥界毒龙的侵害，还受到了一些妖魔鬼怪的破坏。即使他们都知道乾坤树一倒世界末日也就来临了，自己也会不可避免的死亡，但他们更想趁着这个重新洗牌的时机改变自己的命运。乾坤树除了受到那些主观有意识的伤害外，还受到一些动物的无意识伤害。神羊海朵拉就以乾坤树的常青枝叶为食，但它却能为诸神提供饮用的乳品。而四头主司四面来风的神鹿则食用乾坤树的嫩芽，神鹿的鹿角滴下的蜜露是世间一切甘泉的源头，而且还可以配合神羊奶酿制蜜酒供诸神饮用。诸神建设了如此美好的大好河山，引起了一些反势力的仇恨。他们无时无刻不在想方设法地制造祸乱。太阳和月亮分别被名为妒忌和憎恨的两条天狼所追赶，想要吞噬掉他们，让世界笼罩在永恒的黑暗中。诸神创造的新世界不仅激发了天狼的破坏欲，更让极北之地的邪恶势力恨之入骨。

霜巨人族中有个食尸巨魔，名叫赫拉斯沃格，他常常以因饥饿寒冷而亡的尸体为食。在诸神创造了阳光明媚，万物生机盎然的新世界后，让他的食物急剧减少，甚至常饥肠辘辘。因此，他对诸神深恶痛绝，经常披上鹰羽魔衣在天上人间四处作恶。他飞过陆地时双翼卷起的寒风会引发暴风雪，冰封千里。他飞过海洋时双翼卷起的狂风会引发海啸，颠覆船只，淹没港口。雷神索尔时常在这些地方巡逻，以保天上人间的宁静祥和，他是诸神中对抗邪恶势力的中坚力量。

在阿瑟神族初创天地万物时，与他们并存的还有一个流淌着神圣血液的种族——瓦纳斯神族。在海滨居住的尼尔德是瓦纳斯神族中最知名的，他有一儿一女，儿子弗雷尔和女儿芙丽雅与他同住在海边。潮汐涨落和台风由他们一家三口和海上风雨之神伊吉尔共同掌管。无论出海的是商人还是海盗都会祈求，保佑他们一帆风顺。掠劫成性的海盗为了获取尼尔德家族的庇护，甚至会将大肆掠夺来的金银珠宝沉入海中。

最初两个神族之间一直相安无事，井水不犯河水。甚至瓦纳斯神族庇护的海盗所拥有的勇气和力量也是阿瑟诸神所看重的，不少英勇战死的海盗亡灵也被奥丁吸纳进了瓦哈拉神殿。但最终，两个神族之间发生了一件无法容忍的事情，导致了战争的爆发。

两个神族的战争是因一个名为高法伊格的女巫师引起的。这个来历不明的女巫师最初在米德加特游历，由于她神通广大，能透视未来、看穿过往，还会各式魔法，比如能把人送到半空中与其他人玩耍，人们都找她趋吉避凶。她在黑暗中作法迷惑人们，让人们搭建祠堂，修筑祭坛。她利用自己高强的法力对人们有求必应，这让米德加特的人们渐渐地迷失了自己，他们的欲望不断地膨胀，妄生出了各种贪念和色欲。人们为了满足这些私欲纷纷拜倒在高法伊格脚下成为她的信徒。在她的纵容下人们也变得更加好吃懒做、残忍暴虐、骄奢淫逸。

高法伊格见自己有了众多的信徒，便想进入圣域权力核心跟众神平起平坐，于是她便唆使她的信徒在诸神居住的阿斯加德撒野。诸神大怒，擒住她后，不仅用长矛贯穿了她的身体，还把她架在火上焚烧至化为乌有。但过不了几天她又会来圣境叫阵。虽然她每次都被诸神抓到并挫骨扬灰，但之后她都能再次复活。诸神不堪其扰，仔细调查发现她的魔法源于瓦纳斯神族，就断定高法伊格定是瓦纳斯神族派来的。于是，阿瑟神族决定向公然挑衅的瓦纳斯神族开战。奥丁率领阿瑟神族率先向瓦纳斯神族发起了攻势。瓦纳斯神族则沉着应战，毫不示弱。战争胶着几天后，双方的主神都不愿意看到两败俱伤或者付出高昂的代价而获胜的局面，否则最终将被虎视眈眈的霜巨人族乘虚而入，坐收渔翁之利。于是双方罢战议和，立下誓言并交换人质。阿瑟神族交出了自己阵营的海尼尔，而瓦纳斯神族则交出尼尔德和他的儿子弗雷尔及女儿芙丽雅。他们被奥丁吸纳到阿瑟神族的高层。尼尔德和弗雷尔都位列十二正神,芙丽雅则是女武神的统领,位列二十四位女神之首。

诸神重建完新世界之后,搞了个封神榜活动,他们在阿斯加德论功行赏,排座次,定交椅。主神奥丁分封了十二位正神,他们是:战神铁尔,雷神索尔,黑暗之神霍都,光明之神博德,复仇之神法利,守护神海姆达尔,火神及恶作剧之神洛基,美神及音乐诗歌之神布拉奇,森林之神威达尔,公正之神福尔塞提,海神尼尔德和社稷之神弗雷尔。阿斯加德的格拉斯海姆神殿是奥丁和十二位正神的集会场所。温沃尔夫神殿则住着奥丁的妻子芙丽嘉等二十四位女神。彩虹桥碧芙斯特是进入圣境阿斯加德的唯一通道。此桥是由水、火和空气构成,看上去虚假荒诞,实则坚不可摧。负责守护此桥的是守护神海姆达尔,他手持一把快刀和一只银号角不日不夜的坚守此地。当他吹出轻柔悦耳的曲子时就会有诸神从桥上通过,而一旦他吹出高亢激烈的曲子就表示有危险降临,那时天界就会面临着霜巨人族所联合的火巨人族及一切黑暗力量发动的攻击,世界末日便从那一刻开始了,诸神的黄昏也就来临了。

第二章 「主神奧丁」

第二章　主神奥丁

　　阿瑟神族的主神名为奥丁，同时他也是知识和智慧的化身。在人间他总是有着不同的名字和样貌，他的形象堪比奥斯卡的影帝。但这些不同的形象虽然千变万化，却都有着相同的特征：黑色浓密的卷发；魁伟的身躯虽披长袍却无法被掩盖；虽然头上戴着一顶大帽子，但他那只炯炯有神的独眼和茂密的大胡子看起来独具特色。他的武器——长矛冈尼尔时刻伴随他左右。他的武器只要一出手便能自动击中他想要击中的目标，并且一旦被奥丁的武器击中便无法愈合。在奥丁的手臂上还佩戴着乔普尼尔金环，它还能自动生出无数金环。

　　奥丁可谓博古通今，对中西文化无所不知，上知天文、下知地理，甚至可以说他是一位高深莫测的人，他还有着超强的创造力和求知欲，他会想尽一切办法和手段来达到自己的目的。为了获取大彻大悟的大智慧，奥丁也付出了很大的代价。因为想要提高自己的智商只有饮用智慧之泉秘密尔的泉水才行，而秘密尔却位于极北之地乔森海姆，那里非常遥远。除此之外，想要找到智慧之泉还需要懂得失传已久的鲁纳符文。为了懂得鲁纳符文的意义以及获得其所赋予的魔法和力量，奥丁不惜用自己的武器将自己刺伤，并把自己倒挂在乾坤树伊格特西上献祭，并禁吃禁喝长达九天九夜。在九天九夜后，那个刻有鲁纳符文（鲁纳符文和周易、塔罗牌一起并称世界三大最古老的占卜术。它是北欧一种古老的神秘符文，多用来占卜和祭祀,每一个鲁纳符文字母都有特殊的含义)的神石终于被他发现,并读懂了鲁纳符文所隐藏的含义,最终找到了智慧泉。

霜巨人族米默尔守护着智慧泉,他看到奥丁的到来,非常友善地告诉他,想要让智慧之泉有效只能将其装在吉雅拉角杯中饮用才行。然而想要饮用吉雅拉角杯的泉水,却要用一只眼睛作为代价。奥丁有着极强的求知欲,并迫切想拥有超凡的智慧,他丝毫没有犹豫就将自己的左眼挖出来给了米默尔。米默尔为奥丁的勇敢所敬佩,将他的眼睛沉入泉水深处,并告诉他已经拥有了比世上所有神魔更强大的智慧。虽然奥丁只剩下了一只眼睛,却因此拥有了预知未来的能力,这一能力比所有那些双目健全的神都更有远见。

我们从奥丁的经历中明白:在能够预知未来的奥丁比那些拥有双目健全却无法透视未来的人更加强大。在奥丁获得无穷无尽的智慧的同时,泉水中所蕴含的那些通晓过去、现在和未来的一切智慧、知识和经验也被他一一获取,他还预知到了诸神黄昏时刻的来临。诸神的黄昏时刻指的就是诸神和整个世界的末日,到那时所有的神都会与这个世界一同覆灭。知晓这一切以后,忧郁二字便从此烙在了他的脸上。

所以能够预知未来并不全是好事,如果预知的未来是喜剧,那你的每一天都将是开心快乐的。可如果预知的未来是悲剧,你就会一直处在痛苦和忧郁中,直至悲剧的到来,并且你的痛苦和忧伤会随着时间的推移而加剧。有些普通人在知道这些后可能会选择没有预知能力,开开心心地活在当下,只在悲剧发生时来承受苦果。但勇敢的奥丁在知道了悲剧的时候并没有选择逃避,他决定勇敢地面对未来,还要用自己的力量来对抗命运。奥丁永恒的责任和价值观就是勇敢。面对着悲惨的结局,他没有退缩,而是迎面而上,勇往直前,战斗不止。自此之后,奥丁就在为诸神的黄昏做准备。他在仙境阿斯加德修建了瓦哈拉神殿,命名为英雄祠。将人间烈士的灵魂带到瓦哈拉神殿复活并训练他们,这些复活的勇士使神界军队得到了扩编。诸神的黄昏这一终极厄运虽说不可避免,但奥丁却不愿认输,他敢与命运抗争,仍然不停地挑起战争,召集人间的勇士,壮大神界的力量,尽

第二章 主神奥丁

最大可能地增加神界在末日之战中的胜算。

奥丁的宝座与其说是一张椅子，还不如说是一座巨型瞭望塔。虽然奥丁只有一只眼睛，但他只要坐在阿斯加德的宝座上，就可以足不出户而知天下事。他在宝座上纵览寰宇，天上人间神魔人怪的一切举动都逃不过他的眼睛。奥丁肩上有两只神鸦，一只叫胡因，一只叫穆宁。它们每天起早贪黑，像侦察机一样飞向天上人间的每个角落，把搜集到的最新的信息和情报及时地汇报给奥丁。奥丁坐在宝座上时，两只驯服的猎犬盖瑞和弗里克就蹲伏在他的脚边（胡因意为"思想"，穆宁意为"记忆"。盖瑞意为"贪欲"，弗里克意为"暴食"）。奥丁总是会用人们献祭的兽肉来喂养它们。

在人间游历的时候奥丁的身份也是千变万化，有时是一名智者；有时是一名预言家；有时是一名巫师。

在和平年代，奥丁就会在人间游历，或者他会身穿灰色粗布大氅，头戴青色宽檐风帽，以低调普通的装扮体验人间疾苦。在战争时期，奥丁就会身着戎装，头戴鹰翅头盔或牛角头盔，骑着那匹八足神骏斯普莱尼尔风驰电掣的巡游在各个交战国之间。到了后期，他的工作重心就是不停地在人间挑起战争。他引发或挑起了很多王国间的战争，并且还决定着战争的胜负。他想要在末日之战中用自己的力量摆脱诸神在劫难逃的悲惨结局。

在北欧，人们受奥丁的影响将勇敢作为自己的信条和行为准则。勇敢的人是尊贵的，是被神庇佑的，瓦哈拉神殿的大门只为他们开放。不勇敢的人是卑微的，思想是错误的，并会被神抛弃到冥界备受煎熬，永远无法进入瓦哈拉神殿。因此，古代北欧人们以冒险为终极目标，以勇敢为至上美德，能战死沙场就是他们的最佳归宿，从而涌现出了一批又一批的狂烈战士和维京海盗。

在人间交战时，战场上阵亡勇士的亡魂，就会被奥丁的女侍者瓦尔基丽雅们（瓦尔基丽雅是阵亡者的选择人，更被人们称为女武神）挑选出来，并将其魂魄束缚在她们的快马上，从彩虹桥碧芙斯特带入瓦哈拉神殿。在那里，等候多时的奥丁的两个儿子在迎接入选的英杰后，会将他们带到奥丁的御座前接受嘉奖。奥丁经常会降阶去瓦哈拉神殿迎接一些战死的英灵，甚至还到彩虹桥碧芙斯特上亲迎"血斧王"埃里克等众英雄，有很多的英雄受到这种特殊礼遇和荣宠。这些英灵是诸神历来都很欣赏的英雄，或者奥丁极为器重并亲自安排其命运的英雄豪杰。

恩赫里亚（恩赫里亚指的是奥丁从人间召集的英灵战士，皆为英勇杀敌而战死的烈士）是瓦哈拉神殿的勇士的尊称，在这里"打倒他"才是给对手的尊重，很多人都会在这里被好友杀死。瓦哈拉神殿外的演武场每天清晨就开始殊死搏杀，他们会使出生平最厉害的绝技来一争高下，壮烈火爆的场面远超过他们在人间经历的战斗。奥丁有时候也会亲临演武场参加比武。

黄昏传膳的号角响起后，奥丁就会复活瓦哈拉神殿外砍杀而亡的恩赫里亚，他们在搏杀中被砍掉的手脚和躯体包括飞散的血肉都会恢复如初。所有的恩赫里亚在这时会罢战携手而归，迎接他们的是奥丁的盛宴款待。神殿中一位叫安德里蒙的厨师每天都从一头名为山里姆尔的野猪身上割肉下来，为训练了一天的英雄们烹饪极致美味，使英雄们快速恢复体力。野猪山里姆尔会在夜宴结束时复活。它或许就是一个以猪的外貌存在的恩赫里亚。

夜宴时，瓦尔基丽雅们会脱去血染的战袍，换上素洁如云的纱衣，露出那娇美的身材，亲手为勇士们奉上大盘大盘的野猪肉，让他们放量享用。勇士们饮用的是用神羊乳和神鹿角上滴下的蜜露而酿造的醇香甘洌的蜜酒，而他们用的杯子均是以每个勇士最痛恨的仇敌的天灵盖雕刻而成。瓦尔基丽雅们会扭着曲线玲珑的娇躯，一改驰骋疆场时冷若冰霜的肃杀表情，露出千娇百媚的姿态穿梭在酒宴中，为勇士们举杯奉饮，甚至会用其纤纤素手拭去勇士们额头和脸颊的汗珠，也会低声轻吟着长诗来歌颂勇士们的英雄业绩，并伴随着勇士们高亢激昂的战歌翩然起舞。

恩赫里亚们在瓦哈拉神殿过着他们所能想象到的最完美的生活：切磋技艺，饥啖渴饮。白天跟最强劲的对手殊死搏杀，纵然身首异处也不怕；到了夜晚则有蜜酒美人相伴。奥丁成了北欧勇士最敬爱的神，瓦哈拉神殿则是他们最神往的归宿。

第二章　主神奥丁

众神之主奥丁的见闻和智慧往往是在独自背包旅行中增长的。他经常装扮成料事如神的预言家或无所不能的巫师，在人间惩恶扬善。

在很久以前，冰岛国王有安格纳和吉洛德两个王子。在安格纳十岁、吉洛德八岁的那年，兄弟两人乘船在河面上捕鱼时，大风把小船吹到了海上。他们在大海上漂流了不知多少日夜，终于搁浅在一片海滩上。弃船登岸是年幼的两兄弟的唯一选择，他们在夜色中摸索着向陆地前进，希望能遇到人家。

终于，他们看到了远处的一抹亮光，并找到了一个农夫的家里，在农夫夫妻二人的精心照料下两兄弟度过了一个难忘的冬天。在这期间，年长的安格纳由农妇照料，年幼的吉洛德则由农夫教育。夫妻二人把很多治国安邦的知识和为人处世的哲理教给了两个王子。在春暖花开的时候，农夫让两兄弟乘船驶回自己的故乡。

夫妻两人送他们到海边，依依惜别。在船要起航时，吉洛德被农夫拉到一边，在他耳边低声细语，面授机宜。之后兄弟两人就荡着桨，顺风回到了故土。但是，就在小船即将靠岸的时候，吉洛德抱起船上的两只桨抢先跃上了岸，并迅速转身将小船推向大海。一阵大风刚好刮过，借助着吉洛德的一臂之力，安格纳乘坐的小船离岸边越来越远。随后，吉洛德就独自回到了宫殿。那个时候，众大臣正因国王亡故却没有接班人而发愁，一个王子的平安归来解决了所有难题，吉洛德顺理成章地坐上了王位。

多年以后，奥丁和他的妻子芙丽嘉在他那神奇的御座上俯瞰整个世界时，无意中看到了吉洛德和他的王国。这令他想起了许多年前，他和芙丽嘉扮演成农民夫妻，在整个寒冷的冬天里照料年幼的两兄弟的事情。

于是他转身对芙丽嘉说道："那两个年幼的人类兄弟你还记得吗？你看，我教育的吉洛德已经成为人间的国王，正在处理着他们的国事呢！而你抚养过的安格纳，还在海上漂流着呢！"

芙丽嘉自然知道年幼的吉洛德在回家时算计他的哥哥是奥丁授意的。这样，奥丁就能证明在和芙丽嘉斗智的过程中，芙丽嘉的神力远不如他。

看着奥丁得意扬扬的样子，芙丽嘉也不戳破他的小伎俩，只是对奥丁说："可惜，吉洛德这个国王却是个暴君！"

芙丽嘉是因为反感奥丁的暗箱操作，才故意说吉洛德国王是个暴虐和不善待于人的暴君。奥丁决定亲自前往冰岛，化身为巫师微服察访一番，因为他不相信在自己德高望重的人格魅力影响下长大的孩子会成为暴君。但他的这个想法怎么能逃过细心的芙丽嘉？她先奥丁一步派贴身女侍芙拉面见吉洛德国王。

芙拉对吉洛德说："你的国家将会出现一个神通广大的巫师，他会用妖术蛊惑你，你万万不可疏忽大意。虽然这个巫师能千变万化，但要辨认他还是很容易的。因为他的阳气很重，而且生物场能量惊人，所有恶犬都不敢朝他吠叫。"不知内情的吉洛德便下令在全国范围内捉拿恶犬不敢朝他吠叫的巫师。

装扮成巫师的奥丁自称格里姆尼尔，刚来到了冰岛就被擒获了。他态度强硬地面对吉洛德的审问，拒绝回答一切问题。吉洛德为了弄清巫师的底细，下令打手对他严刑拷打，甚至用烈火烧烤了他八天八夜。奥丁在这期间滴水未进，纵然被折磨得死去活来，但为了不暴露自己的身份最终也没有吐露一个字。

吉洛德有一个和他哥哥同名为安格纳的八岁的儿子。小安格纳非常同情这个被大火烤了八天八夜的老人，他担心老人会像葡萄干一样脱水而死，便偷偷地用牛角杯盛满了水端去给他喝。

小安格纳对格里姆尼尔说："父王对你这样的孤寡老人无缘无故地拷打是非常不公正的。"格里姆尼尔喝了一口牛角杯中的水，在这个让他受尽折磨的牢笼里对小安格纳吟唱起了一首诗。在诗中，他细致的讲述了世界和人类的起源以及众神统治整个世界和神界的情况。最后，他甚至把自己就是神界主神——奥丁，也告诉了小安格纳。

格里姆尼尔在吟诗的时候吉洛德就走了进来。他被诗句中闻所未闻的博大知识深深地吸引了，竟然忘记了来这里的目的。他手持宝剑坐在一边和小安格纳一起听他吟唱，甚至听得入神的他松开了手中的宝剑都丝毫不知。当吉洛德最后听到格里姆尼尔巫师说自己就是众神之主奥丁时，他大惊失色，慌忙起身欲将奥丁从烈火上拉出。吉洛德在起身的时候，手中松开的宝剑滑落在地，惊慌失措的他被宝剑绊倒了，宝剑的剑刃正好划开了他的喉咙。而奥丁也在他死去的时候消失了。

吉洛德死后，他的儿子安格纳继承了王位，成了冰岛的国王。安格纳始终牢记奥丁的教诲，不负厚望，把冰岛治理的更加繁荣昌盛。

奥丁策马驰骋天际出巡或行猎时往往会带来狂风暴雨。为了不影响人间的农业耕种，他尽量把出行时间安排在秋冬季节以避免影响人们播种和收获。奥丁的宝马斯普莱尼尔在出猎的时候，往往会食用一些人们故意留下的成熟的黑麦。奥丁所过之处会大雨如注，他经常会赏赐些猎物的残肢给那些有心跟随着他的人们，如果妥善保存，猎物的残肢会在第二天天亮的时候变成一块等体积的黄金。但如果有心怀不轨或纯粹以获取黄金为目的人尾随他的时候，就会触犯奥丁身后的恩赫里亚，极大的厄运将会伴随其一生。

奥丁有一次和芙丽嘉闹别扭后，在人间游历了相当长的时间，而平时他是不经常到人间活动的。

奥丁为了反抗命运，在这段时间去人间挑选恩赫里亚。他不但挑选了在战场上阵亡的很多英杰，还注意到了以出海掠夺为生的维京人（维京人就是北欧海盗），希望在这些海盗中挖掘一些英勇顽强的英才。奥丁为了获取维京人的信任，便化名为特维斯，成为海盗中的一员，很快奥丁就凭借自己超强的武力当上了一个小头目并建立起一定的威信，然后用重金招揽了大批英勇海盗。而且他还施行了前所未有的工资制度"下有保底，上不封顶"。奥丁用他那英勇的气魄、超强的战斗力和无与伦比的领袖气质折服了很多海盗。

后来这些英勇顽强的恩赫里亚上天后被人问到：你们清楚地知道跟随奥丁会难免一死，可你们为什么还是不顾一切，抛弃所有地加入这个团队？

恩赫里亚们的回答大多是这样的：

"因为这份职业是很有前途的。"

"因为这个集体的生活才是自己想要的。"

"跟随特维斯去武力掳掠是件很有成就感的事情。"

"一看到特维斯我就抛下之前自己所拥有的一切荣华富贵以及身边的亲朋好友追随他的脚步来了。"

特维斯和其他海盗头领是不一样的，他看中的是那些悍不畏死的灵魂，而不是金银财宝。特维斯指挥他的船队和勇士们攻城略地，南征北战，他把缴获来的大量的土地和财物都以战利品的形式打赏给了手下。特维斯还四处播撒战争的种子，使各国战斗不断，掌控着敌我双方众多将士的命运，使这些英雄都殊途同归地战死沙场，这些战死的英灵最后被瓦尔基丽雅们带到了瓦哈拉神殿。奥丁在人间活动的目的只有一个，那就是把更多的英灵战士输送到瓦哈拉神殿。

一段时间后，奥丁一直绷紧的心弦松了下来，因为他的招兵计划已经圆满完成了，他想游耍一下来放松犒劳自己。他听说西兰岛的女王萨迦斯有沉鱼落雁之容且待字闺中。萨迦斯是瓦纳斯神族的后裔，琴棋诗画样样精通，阿斯加德的女神们在萨迦斯的才华和美貌下显得黯淡无光。她的美貌早已传遍周边各国，周围国家未婚的领主、王储或少年英雄都络绎不绝地前来求亲。但她的择偶标准非常之高，而且她也有着多数美女都有的特性——傲慢自大。那些她看不上眼的追求者不仅会遭到拒绝，还会受到侮辱，很多求婚者都被弄得灰头土脸，最终落荒而逃。特维斯的好奇心和征服欲被这个消息彻底的激活，他发誓要征服这个女人，将她变成自己的又一个战利品。

特维斯连夜挑选了一些心腹勇士前往西兰岛。当他们到达萨迦斯的王宫后，女王的侍从都忍不住掩面偷笑，他们已经见过无数次这类的不速之客了，等待他们的将是女王无情的捉弄。而萨迦斯在得知消息后就开始盘算着如何让这个号称"胜利之王"的特维斯狼狈不堪地出现在宾客面前。如果不是特维斯来访的突然，她将通知更多的达官贵人前来赴宴。因为特维斯之名在外面传播得已是人尽皆知，早已名满天下，一定要让他狼狈不堪地出现在尽可能多的人面前，这样才相配他那显赫的"威名"。

在宴会上，萨迦斯终于见到了号称"胜利之王"的特维斯。这位身形伟岸、体格壮硕、仪表堂堂的海盗头领给她的第一印象还是很不错的，但她并没有因此放弃要捉弄他的想法。特维斯在第一次看到萨迦斯冠绝古今的仙姿美貌后，也是呆呆地立了很久。他平复下即将要跳出胸膛的心脏，思量着自己该如何面对女王对自己的捉弄。

萨迦斯女王挨着特维斯坐下，在酒席上温文尔雅地招呼仆役侍奉慕名而来的海上英雄。在酒过三巡，菜过五味后，特维斯对坐在旁边的萨迦斯说："听说女王现在还是一个人？"

萨迦斯说："唉！现在才貌双全的成功人士太少了，至今还没有遇到合适的人啊。"

特维斯："我这个人是个直肠子，不喜欢拐弯抹角，就把此行目的开门见山地说了吧。女王的美貌和气质一直深深地吸引着我，我这几年在沿海的生意也算小有积蓄，得到的东西越多，就越感到自己很孤独，希望余生能和女王分享我的所有。"

萨迦斯说道："我们才见面一次就谈婚论嫁，这未免太仓促了吧？"

特维斯说："请萨迦斯女王原谅我的冒昧之举。我只是想快一点向女王表白，才如此急匆匆地赶来。跟随我前来的都是我最亲密的伙伴，他们都是和我一起出生入死的战友，他们见证过我在战场上的打拼，他们今天也见证了我向女王的求婚。可能你还没能来得及召集更多亲友来见证我的坦诚，然而在座宾客想必也是你最亲近的人，我相信我的真心诚意他们都会感受到的。"

萨迦斯说："你在各方面都比之前来这里的人好很多。他们的到来只是为你做铺垫，看来我对他们的拒绝只是为了等你的到来。"萨迦斯又追问一句："特维斯你也是一个人吗？"

特维斯掷地有声地答道："我在人间真的没有结过婚，至今还是一个人。"心中却想：我在人间还真是独自一人啊，至于我的妻子芙丽嘉那是在神界的事情。

于是萨迦斯更加的温柔敦厚，主动地向奥丁投怀送抱，频频劝饮。奥丁有美人作陪更是开怀畅饮，酒来杯干，一杯接一杯的美酒被送到他的面前，即使奥丁是天上人间的豪饮之神，但没多久眼前就出现了重影。在酒席结束之后，女王搀扶着他走进了卧室。但一进门奥丁就扑倒在了床上，打着如雷的鼾声睡着了。萨迦斯剃光了奥丁的头发并涂上松脂，然后用一个黑色大袋子将其装了进去，并让侍从将其送回船上。

第二天早晨，萨迦斯唤醒了仍处于宿醉中的特维斯的手下，并告诉他们特维斯已经返回船上了，让他们马上返回船上以便顺风起航。众勇士回到船上后，看到了甲板上的黑色大袋子，都以为是女王送给他们的礼物，当他们打开口袋后都呆住了，他们的首领特维斯竟然躺在里面。就在这时特维斯也醒了过来，当他搞清楚自己的处境后竟然诡异地笑了起来，以此来掩饰自己的窘态。众勇士被他的反应弄得困惑不解，完全不知道昨晚醉酒后发生了什么事，但慑于他的气魄也不敢出言相问。

此事之后萨迦斯就愈加得意骄横，她把成功戏弄闻名遐迩的特维斯的事迹编成歌谣，并派人四处传唱。自此之后所有的追求者都被这首歌给吓走了，因为像"胜利之王"特维斯这样的人都被女王戏弄和侮辱，谁还敢去求婚呢？之后萨迦斯宫门庭冷落，再也没有以前的热闹喧嚣。才高气傲的女王终于过上了清宁安定的生活。然而，随之而来的冷清和寂寞让女王日益颓废。

没有了王公贵族和商界巨贾对女王的追求，女王也失去了玩弄的对象，生活也变得冷冷清清。她开始意识到，对那些爱慕自己的人的所作所为确实有些过分了。尤其是对所有求亲者中条件最好的特维斯，她一直心存内疚。虽然他狂傲不羁，但那恰恰体现了他的显赫战功、势大财雄。虽说他只有一只眼睛，但是却比普通人多了几分豪迈与大气，而且这是他打拼事业所留下的印记。在他之前，没人能让女王顺眼；在他之后，更没人能让女王入眼。

就在此时，一个乞丐来到了王宫之外，他千方百计地接近了女王的一个仆役并攀谈了起来，故意的透露了一桩他在海边发现的逸闻趣事。乞丐感觉那个仆役的好奇心被勾引起来的时候，却不再说下去了，乞丐含糊其辞地推脱：我说了你也不会信，甚至会认为我是神经病，如果不是我亲眼所见我也不会相信的。仆役只好不断地哀求乞丐:"你接着说啊,无论你说什么我都会相信的,我的胃口被你吊起来了,你却不说完这让我很难受啊?"

乞丐看差不多了就说:"在一个月圆之夜,我目睹了神牛在海边树林里交配,事后更是看到了神牛生出了大量的金银珠宝。"乞丐说着,便从怀中掏出了一块黄金给仆役看,并且说:"自己卑微的身份不敢把这些钱财拿到市场上使用,怕遭来偷盗的罪名,毕竟怀璧其罪之事我还是懂的。而如今眼看着金银珠宝却不能使用,甚至还过着幕天席地的生活让我很无奈,所以希望你可以帮忙在自由市场上把这块黄金兑换成现金,并替我置办些衣食,剩下的就归你自己支配。"仆役一看这是好事就满口答应了,并且发誓绝对守口如瓶,不走漏半点风声,不让第三人知道此事。

然而世界上就有这样一种人,他们越是答应保守重大的秘密就越想和别人一起分享,显然这个仆役就是这类人。没过几天,萨迦斯就知道了神牛产宝的事情。虽说金银珠宝不能引起女王的丝毫兴趣,但是她却对珠宝的来源和生产感兴趣,她不相信这些金银珠宝会是神牛交配后的产物。

萨迦斯就问这个仆役:"听说你有朋友目睹了神牛交配的过程,并且在交配后能生产出金银珠宝?"

仆役心想这下麻烦大了,女王怎么这么快就知道了这件事。这时他想到了乞丐叮嘱他此事一定要保密,就假装不知地说道:"这是外界的谣传,根本没有的事啊!"

萨迦斯怒道:"知情不报已经是有罪了,而如今更是欺君瞒上,你就去水牢里面慢慢地辟谣吧。"

仆役吓得魂飞魄散。他一边哀求女王息怒,一边不停求饶,不仅把身上剩余的珠宝都交给了萨迦斯女王,还答应带女王到现场看看。在一个月圆之夜,仆役领着女王来到了海边树林中神牛交配的地方,萨迦斯不仅没看到神牛交配,更是没有看到所谓的神牛,只看到了坐在一块巨石上的特维斯。

特维斯点头向萨迦斯问候道:"在下和女王陛下真是有缘啊,在这种地方都能相遇，真是人生何处不相逢啊！在下还没有答谢上次女王的盛情款待呢。今晚还望女王陛下赏脸，移驾到在下的船上为女王举办宴会。"特维斯心想：你已经变相地收了我的金银珠宝。

萨迦斯发现自己上当了，这根本就是特维斯设好的局等她上套，顿时感到尴尬和羞愧，便回答说："参加宴会倒不是不可以。只是我毕竟是一个人，不可留宿在外。"

特维斯："我可以向保护我们的主神奥丁发誓，我对女王绝对是交际上的正常礼仪，绝不会对女王有任何的逾越行为，否则我就会受到主神奥丁的惩罚。"特维斯心想：我就是奥丁，就算我违约了，难道我会处罚自己？

看到特维斯以主神奥丁来发誓，萨迦斯便信以为真了。可她怎么会想到特维斯就是神界之主神——奥丁。于是萨迦斯便携一众仆役到特维斯的船上赴宴，在萨迦斯和仆役走进船舱的同时，特维斯就命水手扬帆起锚驶向大海深处。

宴会中的萨迦斯和仆役丝毫不知船已经在微风中慢慢地驶入了公海，远离了西兰国。宴会中觥筹交错，热闹非凡，特维斯不停地为萨迦斯女王推杯换盏，然而女王心存戒备，每次都是点到为止。特维斯见这招不奏效，马上又生一计，与萨迦斯和其仆役一起玩掷骰子比大小的游戏，输家喝酒一杯。这种游戏深居王宫中的女王根本没有玩过，不一会就输了几次，愿赌服输，不得不干了好几杯酒。

几杯美酒下肚后，萨迦斯已经处于半恍惚状态，顿生退席之意。但特维斯马上就说："游戏中人人平等，有输有赢才有意思，说不定下一局赢得就是你，要是输了几盘就退场，会扫大家兴致的。"在特维斯的地盘上萨迦斯也不便做出过分冷场的行为。就在犹豫不决的时候又输了几场，几杯美酒入喉后，女王两眼发晕，一阵恶心，她感觉再这样下去今晚就会失态，就推脱说天色不早了，该回宫了。

特维斯马上道："既然答应了早些送你回宫，我一定会说到做到。"

萨迦斯看了看周围说："我感觉天色已经很晚了。哦，对了，你的船舱里怎么不见计时的沙漏啊？"

特维斯："在这震荡起伏的海面上沙漏是很难准确计时的。我们这些以天为盖，以海为庐的粗人，都是通过观测日月星辰的轨迹来掌握时间的。"

萨迦斯站起身，来到了甲板上，却只见海水浪打浪，陆地已经不在自己的视线之内了，到了此时她才知道自己上了一条没有归路的船。

萨迦斯知道现在已经不在自己的地盘上了，而且还知道特维斯是吃软不吃硬的男子，不得不放低了自己的姿态。于是，她借着酒劲往特维斯肩头一靠，低声问道："海面上的常年漂泊是不是造就了你们豪放的气魄啊？"

特维斯："那当然，我们都是光明磊落，坦坦荡荡的人。"

萨迦斯："那你一定不会是小气的人了？"

特维斯："那当然，男人必须要有开阔的心胸。"

萨迦斯将她那性感的红唇靠近特维斯耳朵道："我一直对上次的事件心存愧疚，请你原谅我的任性和失礼。无论你接受与否，这都是我应该说的话，我也后悔说得有些晚了。"

特维斯被她的热气吹得心神动荡，哈哈一笑道："没事没事，那件事我早就忘记了。今晚的宴会你才是主角，我们继续把酒言欢。"

特维斯看大局已定，便说："女王陛下，看你也有些醉了，要不到书房醒醒酒吧！"

萨迦斯心想能先脱离酒局也是不错的，就和仆役一同离席。当她跟随特维斯来到房间时，这哪是什么书房啊？哪有书房会放置一张铺着兽皮的大床，这分明就是卧室，就这样特维斯把女王堵在了卧室中。

特维斯凑近萨迦斯耳边说："我尊贵的女王，深宫之中的荣华富贵难道你还不满足吗？这次到海边是想得到更多神牛生产的宝藏吗？"

萨迦斯："我作为西兰岛的女王难道会缺少金银珠宝？会垂涎一点宝藏吗？"

特维斯："既然如此，女王陛下来海边做什么呢？难道女王陛下感兴趣的是财宝的生产过程？"

当初就是因为对此事好奇才逼问仆役的，由于女王的真实目的被特维斯说中了，顿时面红耳赤，羞愧满面。萨迦斯虽然贵为西兰岛女王，除开其身份，她也与普通人无异。萨迦斯一步一步地进入特维斯所设的局中，到此时她意识到，今天晚上她的清白之身恐怕是无法保持了。今夜星光闪烁，银色的月光点缀着深蓝色的海水，大船漂浮在风平浪静的海面上，酒席还在继续，不停有人喝醉。而在那张铺着兽皮的大床前春光无限，让人们尽享欢娱。

预言女神告诉奥丁，他的儿子光明之神博德将被谋杀，而奥丁和一个叫琳达的女人所生的儿子要手刃他的杀子仇人。奥丁根本就没有见过琳达，更别说要娶她为妻。所以得先下凡找寻琳达，并想办法接近她。

琳达是罗斯国王比林的独生爱女，她天生尤物，国色天香，然而这位公主可能有社交恐惧症，她对人冷若冰霜。这位冰山美人对谁都冷傲之极，平时一直板着脸，因此她才有了"冰美人"的称号。如果有人询问她的感情问题，她就会冷冰冰的板起脸。如果有人给她介绍对象或求婚，她就会发怒，她的怒火可以让熊熊燃烧的火焰熄灭，因此所有的王公贵族都不敢向她求亲。

琳达公主也乐得一个人自由自在，无拘无束的生活。就算是在骄阳似火的夏季，琳达的寝宫中也是冰封如故，甚至连最耐寒的极地植物都无法生长。而到了滴水成冰的冬季，就在所有人把自己包裹得很严实，待在生火的房间里足不出户的时候，琳达则穿着清凉的夏装在冰天雪地中闲庭信步。她寝宫中所用的家居皆用千年寒玉打造而成，冰雕才是她最爱的玩具。

罗斯国常年遭受到强邻和海盗的侵袭，举国上下也没有合适的勇士去率军抵抗外侵，国王比林又年事已高，早已力不从心，虽然他没有男尊女卑的思想，但这时候的比林还是希望能有个率军出征的儿子或女婿。

与此同时，奥丁乔扮的特维斯闯进了比林的王宫中。他身穿灰色风衣，头戴阔檐帽子，一只独眼又显得与众不同。特维斯向国王比林举荐，说自己可以击退罗斯国所有的强敌，并使罗斯国在数年内不再受到任何外来侵袭，而唯一的条件就是要把琳达嫁给他。

尽管国王比林欣喜若狂，但他还是把自己女儿孤傲的怪癖告诉了特维斯，让他考虑后决定。

特维斯信誓旦旦地说："只要国王能信守承诺，我一定保证罗斯国无人敢欺，至于如何获取琳达公主的芳心我自有办法。"

接下来的事进行的都很顺利，特维斯亲自招募了很多精兵良将开赴前线。人领导的军队遇到神领导的军队注定是失败的结局。就算不说奥丁的神矛冈尼尔的威力，就凭他的神圣光环也增加了部队的不少攻击和防御力。在特维斯的领导下罗斯国军队所向披靡，战无不胜，捷报频传。在特维斯凯旋时，受到了比林和臣民的热烈欢迎，王宫万人空巷，但唯独不见公主琳达的身影。

庆功宴结束后，特维斯步入了公主琳达的冰宫，冰雪聪明的琳达怎能不知特维斯的来意，怒火中烧的她也不好让这样的英雄太过难堪，就以刁难为目的地请他到寒玉椅上就座，希望特维斯能知难而退。作为神界主神的奥丁怎么会在乎这一点寒冷，琳达心中却暗自惊叹，这寒玉椅普通人坐一下都会下半身瘫痪，而特维斯坐在上面却若无其事。

特维斯坐下后直接道明来意："国王已经将你指婚与我，特来与公主完婚。"

琳达听后怒不可遏，斥责特维斯胆大妄为，致使从她口中飞出的每一个字都化作冰凌袭向特维斯。在冰棱接近特维斯周身时就悄无声息地融化了。琳达暴跳如雷，在特维斯周围急速旋转，释放出来的寒气形成了旋涡一样的牢笼，牢牢地将特维斯包围在其中，无数的冰刃霜箭从漩涡中激射而出，特维斯的盔甲都被撕成了碎片。

接近全裸的特维斯站起身来仰天长笑几声后缓缓地逼近琳达，他运转神力使全身发热发光，致使琳达射出的冰刃霜箭在接近他之后迅速气化。琳达第一次在自己的冰宫热得满头大汗。琳达周围的温度随着特维斯每走近一步就升温十度。

琳达被开怀大笑的特维斯逼退到了墙角，两人相隔仅一臂之遥，特维斯见此更加得意地逼近琳达。怒火万丈的琳达狠狠地给了他一记耳光，随后在一股冷风中跑出了屋外。

特维斯心想，公主琳达或许不喜欢粗暴的武夫，要是以心灵手巧的形象或许可以赢得其芳心。没过几天，奥丁就化身一个银匠向比林进献了许多做工精美的男式银饰。琳达看到了这些工艺精良的银饰便不停地向其父王索要。比林只好请银匠进宫为琳达公主定做银饰。

特维斯终于又有机会能接近琳达公主了。特维斯在去公主冰宫的路上想：在为公主定制银饰的时候，可以趁机摸一摸公主的玉指，哪怕是被冻伤都没关系，然后现场打造几个精美银饰给公主，等把公主逗开心了，其余的事情就好办了。但是，在特维斯一走进冰宫大门的时候，公主琳达就开始怀疑其身份了。一般人在离冰宫十米内就会冻得浑身发抖，而此人仅凭一身单衣，毫无异样地走进冰宫，让人不得不起疑心。在特维斯为公主定做戒指而量手指尺寸时，公主从他那火热的体温，尤其是那只藏在帽中的独眼，就已经断定了此人就是特维斯。只听"啪"的一声，又挨了一记耳光的特维斯呆立在当场。

特维斯心想，匠人这种卑微身份的人在悬殊的阶级差别面前给公主的印象肯定不好，或许只有以青春阳光且年少有为的杰出青年形象出现才能获取女王的芳心。于是，在罗斯国中出现了一位英俊的青年武士向琳达公主求婚，比林看到他特别喜欢，觉得此人比之前那个独眼将军都强很多。

比林在解决了国事争端后就把注意力转移到女儿的婚事上来了。琳达在父亲的逼迫下勉强地跟这位年轻英俊的武士成了婚，但在新婚之夜却把这个武士赶出了房间。特维斯在第三次被拒绝后恼羞成怒，念着鲁纳神咒，对着琳达额头一指。在琳达昏迷之后他扬长而去。

琳达中了奥丁的神咒之后就一直处于神志不清中，对任何人和事都有模糊不清的感觉但又什么也记不起来。国王比林请来了所有御医以及各地的名医，甚至连巫医也请来了，可琳达的病情丝毫不见好转。正在比林一筹莫展之际，奥丁化身为一个叫瓦克的江湖游医声称自己可以治好公主的病。在琳达接二连三的羞辱奥丁之后，按奥丁以往的脾气早就放手了，但命运女神预言所说的他和琳达所生之子才是能帮他报杀子之仇的人，他不想在未来让杀害自己儿子的凶手逍遥法外。因此，奥丁只能耐着性子再次接近连续打了他几个耳光的琳达。

瓦克先将公主琳达的脚泡在用极地苔藓泡制的药油中，并按摩其脚底穴位，原本麻木的琳达开始恍恍惚惚地呼唤其父王的名字。比林看到女儿的病情有所好转，便恳求瓦克不惜一切代价、使用最好的药材让公主早日康复。

瓦克说："公主的病情刚刚好转，身体还很虚弱，不能受到外界的一点干扰，接下来我需要一个完全密闭的房间来给公主治病。"

比林听后立即准备了一间密室让瓦克为琳达治病。在密室中瓦克恢复了独眼奥丁——特维斯的面貌，驱散神咒的鲁纳文缓缓地从他嘴里飘出，并且不停地按摩琳达耳后、脖子、背部等神经末梢丰富的地方。公主琳达慢慢地清醒了过来，奥丁轻声问道："我心爱的公主，你终于清醒了，我按摩的力度是否减轻了你的痛苦？"

琳达被奥丁的诚意感动了。她觉得奥丁在受到自己多次的刁难和羞辱后仍然对自己关爱有加，更何况父王早就答应了奥丁和自己的婚事，就芳心暗许。于是奥丁就娶了他的第四任妻子——琳达，不久后就生下了瓦利。瓦利是主司园艺的欣欣向荣之神，之后更是帮奥丁报了杀子之仇，杀死了光明之神博德的孪生兄弟霍德，替博德报了仇。

奥丁的第一任妻子乔德生子索尔，后为雷神；第二任妻子也就是正宫娘娘芙丽嘉生下了光明之神博德和黑暗之神霍德；第五任妻子甘绿特生子布拉奇，后为美神及音乐诗歌之神；第六任妻子格瑞德生子西吉，后遭放逐，其后人西古尔德是恩赫里亚中的杰出人物；第七任妻子斯卡蒂生子西尔德，后为丹麦皇室祖先；守护神海姆达尔是奥丁与第九位妻子海中波涛女神共同生下的。

第三章

「众神之后芙丽嘉」

第三章 众神之后芙丽嘉

夜之女神诺蒂的女儿名叫芙丽嘉，位居神界二十四位女神之首，同时也是所有女神的领导者。众神乐园阿斯加德竣工后的第一桩喜事便是奥丁和芙丽嘉的婚礼，理所当然她也就成了众神之后，同时也是众神公认的奥丁的正妻。

芙丽嘉生性聪慧，美丽端庄，她常常会穿一身雪白或灰黑的长衣，头上戴着苍鹭之羽，在她的腰间还系有一条金腰带，上面挂着一大串钥匙。因为她是公认的众神之后，便有权坐在奥丁的宝座上俯视世间万物。她对天下事无所不知，是睿智的先知，但她却从不向别人泄露秘密，因为她总是健忘。她常常转动织机上的宝石纺轮为天上的云朵纺织。在夜间纺轮大放异彩，北欧人将这称为"芙丽嘉的织轮"，也就是人们平时看到的猎户座。

芙丽嘉是婚姻和母爱之神，她常常会邀请人间那些忠贞不贰的伉俪，尤其是那些被奥丁召唤的恩赫里亚夫妇去她的宫殿做客，让丈夫和妻子永不分离。芙丽嘉和所有爱美女人一样，对漂亮衣服、金银珠宝都是十分地喜爱。平时她总是锦衣玉食，对金银首饰等奢侈品更是挚爱，他常常会从黑侏儒那里购买纯手工的作品。

有一次在出席众神大会时，芙丽嘉戴着她的新款首饰，被多事的火神洛基看到，故意贬低道："这都是过时的东西了，你还在这种场合佩戴"

芙丽嘉有些不服气地说道："这你就不知道了吧，这是最新款的！"

洛基道："你每次都只是从黑侏儒那里买首饰，也不知道去外面看看，到了外面，你就知道你买的那些东西很难登上大雅之堂。"

本来洛基就是见多识广的神，被他这么一说，顿时芙丽嘉失去了自信，但还有点儿不甘地问道："那你告诉我谁能设计出最时尚的珠宝呢？"

洛基直接答道："黑侏儒莫斯格拉当之无愧！"

芙丽嘉非常迫切地想要看看这个工匠的手艺是否真如洛基说得那么好，就说："既然你这么夸奖他，那就请你把他邀请来为我打造首饰吧？"

洛基话已出口，只得硬着头皮去地下城邀请莫斯格拉。洛基来到地下城，找到莫斯格拉的家，笑嘻嘻地问道："大师，近来可好？忙不？"

莫斯格拉一看到这个无事献殷勤的洛基，就觉得他一定有什么鬼主意，于是小心翼翼地回答："还可以吧。不知尊神大驾光临，有何指教？"

洛基道："我想给你介绍一单生意，保证能让你大赚一笔。不知道你接不接啊？"

贪财是黑侏儒的天性，听到有钱赚，莫斯格拉一下子精神抖擞起来："接啊！当然要接！说说吧，有什么需要尽管说。"

洛基说道："众神之后芙丽嘉想让你为她打造首饰，并且她说了，只要做得好，报酬自然少不了！"

莫斯格拉一听说是众神之后，还要到天界，不禁心生疑虑。因为黑侏儒和众神的关系一直都很复杂，众神也常常会让黑侏儒帮忙打造首饰，但基本都是拒不付款。并且黑侏儒在众神的眼中一直都是微不足道的，对黑侏儒的态度一直很轻视。

见莫斯格拉有所顾忌，洛基继续诱惑道："芙丽嘉还说，只要你能做出让她满意的首饰，不仅有报酬，她还可以帮你解除家族的魔法，让你们在白天也可以自由外出，沐浴阳光。"

一听这话，莫斯格拉更加动心了。因为黑侏儒这个家族是不能见光的，白天的时候他们不能外出活动，也是因为这才使他们受到别的种族的歧视。如果可以解决不能见光的魔法，这该是多么令人高兴的事啊，于是他立刻答应了洛基，天黑后便跟随他到了阿斯加德。

等到了阿斯加德，莫斯格拉才知道这个女人对珠宝是多么地渴望。芙丽嘉提出让他为自己打造一套全身的饰品，莫斯格拉心里盘算着一个晚上怎么可能打造出这么多的首饰呢？又仔细回味了一下洛基所说的话，便认为他承诺的解除家族魔法这事应该是骗他的，要是等到天亮，太阳一出来，自己就会因阳光的照射而石化。莫斯格拉越想越害怕，开始打起了退堂鼓，想要离开神界。他借口说想要打造全身的饰品，这些黄金是不够的。

谁知芙丽嘉不愿放弃这次机会，便把阿斯加德库存的所有黄金都拿了出来。看芙丽嘉如此执着，莫斯格拉更担心其中有诈，他想让芙丽嘉知难而退，就又说道："现在虽然黄金有很多，但纯度不够，想要提炼出更好的原材料，这些还是不够的。"

但没想到芙丽嘉竟铁了心要这套饰品，听说黄金还不够，就想用奥丁真金神像来凑数。但在造奥丁神像的时候，奥丁就为了防止有人窃取亵渎神像，在神像口中下了咒语。一旦有人偷窃、破坏，神像就会自动说出破坏者的名字。芙丽嘉打起了神像的主意，但又怕神像说出是自己所为，就把神像熔化，从中取了一大块自己使用。

看芙丽嘉如此认真，莫斯格拉更加害怕了。此时他进退两难，如果收了奥丁神像的黄金，奥丁知道后一定不会饶过自己的；但如果不收，眼前芙丽嘉的这一关就过不了。经过再三的考虑，他决定冒一次险，于是拿了黄金，找个借口便回地下城了。

奥丁得知此事后，一气之下便离家出走，这样才有了他在人间的游历和几次婚姻。在奥丁离开后，他的两个孪生兄弟便不请自现了。他们的体貌特征和奥丁几乎无二，以至于不知情的芙丽嘉对他们失了身。但他们也只是和奥丁的外貌相像，却没有奥丁的神威，不能为世界降福。所以趁此之际霜巨人族在人间大肆为虐，致使大地冰封、横尸遍野。奥丁游历结束后返回阿斯加德，他的两个兄弟也随之消失。奥丁率众神驱逐霜巨人族，这才保全了人间的安宁。

平时芙丽嘉所负责的事物繁多，以至于很多事情都记不住，所以她只能让一些低阶女神充当侍女。由这些侍女替她办理公务，甚至有些低阶女神代替她执掌某方面的职务。

芙丽嘉最贴身的侍女神名叫芙拉，芙拉的任务是为芙丽嘉梳妆，掌管她的首饰箱。有人说芙拉是芙丽嘉的陪嫁小妹，她知道芙丽嘉的所有秘密，甚至还常常去帮助那些祈求神灵保佑的人类。她常常在晚上的时候来人间驰行，甩动着她那满头金色的秀发，在她的头上还缀满了明珠，让那些值得福佑的人能风调雨顺，五谷丰登，解决人们的温饱问题。

芙丽嘉的第二侍女神名为荷林，她聪明伶俐，她的声音就犹如金钟银铃般悦耳动听。芙丽嘉的心理疏导全都靠她，芙丽嘉常常会和她诉说自己心中的苦楚。而她的任务就是来当一个忠实的倾听者，帮她化解心中的不快。她还经常被芙丽嘉派去人间为那些受苦受难的人排忧解难。对世人的祈祷她会很用心地倾听，然后就建议芙丽嘉去帮助那些有难之人。

芙丽嘉在人间的信息传送者名叫格娜，她经常骑着天马游荡在世界各地，风雨无阻。世界的每一个角落没有她到不了的地方。到了晚上，她会向芙丽嘉汇报一天的所见所闻。有一次，格娜正在游历之时，看到了独自在海边哭泣的瑞利亚王，而他伤心的原因是婚后一直没有子嗣，当晚在向芙丽嘉汇报的时候，便跟她说了此事。芙丽嘉便让她赐给了瑞利亚王一枚苹果，最终瑞利亚王有了自己的孩子。

爱情守护神洛芬是一位温柔庄重的女神，她的任务就是清除恋人间的隔阂，让有情人终成眷属。

善于用言辞打动别人的约瑟芬，她的任务是让那些在爱情中冰冷的心融化，维持家庭和睦，并且使那些已经破碎的家庭破镜重圆。

格芙琼是处女神，她的任务就是专门接引那些还没有婚嫁而去世的少男少女来到芙丽嘉宫中，让他们在此完成他们在人间没有完成的成人礼仪。但有人却说她自己并非处女，因曾经被巨人胁迫而怀孕，但她认为孩子是无辜的，就生下了四个混血儿。也正是如此，她更能体会女人贞节的重要性。有一次，瑞典王吉尔菲曾承诺献给神土地，奥丁派她去取。吉尔菲对格芙琼说："你在我的国土上耕地，在二十四小时内你耕出多少，我就送给你们多少。"于是格芙琼将四个儿子召唤来，将他们变成四头健壮的公牛。母子一起努力，整整工作了二十四个小时，他们用这一天的时间在瑞典北部耕出了一大片土地，并将其拖入海中变成了丹麦的西兰岛。

芙丽嘉的私人医生名为艾拉，她的任务就是帮助芙丽嘉驱除疾病，并负责她的饮食健康，她到处搜集各种灵丹妙药，还会将自己的医术传授给人间女子。

第四章 「火神和恶作剧之神洛基」

第四章 火神和恶作剧之神洛基

洛基是执掌人间之火的神，即火神，他是霜巨人族的后代，同时也是奥丁的结拜兄弟。格罗特是洛基的第一个妻子，她和洛基生有两个女儿，分别名为爱莎和艾芙丽雅。只要北欧人看到木柴在烈火中爆响，便认为是洛基在打他的孩子。女巨人安格尔布达是洛基的第二个妻子，他们生了三个孩子，可这三个都是将来毁灭世界的妖孽：一是毒蛇伊门格尔，他能够见风就长，二是苍狼芬尼尔，三是海拉，被称为"死亡女神"。

火不仅可以给人造福，也可以给人带来灾难，洛基就是如此，所以他同时肩负着"恶作剧之神"的称号。最初他的行为是善恶各半，平时他只是用一些不太让人厌恶的方式开一些玩笑。因此众神对他还是能够容忍的，让他位列十二位正神之一。

到了后来，洛基的玩笑越开越大，开始变本加厉甚至变成了蓄意为之，他玩笑的目的和动机也变得越来越邪恶，最后到了一发不可收拾的地步。他体内霜巨人族的血统让他的心灵越来越邪恶，最终成了阿瑟众神的敌人，彻底成了一个恶神。

当洛基还善良的时候，他也代表了北欧人的一种生活品性，那就是生活中可以有些可有可无的消遣。他的行为和性格与索尔完全相反。索尔是位极有正义感和责任感的神，他的生活态度就是诚恳老实，他每天的任务是保护人类的同时，还要和霜巨人族作战。而洛基对待生活的态度就如游戏一般，即便是分内的正经事，他也会以消遣恶搞的态度来完成。而他们两人又常常在一起做一些维护世界和平、降妖除魔的任务。这时他们的合作就成了有张有弛的互补关系。后来，洛基从喜欢恶作剧开始变得极端自私、狡诈，最终走上了邪路，而他们之间的关系也由原来的合作变成了敌人。

尽管最终洛基走上邪路，但之前的他为人还是挺不错的。他长相英俊，聪明智慧，能言善辩，诙谐幽默。虽然他在平时也做了不少损害众神利益的事，给众神带来了损失，但一定程度上也带来了不少欢乐。即便是他惹了祸，他也会利用自己的狡诈而把此事摆平，弥补自己闯下的祸事。有时惹的祸实在无法控制时，他就会装模作样地搬起石头砸自己的脚，而得到众神的宽恕。并且在众神遇到解不开的难题时，也会派他来解围。

有一次，一位农夫和巨人斯科姆下棋，下棋之前两人便约定如果巨人赢了，就要带走农夫唯一的儿子，结果他真的赢了，要带走农夫的儿子。但他们也约定了，可以给农夫一天的时间把儿子藏起来，如果巨人找不到，他就不能把孩子带走。情急之下，农夫只好祈求全能的奥丁能帮助自己保全孩子。在神界的奥丁得知此事后，马上下凡帮助农夫。他把农夫的儿子变成了一粒麦种，躲藏在麦田里一株成熟的麦穗上。

第二天，巨人斯科姆来了。他先在农夫家倒腾了一番，却没有找到孩子。他观察了一会后，拿起一把大剪刀来到麦田中。他弯下腰开始仔细搜索着，很快便找到了化身成麦种的农夫的儿子，一下就把他剪了下来。身在天上的奥丁一直在关注着这件事，他见巨人找到了农夫的儿子，立刻从巨人手中抢过了那粒麦子，还给农夫并说道："现在我也帮不了你了，我把孩子丝毫无损地还给你了！"

斯科姆一眼便看穿了奥丁的魔法，不由地感觉自己比奥丁还要强大，便狂妄地说道："再给你一天时间，你可以求助于任何人。"农夫又去祈求农垦之神弗雷尔的帮助。弗雷尔想了一下把孩子变成了池塘里鹅群中一只鹅胸前的一根细绒。到了第二天巨人来后，发现农夫离这只鹅很近，一下便猜到他的孩子一定就在这只鹅身上。他马上抓起这只鹅，准备咬断鹅的脖子。幸亏弗雷尔反应快，抢下了鹅，要不然农夫的儿子早就成巨人的食物了。弗雷尔也没能藏好孩子，便沮丧地对农夫说："实在抱歉，我已经尽力了！"

这一次巨人又赢了，他就更加得意了，便同意再给农夫一次机会。

洛基的足智多谋是众所周知的，当然农夫也是早有耳闻，但这位神的脾气、性情总是让人难以捉摸，再加上自己平时对这位神从未献祭过什么，便一直没好意思向他开口求助。可现在，已经没有办法了，他只能战战兢兢地向洛基求救，希望能得到他的帮助。

洛基在得知巨人识破了奥丁和弗雷尔的法术后，便有心想要展示一下自己，现在刚好农夫来向他求救，一向争强好胜的他决定帮助农夫，也可以此来证明自己的强大。洛基将农夫的儿子带到遥远的海滨，把他变成了一条鱼肚子中的一粒鱼卵。他知道巨人的透视能力很强，便一点不敢轻视，亲自藏在海边观察着。不久，巨人来了，并且他手里还拿着钓鱼竿。洛基见自己的把戏被人看穿，便隐身小心翼翼地紧跟在巨人身后，随时做好准备。巨人将鱼竿投入水里，没多久果然钓上了那条腹中藏有农夫之子的鱼！巨人开心极了，耐心地在鱼肚中翻找着，最终还是找出了农夫儿子变成的那粒鱼卵。

情急之下洛基也不顾赌约，直接插手这件事。在巨人正开心得意之时，他从巨人背后一把抢过那粒鱼卵，解除了他身上的魔法，并对他说："快向那座船坞跑去！"农夫的儿子听后立刻向船坞跑去，巨人紧追其后。那孩子刚跑进船坞，巨人便也到了门口，他只顾看着孩子却没有注意到船坞的屋顶和自己的身高，一头撞上了屋顶，摔倒在地。就在巨人摔在地上还没回过神来之时，洛基趁机砍下了巨人的脑袋。可他却没有想到巨人的头能够自动接植，被砍掉的头又重新接了起来。本来洛基就诡计多端，并且他也算是巨人的后代，对这些魔法早就有应对之策。他再一次砍下巨人的脑袋，并且在他的头和身躯之间扔了一些铁片和燧石，巨人的魔法失效了，无法再让头和身躯合起来，当场丧命。

洛基杀死了巨人，农夫的孩子才得以保全。从那以后，在这个农夫心里，洛基就成了法术最高强的神。

洛基常常会耍诈戏弄诸神魔，但对凡人却很少这样。不是因为他宅心仁厚，而是他觉得戏弄神魔才能更有成就感。虽然他经常跟神魔争斗，甚至还背负着命案，但他一般不会与诸神魔直面对决，多是在背后挑拨离间。阿瑟诸神也包括他自己都无法预知和控制他的捉摸不定和善恶无常。

人类一般很少向洛基祈祷，因为他不像主神奥丁、雷神索尔、农神弗雷尔等那么有求必应，还因为他常常不请自来，有时甚至是来添乱的。

虽然向他祈求的人很少，但并不表示没有人；虽然他常常搞一些恶作剧，但并不表示他就是恶贯满盈，没有做过一件好事。

一次，有一些胆大的渔民越过北极圈来到霜巨人族的领地，就在收获颇丰准备返航时，却被浮冰挡住了去路。船长为了能够解决当前的困境，下令让水手在冰面捕捉海豹和北极熊，并在甲板生火将它们的脂肪融化。

他们的这一行为惹怒了这里的主人——霜巨人。这些人竟如此胆大包天，私闯自己的领地。愤怒的霜巨人们将这一船人一并抓住，想要砍下他们的四肢，让他们变成海豹人，让他们也尝尝身为海豹而只能在冰面爬行，并且天天还要躲避北极熊的追捕的滋味。

就在准备砍他们四肢的时候，船上的大副慌忙跪下向上天祈祷："尊敬的火神洛基，您的子民只因想要填饱肚子，而被霜巨人肆意屠杀。我们在此生火也是迫于无奈，走投无路才出此下策！希望您能听到我们的祷告，救救我们！"

这天刚好洛基借了芙丽雅的鹰羽衣想要去人间，正好经过此地，听到了大副的祷告和求救，便立即下来帮他们渡过此难关，准备做一件好事。

洛基一来，这些渔民便抱着洛基的大腿哭诉着自己的遭遇，而另一边的霜巨人也在据理力争。

洛基是因为听到了人类的祈求才参与此事的，所以他便与霜巨人辩驳起来。

能言善辩是洛基的强项，霜巨人们辩驳不过便动起手来。洛基一看事情不妙，便急忙拔出随身佩刀。虽然洛基法术高强，但巨人们身高力壮，并且人数很多，

第四章　火神和恶作剧之神洛基

这一仗着实让洛基费了不少的工夫。等所有的巨人都被打倒后，才发现在战斗的时候，有六个人类受伤，还有两个已经死亡。

虽然战斗结束了，但却有人因此而受伤，也让洛基很懊恼。为了救那些受伤的人，他需要一些能让断肢再生的圣药。但他却不想回天界去取，因为怕自己狼狈的样子被众神嘲笑，同时也是因为自己没有保护好人类，他感到羞愧。没办法，洛基只能披上鹰羽衣，来到了离自己所在位置最近的黑侏儒的地下城。

一来到此地，洛基便遇到了自己的死对头黑侏儒布鲁克。本来布鲁克不想搭理他，但看到洛基躲躲闪闪，好奇心来了，假意邀请洛基去家里坐坐。

不知该如何是好的洛基，知道为了摆脱对方的纠缠，只能顺从着他。如果被他知道自己保护不了信众，并且自己还受了伤，就更是颜面尽失了，只得跟着他进了屋。

洛基知道自己还有任务在身，不能耽误太长时间，便直言道："正如你所看到的，我身负重伤。之前是我不对，捉弄了你们，现在我也受伤了，就算是对你们的补偿了。希望你能宽宏大量，不计前嫌，帮我渡过今天的难关，日后我一定会报答的！"

对洛基的这一说辞布鲁克根本不接受，但他表面上装作原谅了洛基，答应帮他，实际上想要趁此机会好好报复他。

以为得到了黑侏儒原谅的洛基这才说出了事实的真相，希望布鲁克能帮助自己弄到急救的药品和帮助人类从冰原脱困的器材。

布鲁克心中暗喜：这正是报仇的好时机。于是笑道："我这里有矮人战士专用的治伤良药，而冰原脱困的器材，我可以打造一把破冰伞炬，帮他们脱离冰原困境！"

洛基听后很是高兴。布鲁克转身进了熔炉房，点燃炉火，开始制造伞炬，在制造的时候还念起了咒语，在伞上施了魔法。

没一会儿，布鲁克制造好了破冰伞，并交给了洛基。洛基谢过布鲁克立刻返回了冰原。

看到洛基再一次前来，受难的人们就像抓住了救命稻草，对他磕头感谢。洛基给受伤的人敷药，可他并不了解人类与黑侏儒的形体存在差异，用药的量也是不同的，本来这些药应该只稍微地喷洒一点就可以，并不能多用。但洛基并不知情，想着多用点会好得快点，便把用量多了，这血倒是止住了，但因为用量太多而致使全身血液凝固。吃的药用量也太过，虽然伤口愈合了，但仍是因为用量过度，长出了丑陋的肉芽。

随后洛基拿出布鲁克送给他的破冰伞炬。不愧是顶级名匠的作品，伞炬将极地仅有的一点太阳光反射过来，将冰盖全部融化了。可布鲁克早在伞炬上面施了魔法，导致这里的温度持续升高，这样一来虽然冰雪很快便融化了，但由于过高的温度，把船也给点着了。

看到船着火了，船上的人为了逃生只得跳入寒冷的冰水中。

洛基慌乱中将众人救上冰面，查了一下人数，加上之前死的，一共有八人丧生。这下死者家属不愿意了，要求奥丁来处理此事。

为了平息众怒，奥丁提出用神界的财税收入对受害者家属补偿，但家属并不接受。他们的要求是让受害者活过来。奥丁便去和冥界死亡女神谈判，但死亡女神海拉漫天要价，导致谈判破裂。奥丁又提出能够让死者的子女到神界任职，可以挑选自己喜欢的任何神为其服务，但这也遭到了拒绝。家属们认定了要让死者复活或要洛基一命抵一命。

最终，由奥丁做主，给这些家属过继了八个恩赫里亚留在人间的遗孤，并由洛基负责哺育，这事情才算得到了解决。

渐渐地洛基开始变得作恶多端，众神也开始渐渐地疏远他，对他有所戒备。这样一来洛基更加堕落，以至于做出了更多阴毒的事情，借刀杀人害死了光明之神博德。并且在博德可以复活的时候，他又怂恿一个女巨人不要为博德流一滴眼泪，致使博德永滞死域，再也不能回到天界。这些行为，让众神对洛基的愤怒到了无法忍耐的地步，最终将他逐出了阿斯加德。

在得知博德被害的消息后，海神伊吉尔特地设下酒宴，邀请处在悲痛中的众神到他的珊瑚宫散心。在众神开怀畅饮时，阴魂不散的洛基也来到了宴会上。大家都知道洛基是伊吉尔的远房亲戚，出于对伊吉尔的尊重，众神都没说什么，只当他不存在。见自己往日的同伴如此冷落自己，在洛基心中生出了恶念。

芬芳和艾尔迪是伊吉尔的两位得力助手。他们为了让宴会更加光彩夺目就用夜明珠来照明。芬芳和艾尔迪不停地给众神斟酒上菜，在众神席位间不停穿梭，尽量让每一位客人都尽兴。众神对他们如此周到的服务也大加赞许。而洛基则故意挑刺，一会儿说酒里兑了水，一会儿又说盘子没洗净，甚至还说菜不新鲜，对芬芳的服务总是不满。诸神对洛基的无礼感到愤愤不平，开始斥责他。但洛基却对诸神破口大骂，对于这样无礼之人，诸神实在无法忍受，便将他驱除出了珊瑚宫。

当众神重新开始宴会时，不死心的洛基又返了回来。在外面的红毯上惹是生非的洛基看到了艾尔迪，问道："他们这些神刚办完了丧事现在却又来这里饮酒作乐，他们在里面都说些什么呢？"

艾尔迪看到这个杀害自己同伴的瘟神，很是气愤，但又不敢怠慢，只好实话实说道："他们讨论的是自己在战场上的功绩和自己用过的那些厉害的兵器。"接着他又说道："你和众神之间有嫌隙，所以我劝你还是去别的地方吧。"

以洛基的性格和为人，怎会就这样算了，他冷笑着对艾尔迪说："我就要去，我要在他们喝的酒中加入诅咒的毒汁，这次我将给他们带来的灾难要比之前的多得多，也重得多！"

艾尔迪劝道："算了吧，看在我们之前是兄弟的份上，何必让彼此的关系这么紧张呢？如果你再这样跟他们发生冲突，他们就会更加厌恶你，更加冷落你！"

对于艾尔迪的劝告洛基根本听不进去，他大摇大摆地再一次闯入宴会大厅嚷道："想来这还真是不容易啊！众神啊，能否给我一杯酒解解渴？"

看到厚颜无耻的洛基又一次回来了，众神都对他不理不睬。洛基厚着脸皮问身边的艺术之神布拉奇："为什么这些神这么高傲？对我的到来不予理睬，竟然不请我入席，他们也太不礼貌了，难不成是想再一次把我请出去吗？"

本来就能言善辩的布拉奇，在这种情况下更是毫不留情地数落了洛基一番："我们只和自己的朋友友好。因为不想跟你这样的神为伍，所以不会给你安排座位。虽然之前我们也是共事的朋友，但现在在我们的宴会上再也不会有你的位置了！"

洛基不屑一顾地"哼"了一声径直朝奥丁走去，边走边笑道："奥丁，我的身份地位到底是由你决定还是你儿子决定的呢？别忘了我们可是义结金兰的兄弟啊！我记得你还说过，只要有我在，你就一定会与我共饮而不会独酌！"

当着众神的面，奥丁不好意思违背自己的誓言，鉴于此，他对森林之神威达尔说："为了不破坏大家的兴趣，给这位苍狼之父让出一席之位来吧。"威达尔只好遵从奥丁的旨意为洛基斟了一杯酒。洛基与众神一一举杯相碰，却唯独少了布拉奇。然后洛基对诸神祝酒道："大家一起干杯！"

对于无礼的洛基，宽容大度的布拉奇只是微微一笑，也和众神一起喝了杯中酒。但不甘示弱的洛基却继续挑衅道："你怎么也喝了？我好像没有敬你呀？"

布拉奇说："洛基，好歹我们曾经也算是兄弟，你不要总是指桑骂槐地来对众神发泄，你这样只会让大家更讨厌你。不管你是要跟我们暗中疏远还是明着决裂，我们都奉陪到底。为了了断我们之间的情分，你是想要美酒还是利剑，任凭你挑选！"

洛基讥讽道："布拉奇，在这儿哪有你说话的权利，你不过就是凭借着自己的关系才来到神界的。在与敌人的战斗中，你有哪一次是身先士卒抢在前头的？你只会躲在一边，你就是一个懦夫！"

对洛基的羞辱布拉奇实在承受不了了，他全身的血液沸腾着，脸上青筋暴出，怒喝道："如果不是怕你的污血把主人家的厅堂弄脏了，我一定要把你的头砍下来！"

洛基反唇相讥："哼！所有人都认为你是个酒宴上的艺术家，并且豪气逼人，慷慨激昂。可他们却不知道你实际上就是个贪生怕死的孬种。你可是个典型的语言上的巨人，行动上的矮子，战斗中的懦夫！怎么，难道我说的不是吗？你不服气吗？那就别只坐在那说横话，有本事咱们去外面比试一下！哼，我看你就不敢吧，阿瑟诸神的英雄事迹可不是只靠你用嘴吹出来的，要用实际的行动来证明！"

布拉奇暴跳如雷，"噌"的一下站起来要到外面跟洛基比武，却被妻子伊童死死拉住。看到这一幕，洛基不但没有收敛，而且还变本加厉，连他的妻子也开始辱骂，甚至将那些前来劝解的众神都骂了个遍，当然也包括奥丁和索尔的妻子西芙。正在他辱骂西芙的时候，只听一声雷鸣般的巨响在大厅外响起，大家喊道："索尔来了！"

刚说完，愤怒的索尔已冲进了宴会大厅，所有的人因他造成的地动山摇而站立不稳。索尔指着洛基怒吼道："你给我住嘴！不然我就用我的战锤砸烂你的头！"

索尔是洛基最害怕的神，他多次目睹过索尔神锤的威力，此时他仍是不依不饶地冲撞了索尔："虽然你很勇猛，但却连斯克米尼亚的干粮袋都解不开，你那神力与霜巨人相比简直就是九牛一毛！甚至和一个老妇人摔跤，都不能把对方怎么样吧！"

索尔气得全身青筋暴出，指关节捏得发白，好像眼中也冒着火似的。洛基看这阵势便知事情不妙，赶紧逃离了现场。即便如此他仍是边走边咒骂诸神："伊吉尔以后这样的宴会你还是少办为好，只要你办一次我就会来一次。最终，众神和世间所有的一切都将被一场漫天大火吞噬！"

洛基很清楚自己的这一场闹剧，肯定会引起众神的报复，便躲在了一个深不见底的地下洞穴中，但他又怕自己所在位置的视野不够开阔而被众神来个瓮中捉鳖。于是他找到了一个视野开阔的山顶修建了一座四面有门的茅屋，在那里不管是哪个方向都能看得清清楚楚。就这样他每天都躲在里面过着提心吊胆的日子，随时准备着逃跑。事先洛基已经安排好了逃跑的路线，如果众神来围捕，他准备跳入附近的一条大河中，变成鲑鱼逃走。但洛基生性多疑，他又怕众神撒网抓到他，于是他想看看自己是否可以从网眼中逃脱，便自己织了一张网。

在网刚织了一半的时候，奥丁在自己的宝座上发现了洛基。他马上率领索尔等神下凡捉拿他。看到前来捉拿自己的众神，洛基将还未完成的网投入壁炉中，然后夺门而出，变成一条鲑鱼跳入了河中，躲在两块岩石的夹缝里。

奥丁等人来到洛基的茅屋旁，里里外外搜了个遍，却没发现洛基的身影。眼尖的弗雷尔发现了壁炉里还未燃尽的渔网，便知道洛基一定是变成鱼逃跑了。聪明的洛基这次却被自己出卖了，众神合力很快就织好了一张网，来到洛基跳入的河中，从源头撒网，几个来回过后，却没有发现洛基的影子。因为洛基藏在石缝中，每次渔网经过不是从石头上滑过，就是被石头卡住。

就这样洛基以为自己又能逃过一劫，不由得意了起来。这时他却听到众神议论要在下游拦网防止洛基逃走，这时索尔也开始清理河中的石块。眼看索尔就要将自己藏身的石块搬起，慌乱中的洛基，往上游逃去。河中的石头清理完后，众神便重新开始拖着网往上游捕捞。现在在洛基前面的是一道不可越过的瀑布，而后面却是要逮着自己的渔网，洛基只好纵身跃出水面，跳过了渔网向下游逃去。众神一看便知这就是洛基，立刻掉转方向往下游拖网，很快就到了大河的入海口。此时洛基化身的是淡水鱼，想要进入大海就必须先上岸恢复原形再变成海水鱼，可他很清楚一旦上岸就会被众神所擒。无奈之下，洛基想重演前一次跳过渔网的事。可是在神灵面前同样的方法怎么能成功两次呢。这一次在他刚跳出水面时便被眼疾手快的索尔一下子抓住了，并帮他恢复了原形。

为了防止洛基再一次逃跑，众神将他关押在一个幽深阴冷的洞穴中，然后还带来了他的妻子和两个儿子。他们把洛基的小儿子法利变成一头饿狼，这头饿狼很快狼性大发撕裂了自己的哥哥纳尔夫。洞中的巨石成了惩罚洛基的刑柱，众神将巨石穿孔，就像之前警告洛基的一样，用他儿子的肠子将洛基牢牢拴在巨石上。当然为了防止洛基逃脱，众神还在肠子上施了魔法，让洛基无法挣脱，更不能逃走。洛基曾经对冬之女神斯蒂嘉和她已故的父亲当众羞辱，更是残害了她的父亲，可以说她对洛基是恨之入骨。于是她在洛基的头上放了一条毒蛇，它的毒液会不停地滴在洛基脸上。因为洛基全身都被拴着，动弹不得，蛇毒不停腐蚀着洛基那张英俊的脸，而且还会随着他全身血液的流动而流至全身，让他承受锥心之痛。

为了减轻丈夫的痛楚，洛基的妻子希格用一只碗日复一日地站在洛基旁边来接住毒液。但这个方法只能暂时缓解他的疼痛，因为毒液装满了碗后，希格就得把它倒出洞外，这时毒液又会滴在洛基的脸上。洛基无法忍受这种钻心的剧痛便拼命挣扎，试图逃脱，于是大地随之震动，这就形成了地震。洛基想要从这里逃出去，只能等到诸神的黄昏，也就是世界末日那天，他将和霜巨人以及他的三个后代一起使整个世界覆灭，与众神同归于尽。

第五章

「雷神索尔」

第五章 雷神索尔

十二位主神中仅次于奥丁排名第二的是雷神索尔,他是奥丁的长子。雷神索尔在诸神中最骁勇善战、有勇有谋,他疾恶如仇又宽宏大量,不拘小节又细致入微,脾气暴躁又古道热肠,而且能食善饮,有些爱发牢骚。他在和平时期辛勤地进行农垦工作,深受劳动人民的爱戴,经常与农民和手工业者打成一片。位于阿斯加德的特鲁德海姆宫是雷神索尔拥有面积最大的宫殿,共有五百四十个房间,世间劳苦一生却贫困而死的人的灵魂都将接纳到此地。甚至那些征召的恩赫里亚的奴仆也会被召入特鲁德海姆宫享福。

索尔不仅有深厚的法力,而且还有三件神器相助。第一件是举世闻名的由黑侏儒打造而成的雷神之锤米奥尼尔,它是索尔最强大的神器,能最大限度地发挥索尔的战斗力。只要索尔把雷神之锤甩出去,无论敌人躲到天涯海角,它都能准确地击中目标,而后自动返回。第二件神器是能增加索尔力量的腰带金吉奥特。铁手套伊安格雷格是索尔的第三件神器,它能增加战锤的杀伤力。

索尔的战车是诸神中唯一用两只山羊拉动的。索尔可以随时食用这两只神羊,吃完它们的肉后,吃剩下的骨头被索尔包在羊皮中一抖,两只山羊就能复活。金发女神西芙是索尔的妻子,为索尔生有一儿一女。一个黑侏儒追求过索尔的女儿斯洛特,一天夜里,这个黑侏儒来到阿斯加德求亲。诸神都不愿意将雷神之女嫁给黑侏儒，便百般刁难，可这个黑侏儒把诸神给他的很多不可能的任务都一一完成了。索尔便出了很多智力题给黑侏儒。见多识广的黑侏儒就这些问题一一做了回答，结果没留意已经渐渐发白的天空。最终，这个黑侏儒在接触到阳光时就当场石化了。

雷神之锤

　　索尔的妻子西芙有满头的金发,如蜂蜜一般的金发在风中会荡出瑰丽的波浪,就像能给人间带来五谷丰登的麦浪一样迷人可爱。索尔对娇妻的金发非常痴迷,只要他将头埋进妻子的金发里,他所有的烦恼和不快就会烟消云散。但有一天,索尔回家后发现那能让他烦恼消失的金发突然消失了,在帷帐中酣眠的西芙居然变成了光头,暴跳如雷的索尔差点拔光自己的红胡子。

　　显然,敢有如此作为的只有恶作剧之神——洛基。风流倜傥、能说会道的洛基是很会讨女人欢心的。他在索尔外出时,用花言巧语获得了西芙的信任,消除了西芙的戒心,然后热情劝饮把西芙灌醉,之后就把她的金发剃光了。至于妻子被灌醉之后除了被剃掉头发外是否还发生了其他事情,索尔就不得而知了。想到这里,爆裂之声就从索尔紧握着战锤的双手中发出。

　　怒气冲冲的索尔来到洛基宫中,找遍了洛基宫也不见他的人影,知道洛基定是变幻了形象躲在某处,于是便大喝一声:"再不出来领罪,我就要用战锤了,到时候就算我闭着眼睛都能打中你。"洛基闻得此言,吓得汗毛倒竖,立马现身,争取从宽处置。索尔见他现身,冲上去一把揪住他的头发,将他悬在半空中怒喝道:"让西芙的头发立刻恢复原状,否则我像拍苍蝇一样拍死你!"悬在半空中的洛基知道这位雷神是个言出必行的人,赶忙连连赔罪并表示一定会让金发重生。

火神洛基又名恶作剧之神，位列阿斯加德十二位主神，其诡计多端，极好恶作剧。虽然诸神都厌烦他，但由于他平时智谋过人，社交甚广，对他的胡作非为诸神也就容忍了。洛基虽然敢捉弄奥丁，但却最怕索尔，因为他的脾气非常暴躁，速度和法力远超过自己。而如今要恢复西芙头上的金发比复活死人还难，幸亏洛基交友甚广，很多人都跟他有来往，神、魔、人三界中很少有他不知道的事情，他在考虑一番后决定去地下黑侏儒的宫殿寻求善后补救之人。因为那里有魔力超凡的黑侏儒，他们的打造工艺比陈家村铁匠还精良。

杜瓦林是黑侏儒中的高级技工，他害怕洛基使出难以想象的花招来捉弄自己，便热情地接待了这尊不速之神。为保平安，他主动问道："尊神此番光临寒舍，不知有何赐教啊？"

诡计多端的洛基平时对这些脾气古怪、生性吝啬、爱用魔法施咒的黑侏儒敬而远之，今天也是逼不得已才来到这阴暗潮湿的地下有求于他。听了杜瓦林这话，他说："有件高难度的事情想请先生帮忙却又不好开口。"

杜瓦林说："是吗？说来听听。"杜瓦林心想洛基也有求他的时候，这不仅是对自己的充分肯定，而且还感受到了自己的重要性，这极大地激起了他的好奇心。

洛基说道："我需要你帮我造出能自然生长且与真发无异的人工金发，我要将它种植在雷神妻子的头上。"

杜瓦林考虑了一下工艺难度和成本后，哈哈一笑说："这有何难？"然后立刻开炉生火焚烧金块，念着魔咒将加热过的金块拉成细丝，做成了可在头皮上生根并可以生长的人工金发。为了表现自己过人的工艺，让洛基心服口服，他又趁热打铁制作了两件宝物：一艘如意顺风船，此船可折叠并变幻大小；一把名为冈尼尔的长矛，此矛的特点是可自动追击敌人。

在洛基拿到这些宝物时，地下城中手艺数一数二的辛德里的弟弟布鲁克也在围观人群中，唯恐天下不乱的洛基对布鲁克说："你看，多精细的工艺啊！真是巧夺天工。我敢打赌，史上没有谁能有这样的传神制作了。"

布鲁克听后愤愤不平，嚷道："我大哥辛德里打造出的宝物就比这些更传神，

第五章 雷神索尔

我愿意用项上人头做赌。"洛基欣然答应,然后他们在辛德里面前赌咒发誓,说等辛德里完工后,他们会将这些宝物拿到阿斯加德让诸神来评选宝物等级。如果辛德里打造出的宝物超过了杜瓦林,布鲁克可带走洛基的人头;反之,布鲁克则要把人头留下。布鲁克跟外人打赌之事,关乎家族荣誉,辛德里就一口答应下来。

金块被辛德里投入火炉中后,辛德里叮嘱布鲁克要连续不断地拉动风箱往炉中送氧:"一定要保持锻造炉中的温度不能降低,炉内温度一旦降低,锻造出来的就是次品了。"

布鲁克答道:"大哥请放心,我一定不会让炉内温度降低的,即便我不为你的宝物着想,也得为自己吃饭的家伙着想。"听了这些话后的辛德里放心地出门,在月光下为宝物做法事去了。

听着风箱嘀嘀作响,看着布鲁克气定神闲的神情,洛基忍不住相信自己手中的宝物确实不如它们打造的。洛基虽然好捉弄人,但也极爱面子,他想着如何破坏他们,借口室内太热出门透透气。他一出门就变成一只巨型牛虻,去叮咬布鲁克拉风箱的手。布鲁克忍着疼痛继续拉着风箱直到宝物锻造结束。等到辛德里在外作法完毕后,从炉中取出了魔法臂圈乔普尼尔,此物每隔九天就会自我复制分裂出几只金环,拥有此物者将有取之不尽用之不竭的黄金。

接着辛德里把金块和猪皮绑在一起投入炉中,并叮嘱弟弟,这次要保持匀速不停地拉动风箱,绝不能分神减缓速度,然后又在月光下为宝物作法去了。辛德里刚出门,洛基变化成牛虻又飞了过来。这次他使足浑身的劲儿在布鲁克脸上叮咬……疼痛难忍的布鲁克不得不减缓了速度,却没有停手。等辛德里作法回来,打开炉门,一只硕大的金毛野猪从里面跳出了出来。它是一架很好的两栖交通工具,能在空中和水里高速奔跑。由于布鲁克中途分神,造成了金猪是一只不能繁育的阉猪。

最后辛德里将铁块投入炉中,并叮嘱弟弟这次无论如何不能停手和减缓速度:"这次炉中冶炼的只是普通的铁块,而不是金块,一有停缓就会功败垂成。务必小心!"然后继续在月光下为宝物作法去了。

洛基心想：杜瓦林打造的如意顺风船只能航海，而辛德里的金毛野猪则可水空两用。很明显适用范围广的金猪已经略胜一筹；杜瓦林的神矛冈尼尔虽然可以锁定追击敌人，但终究只能归一人所有，而且无法再生。但乔普尼尔可无限再生，它会再生出越来越多的金环，让人们有用之不尽的黄金，不仅可以让神界摆脱贫困，而且还可让黄金迅速贬值。这样的话，辛德里又赢了一局。如果第三件宝物再完美出炉的话，我就输定了，所以必须给它制造出重大缺陷。

于是变成牛虻的洛基飞到了布鲁克眼睛上，狠狠叮咬他的眼皮，但布鲁克始终如一的保持着先前的姿势拉动着风箱。但渐渐地，布鲁克眼睛上洒满的鲜血遮挡住了他的视线。他不由自主地伸出一只手去驱赶牛虻，最终导致炉温有所波动。最后，等辛德里回来打开炉子后，不由地惊呼："完了，这只能算个半成品。"原来炉中冶炼的是由最后雷神索尔所用的巨型战锤米尼奥尔，它最大的缺陷是锤柄短得几乎无法把握。

洛基和布鲁克带着宝物准备到神界让诸神进行评选。临走时辛德里拿出一个铁制锁子甲手套给弟弟："到时候，贪婪的诸神一定会把这些宝物占为己有。这些宝物你可以献给众神以贿赂他们。还有，战锤虽然有不足，但这双手套足以弥补这个缺陷，你把它送给选用巨锤的神，这样定会为你加分不少从而保住你的性命，到那个时候你就让洛基履行诺言，我等着你把洛基的头提回来见我。"

随后，洛基和布鲁克来到了阿斯加德，让奥丁、弗雷尔和索尔来评判他们拿出的宝物。

洛基首先拿出了宝物，并把能自动追踪且击杀敌人的无敌长矛冈尼尔送给了奥丁。接着又把金色的假发递给索尔，并让他把假发戴在其妻西芙头上。假发在西芙的头皮上迅速地生根，极具光泽的秀发在微风中飞扬，甚至比原来的真发更漂亮。最后洛基把那艘魔船送给了社稷之神弗雷尔，弗雷尔对这个能够随意折叠可变大变小的充气船甚是喜爱。但他不知道的是每次使用这如意顺风船时都要自己用嘴来吹气。这魔法船携带起来确实很方便，只是使用时有些麻烦罢了。

洛基献完宝后，布鲁克也向众神一一介绍了他的三件宝物。他先将臂环献给

第五章 雷神索尔

主神奥丁，并介绍道："我无所不知的主神啊，你将这只臂环戴上后，以后每隔九天它就会自动复制并分裂出八只同样大小、重量和成色的金环。这一周期将会无限循环往复，这样一来你就有用不完的金环。"

然后布鲁克将金毛野猪献给了弗雷尔道："这只金毛猪可上天入地，水火都阻挡不了他，任何一匹快马都追不上它。"奥丁听到这里瞪了布鲁克一眼，而奥丁身旁的八足神骏斯普莱尼尔听到金猪的速度竟然比它还快，长嘶了一声表示不满。布鲁克马上说："弗雷尔是农垦之神、丰饶之神，是农民的守护者，他的身份也符合他骑金猪而行。这只金毛野猪还可以入地潜行，金色的鬃毛闪现的金光能将地下照得宛如白昼一般。还有，斯普莱尼尔，你是匹马，拿金猪和自己比多不好啊？"

最后，布鲁克把战锤米奥尼尔献给了雷神索尔并说道："把你普通的战锤换成这把终极白金版的巨锤吧。无论什么样的神魔妖怪，就算是身材高出你数倍的霜巨人都会被这把战锤砸为肉泥。只要你把它扔出去，无论目标离你有多远，它都会击中你想击中的目标，并且在击中目标后会自动飞回你手中。美中不足的是它的柄太短不好把握。"他又把那双铁手套递给索尔："不过，戴上手套后不仅可以弥补锤柄短的不足，还能增加战锤的杀伤力。"

最终，众神都认为战锤可以结合索尔的法力在对抗神族死敌霜巨人族时发挥巨大作用，是含金量最高、用处最大的宝物，所以他们一致认定布鲁克赢得赌誓。

洛基见自己赌输了，急忙表示愿意拿出自己所有的财宝赎回自己的头颅。但布鲁克怎么可能答应，本来洛基之前的嚣张和对他们家族荣誉的藐视已经让他怒不可遏，后来卑劣的洛基为了取胜还差点让他瞎了一只眼，这一切都不可能让他放过洛基。洛基见状不妙，马上耍起赖来，隐身飞走了。

布鲁克看到洛基消失了，便破口大骂："你这个无耻的家伙，我独身一人来到阿斯加德与你打赌，在有众神公正主持的情况下竟然还要耍赖。"

索尔是极其爱面子的神，既见不得别人诽谤神界，更无法忍受洛基公然毁约的行为。他闪电般地追上逃走的洛基，并带他回到布鲁克面前。他在布鲁克面前说了途中洛基教他说的话："按照誓约，洛基的头你可以带走，但你却不能伤到他的脖子。"原来，洛基早在约赌之时就已经想好了钻空子的行为。

洛基早就设好的悖论圈套让布鲁克无计可施。众神虽然允许他割下并带走洛基的头，但却无法割下。气急败坏的布鲁克持刀要将洛基的嘴巴割成碎片，由于洛基脸皮太厚，刀竟然切不动他的嘴唇。布鲁克就拿出骨针和铁丝，把洛基的嘴唇缝在了一起，让他无法散播是非。就这样，众神和黑侏儒之间又多了一笔怨仇。后来，附着在铁丝上的魔法被洛基消除了，他剪断了铁丝，又开始下套使绊，想坏点子，出馊主意，但附着魔法的铁丝却在他的嘴边留下了一圈疤痕。

第五章 雷神索尔

出访巨人国

北欧人从来不把雷神索尔当作破坏之神，即使他每次出行都伴随着狂风暴雨，闪电雷鸣。因为他的出行能为人们驱走暴虐的霜巨族，让大地生机盎然，让人们风调雨顺、五谷丰登。即便如此，人类居住的中土世界还会不时地遭受来自极北之地霜巨人族带来的刺骨寒流，让人们颗粒无收，家畜全部冻死。

一天，索尔准备给那些残暴的霜巨人族一点颜色看看，让他们老实点儿，防止他们再来人间搞破坏，便叫上足智多谋的洛基前往霜巨人族聚居的乔森海姆。他以为凭借自己的神力和洛基的智力一定能收拾住狂妄自大的霜巨人族。到时候，在武力上，索尔有取胜的把握；如果巨人要暗中搞鬼，有洛基在身边，还怕他们搞鬼不成？

双羊铜战车载着索尔和洛基一路风驰电掣，来到了乔森海姆边界。过快的车速吓得洛基一动不动，他提议找个地方休息一晚，机灵狡猾的他被憋了这么久，早就浑身难受。索尔便答应了。

他们好不容易找到一户人家借宿。他们受到了农夫的热情招待，但农夫家里实在太穷苦了，而两位神的食量太大了，不一会儿就吃光了盘中、桌上、锅里的所有食物，那可是农夫家里所有的食物啊。只吃了个半饱的索尔杀掉了拉车的神羊，剥皮后让农夫煮好端上桌，并请农夫一家四口一起食用。在吃羊肉之前，索尔将两张羊皮铺在地上,告诫所有人千万不能损坏羊骨,要完整无缺地将羊骨都放在羊皮上。洛基怂恿农夫的儿子瑟亚非偷偷将一根羊骨折断,并吸食了其中的骨髓,瑟亚非不知道的是自己已经得到了神羊超强的耐力。

到了次日早上,索尔一边用战锤敲击羊皮,一边默念些鲁纳符文,两只神羊就复活了。但他察觉到其中一只羊的后腿有些瘸,随后发现这只羊骨折了。索尔知道羊骨定是农夫家的人在吃羊肉时破坏了,气得红胡子乱颤,大喝一声后举起战锤在地上砸出了一个大坑。看他火冒三丈的样子似乎要杀光这一家人,农夫一家人被吓得魂飞魄散,求索尔饶恕。洛基怕瑟亚非招供出他,便打圆场道:"要不这样,让老人的一双儿女做你的贴身侍卫。用他们两个人来换你一只瘸羊也很划算。"索尔发过了脾气后,觉得这样处理也还可以,就答应了。此后,瑟亚非跟随索尔,而农夫的女儿洛丝后来则专门服侍其妻西芙。

瘸了腿的神羊就好比伤了翅膀的鸟,只能停在农夫家里待回程时带走。索尔、洛基、瑟亚非和洛丝徒步前往乔森海姆。一路上山高林密,但瑟亚非已今非昔比,他具有了神力,在悬崖峭壁上背着洛基和索尔的行囊也如履平地。

一天夜里,他们在一片黑森林中发现了一座巨大的房子。多次敲门无应答后进入屋中,屋内没人。长时间的跋山涉水让他们精疲力尽,他们很快就在屋中和衣而眠。

到了半夜,震天的雷声惊醒了他们,地面也开始剧烈晃动起来。提着战锤的索尔出门查看情况,周围漆黑一片什么也看不清楚。约莫一碗茶的工夫后,雷声和震动逐渐消失了,但他们一行人再也无法入睡。

次日天亮后,他们在门外发现睡着一个山似的巨人,鼾声如雷。原来夜里让他们无法入眠的是巨人的如雷鼾声和巨人翻身时引起的剧烈震动。而他们身后的巨大房子不过是巨人的手套而已。索尔和洛基心中震惊无比,这个巨人的体型可是他们从来没有见过的。

此时巨人醒了过来,主动向四人打招呼道:"你们好,我叫斯克米尼亚,我的手套不见了,你们见到了吗?"他们四个听到手套,都难堪的低头不语。巨人找

第五章 雷神索尔

到手套后咦了一声:"怎么会有脚印在上面啊?嗯,里面似乎还有怪味儿。"索尔狠狠得涨红了脸。斯克米尼亚把脸转向了索尔:"不需问,这位手提战锤的就是赫赫有名的雷神了。这么早就起来赶路啊?昨晚睡得可好?"一夜未眠的雷神面对这样的问候有苦难言。

斯克米尼亚把自己携带的干粮分给了索尔他们,和他们共进早餐。在以往,索尔是根本不会和巨人一同用餐的,但被巨人的体型震慑后再加上饥饿难忍,就拿着吃了起来。索尔边吃边想:我吃掉敌人的东西,敌人就会饿肚子,我就会有体力干掉更多敌人。神羊要是不瘸,现在嘴里吃的就是鲜嫩的羊肉了,我怎么会吃这硬得像石头一样的干面包?

吃完食物的斯克米尼亚扛起行李就准备继续赶路,临走前问他们:"你们这是去哪里呀?"

洛基答道:"去乌特加德堡。"

斯克米尼亚说:"你们可以跟着我,正好我也要去那里。"说完就风驰电掣地向前走。由于他巨大的身材,迈起的步子相当大,索尔一行人在后面追的是精疲力尽。

就这样,他们在黑森林中又奔走了一天。到了傍晚,斯克米尼亚坐在了一棵高耸入云的大橡树下,并将行李丢到索尔面前说:"我累了,要先睡一觉。里面的食物你们自己拿着吃。"说完就昏昏欲睡,不一会儿响起了震耳欲聋的鼾声。

索尔见他睡着了,就拿起他的包袱,准备解开吃点干粮。但他使出了浑身解数都解不开绳结,随后洛基三人也来帮忙,但绳结还是原封不动。觉得丢了面子的索尔,举起手中的巨锤狠狠地砸了一下斯克米尼亚的头。

斯克米尼亚眯着眼睛摸了摸头问索尔:"什么东西刚才掉在我头上了?"

索尔怎么好意思说自己连绳结都没有解开?只好自欺欺人地说:"啊,刚才吃得太饱了活动一下。嗯,时间差不多了,我也要睡了。"于是就靠在另一棵橡树下。但想起刚才丢脸的事,他辗转反侧难以入睡。本来就失眠了,这时候斯克米尼亚又打起了震耳欲聋的鼾声,忍无可忍的他又用战锤朝斯克米尼亚的头砸去。

谁知这巨人昏昏沉沉的抓了一下头发说:"又有什么东西掉我头上了？索尔反正你不睡觉，麻烦你去处理这些该死的事情。"然后他转个身又睡着了。

索尔大惊失色，这一个巨人都搞不定，明天到了他们的老窝，这仗还怎么打？经过短暂的考虑，他决定先除掉眼前的巨人，无论城堡里的巨人是否比这个巨人更强大，那都要铲除他，为明天的战斗清除了一个大障碍，给人间铲除一个强敌。

这一次他决定一举除掉这个大害，他后退了很多步，然后面对着巨人的脑袋快速地冲了过去。到达巨人身边时，索尔高高跃起，然后用尽全部神力将战锤狠狠地锤砸向巨人。索尔清楚地看到自己的战锤已经深深陷进了巨人的头颅，这个巨无霸应该一命归西了，但巨人却哼了一声，满不在乎地伸了个懒腰后坐了起来，用手挠着头嘀咕道:"橡树果实刚才掉在我头上了吗？哇，天都要亮了，走吧，我们继续赶路。"

斯克米尼亚在路上对索尔说:"听你们说，我的身材是你们见过的巨人里面最大的。那是你们没有去过乌特加德堡，去了你们就知道我的身材根本不算什么。虽然我们不是一路人，但还是要奉劝你们在堡主罗契面前不要过于自傲。好了，我要向北了，在这里一直往东就到乌特加德堡了。"话刚说完他就朝北面踏步而去了。

索尔四人一直向东而行，到了中午时，在他们面前出现了一个大冰原，一座由冰雪垒砌而成高耸入云的城堡矗立在冰原的中心。索尔用魔法护着四人踏着万年冰川来到城门前，紧闭的城门被冰封着，索尔在多次敲门无应答后只好自己动手推门。结果以他的神力，竟不能把门移动丝毫。索尔推门时无意间融化了门缝里的冰，他们震惊的发现这座城的门缝都宽大得能让他们通过，他们只好屈尊从门缝中进了城。进门后，一座由冰雕刻而成的宫殿矗立在面前。索尔带头昂然直入，肆无忌惮地从宫殿两旁的巨人身边经过，径直朝宝座上的巨人国王罗契走去。

索尔以最基本的礼节，不卑不亢地向国王罗契问候。但罗契的态度很高傲，既不回礼，也不答话，甚至都不正眼瞧他们，隔了一会儿才抬了抬放在座椅扶手上的手算是向索尔他们致意，并冷傲地说:"你们的目的和路上的经历不必说了，我也不想听。"并不屑地看了一下索尔道："那个拿着锤子、留着红胡子的是雷神索尔吧？还好，比我想象中还强一点点。"

这时，受尽冷落的洛基忍不住高声嚷道："贵国这样的待客之道倒是别具一格啊？一直让客人饿着肚子站在这里。既然如此，你们要不要跟我切磋一下啊？我最大的特点是能吃，就先找个人跟我比赛吃吧。"

"好！那就让我们长长见识吧？"说完，罗契的手下马上去准备比赛事宜，并让城堡中食量最大的罗尔前来应战。

不一会儿，一具很长的堆满了食物的食槽让罗契的手下抬了出来。比赛开始后，洛基和罗尔分别在食槽的两头开始吃里面的食物，然后在中间相遇。谁吃得多，吃得快，那么他就获胜了。

一阵狼吞虎咽后，在食槽正中间洛基和罗尔碰了头。表面上他们似乎打了平手。但仔细一看，洛基虽然吃光了食槽中的食物，但却把骨头都留了下来；而罗尔却是连肉带骨头一起吃了，甚至连食槽中的汁水都一并下肚。不可否认，洛基略逊一筹。

"真是养尊处优者中吃得最快的人。"罗契一句话让洛基无地自处。罗契对着瑟亚非一努嘴："这个小鬼有没有奇特的才艺要让我们长长见识啊？"

神羊骨髓被瑟亚非吸食之后，他脚力刚劲敏捷，健步如飞，便扬声答道："我只是雷神的一名后补仆役而已，腿脚有些灵便罢了，不知可否值得一比？"

"哦？原来也是个崇尚速度的人。我倒要看看你究竟有多快。"罗契站起来带大家穿过城门，来到那片一望无际的冰原上。他召来一个年幼的小巨人胡基跟瑟亚非比赛："你们两个都是未成年，这样比赛公平点，谁先从城门处跑到冰原尽头谁就获胜。"

可是，当瑟亚非风驰电掣般地跑到冰原尽头时，早已跑到尽头的胡基已折返回到了城门处。

罗契冲索尔问道："阁下声名远扬，在神界也算是不可多得的天之骄子了。有没有什么奇能异技呢？"

脾气火爆的索尔从来不爱在人面前吹嘘炫耀自己，他虽然冲动但很低调。面对嚣张跋扈的罗契，他淡然笑道："所谓的天之骄子，不是靠卖弄技艺所得，而是自己的职责所在。保卫自己的家园和信徒是责无旁贷，无论失败与否都不会让我忘记这一初衷。如果是自己该做的事，哪怕是粉身碎骨，我都会去做。如果是不该做的事，哪怕是唾手可得我也不会做。只是在下跋山涉水，干渴难忍，可否借堡中杯子畅饮一番啊？"

索尔的一番话不仅戳穿了罗契挟技欺人的不良用心，还避免了罗契拿自己擅长的项目来和自己比赛。这番话反而让罗契心里生出几分敬意，他命人将牛角杯盛满酒水递给索尔。

索尔接过牛角杯仰头就喝，但是本该一口就喝完的酒居然接连不断的流入他的口中。憋了一口气的索尔居然没有喝完，不得不停下来，端平酒杯查看自己喝了多少，令他吃惊的是杯中的液面居然只下降了不到一厘米。

这时罗契笑道："听说雷神索尔可是阿瑟诸神中最善饮的，没想到仰脖做出干杯的动作居然不把一杯酒喝完。第二口不会还喝不完吧！"

罗契的冷嘲热讽丝毫影响不了索尔，索尔便开始喝第二口。快透不过气来的索尔只得再次停下来，这次居然还是没喝完。他不免有点恼羞成怒，喝第三口时憋足了劲，可还是没有喝完杯中的酒。索尔知道不能感情用事，就将酒杯递还了回去。他心想巨人们如果真的如此强大，以他们的野心怎么可能会规规矩矩地待在这冰天雪地里受苦？思前想后觉得可能他们就是纸老虎，索尔决定展示自己的实力。他捋起袖子："阁下还想从我这见识什么？你出题就是。"

罗契笑道："好！那我们就玩一个小个子玩的游戏，省得你说我欺负人。我养了一只大猫，看你能不能把它提离地面。"

刚说完，索尔脚边就出现了一只灰色的大猫。索尔把手放到猫肚子下面，准备将它高高举起。但是，这只猫将背向上高高拱起，无论索尔举了多高，这猫就把腰弓多高，最终，索尔倾尽全部神力也仅仅让猫抬起了一只脚。

罗契大笑道："看来不仅你的个子小，你的力气也和个子一样小。"

第五章　雷神索尔

气急败坏的索尔道："我们来比角力，如何？"

"哈哈，角力？"罗契大笑："别说我欺负你啊。我安排一个跟你实力差不多的人跟你比赛角力吧，我的奶妈，如果你的角力能胜过她，我们就还敬称你为英雄。"

罗契让仆人去请奶妈出来，并告诫索尔："别看她年老体迈，我可亲眼看见很多年轻力壮的小伙子被她摔趴下了。"

由于罗契的先前之言，索尔丝毫没有因为奶妈的老态龙钟而小看她。角力开始，索尔用手抱着奶妈的腰，想将她摔倒在地。使出了浑身解数的索尔，都无法让稳如泰山的老奶妈移动丝毫。但老奶妈一用力，索尔倾尽全力都无法抵挡。但他拼死扛住，不让对方将他摔倒，这让他全身都疼痛难忍，勉强支撑了很长时间后，最终单腿跪地。

这时，罗契分开了两人并对索尔道："再比试下去吃亏的可就是你了。何况你刚才说过输赢对你并不重要。现在天色已晚，我在这里略备薄酒，聊表敬意，希望各位赏光，明日一早送诸位出境。至于以后大家是敌是友，等以后大家见了面再说。"

说罢，罗契下令大设宴席，席间大家觥筹交错，热闹非凡，似乎大家都忘记了刚才的比斗，宾主尽兴而散。

次日一早，罗契送索尔四人离开宫殿。临行时，罗契向索尔问道："诸位此次来城堡有没有碰到奇人异事？"

索尔说话从来都是百无禁忌，不会因为羞愧而故作姿态，便说道："此次造访，虽然丢尽了脸面，但也算是让我大开眼界。即使我知道你们很强，但我绝不会就此怕了你们。如果你们再胡作非为，不要因为我的弱小而小瞧我，我绝对不会有恻隐之心，定会要你们付出沉重的代价。"

罗契深思片刻后长叹道："我哪里小瞧你们了？"

索尔以为对方取笑自己，大声说道："男子汉对是非黑白、爱恨情仇、本领高低应分得清清楚楚，不需要任何对手来同情！"

罗契觉得自己的对手是这样的坦诚顽强，而自己却遮遮掩掩、故弄玄虚，自己才是真正的失败者。在气势上，他觉得自己像阴险狡诈的黑侏儒，而索尔才是真正的巨人。所以他决定向这位值得尊敬的敌人透露一些幕后秘密。于是他坦然说道："诸位已经远离我国国境线，我想诸位也不会再去我国内了，我们以后也不会再相见，再隐瞒真相也没有什么意义，我就告诉诸位一些秘密，作为对诸位的回报吧。"

罗契对索尔道："实不相瞒，在下认为阁下的神勇和法力无人能敌。而我们在各种竞技中侥幸占得上风不过是靠掩人耳目的障眼法而已。"

"你们的来意在你们到达我国边境时，我就已经知道了。于是我运用了障眼法，让我的化身斯克米尼亚在黑森林中与你们相遇。自此之后你们就一直身陷我的法术中，只不过你们没有察觉罢了。尽管如此你们还是让我付出了巨大的代价。"

"首先，让你们把我当作普通霜巨人，我在行李口上施了法术让你们无法解开，你们只以为我力大无穷，根本不会想到会有法术附着在上面。后来，我被你用巨锤砸了三次，要真是砸在我头上，我一定会活不到现在。幸好我运用了乾坤大挪移之术，把你打击我的力量挪移到了别处，才得以保全性命。如果你们返回到那个地方，定会看到一块巨石上三个巨大的凹坑。"

"我同样用障眼法赢取了你们在城堡里的各个较技。"

"第一场比赛，我十分佩服洛基吃东西时的狼吞虎咽，乔森海姆所有巨人中根本没有哪个巨人的进食速度能超过他。但和他比赛的罗尔（野火）并非是寻常巨人，他乃是可使玉石俱焚的野火所生。因此他才能连骨头带肉一起吞食，甚至连食槽也一并吃下。"

洛基不甘心地大嚷道："难怪！我就说比吃饭怎么可能还有人比我更快？比了半天原来你们在耍赖啊！"

"第二场比赛，瑟亚非的速度也让我很吃惊，而与瑟亚非比试脚力的是胡基（思想），他也不是寻常巨人，他乃是思想的化身。一念之间，思绪便可飞越万水千山。世间怎么可能有东西的速度超过人的思想呢？"

"第三场比赛，你手中拿的不是普通的牛角杯，它的角尖连接着大海。杯中之酒原本就是海水，你怎么可能将大海喝干啊！如果你到了海边就会察觉到，海水在你喝了三口之后竟然下降了十厘米！这样的海量实在是独一无二。"

"第四场比赛，你所举之猫也是非比寻常，盘踞海底、环绕大地的伊门格尔大蛇连接着它的脚。而这只猫的一只脚竟然被你抬离地面片刻，与它相连的大蛇险些被拖出了海面。假如你将那猫举离地面，与之相连的大蛇也会被拽出，整个大地都会坍塌，那我们就闯下了弥天大祸。"

"最后一场比赛，与你角力的老奶妈可不是寻常之人，她是衰老之神。世界万物有谁能抵抗住衰老？你无法斗过衰老太正常不过了，但衰老也仅仅让你单膝着地。你顽强的生命力实在让人敬佩不已。"

"好了，该说的我都说完了。送君千里，终须一别。今后，我们霜巨人族不会给你们添麻烦，而你们阿瑟神族没必要再来我们霜巨人族的领地了。互不打扰，各自安好。这才是值得庆幸的！"

索尔听了这些话后，对自己被愚弄的事实忍无可忍。他准备再次用战锤击打罗契，对方却不见了。索尔立刻返回乌特加德堡，却见冰原上一无所有，显然，之前的城堡也是罗契用法术制造出来的虚像。自此以后，索尔再也不敢小看巨人了。

西摩之巨釜

伊吉尔是海上风雨之神,他有九个女儿,名为扬波之女。她们个个皮肤洁白细嫩,吹弹可破;她们蓝色的眼睛就像蔚蓝的海水一样,让你一看就会陷进去;娇嫩的红唇似玫瑰花瓣一样勾魂摄魄;婀娜多姿的娇躯就像春天抽出的新枝一样美丽动人。更让无数男人热血沸腾的是她们经常穿着半透明的纱衣在海边追逐玩耍,就像一群仙女在戏水。

一天,这九名海中波涛女神戏水后,在金色的沙滩上晒日光浴。奥丁正好路过此地,被那刚出浴的美人迷得神魂颠倒。巧舌如簧的奥丁凭借着自己的花言巧语赢得了海的女儿们的好感,很快奥丁就和这九位少女春风化雨、珠胎暗结了。不久后她们同时产下了男婴且这九个男婴合而为一,浑然一体,他就是海姆达尔。后来九位母亲要求奥丁抚养后代,奥丁把海姆达尔接到了阿斯加德,让他做彩虹桥护卫,也就是后来的守护神海姆达尔,他不分昼夜地守护在彩虹桥上。

伊吉尔闻听此事后勃然大怒,发誓要把这个居然不通过提亲、送礼就让女儿生孩子的奥丁打败,于是他让使者把战书送到了奥丁的手中。奥丁一看事情败露了,表示甘心承担责任。在经过多次谈判无效后,他不得不带着索尔、铁尔和洛基到海上应战岳父。

后来,在奥丁凌锐的气势和女儿的劝说下伊吉尔同意和解。其实,他的真实

第五章 雷神索尔

目的就是逼迫奥丁与女儿完婚。在盛大的婚礼结束之后，冤家变成了亲家。在洛基的煽动之下，奥丁对伊吉尔说："岳父，以后我们每年都在你的水晶宫举行一次众神盛宴岂不快哉？"

伊吉尔大为不满，又碍于情面，也不好直接反驳。他深思了一会儿说道："好点子！阿瑟众神能光顾寒舍，我感到非常荣幸，那可是让寒舍蓬荜生辉啊。但是，我却没有一口好的巨釜来为众神酿造美酒。如果你能送我一口这样的巨釜，我设宴款待众神自然是小事一桩。"

伊吉尔提出了一个一箭四雕的绝妙的解决方法：一来不仅可以考察考察阿瑟诸神是否值得结盟，而且也可以考察奥丁是否有足够大的本领来充当自己的女婿；二来不仅可以顺便铲除在海洋里无限度捕鱼的巨人西摩，而且还可以得到西摩独一无二的巨釜；三来阿瑟诸神如果拿不到巨釜，他们也就不好意思再提出这种敲诈式的请求；四来无论最后结果如何，都保全了双方的面子。

阿瑟诸神不知道如此巨釜去何处才能找到。这时战神铁尔试探着问道："我的外祖父威猛无比的巨人西摩住在这片大海的东边。我知道他有一口里面所酿之酒可以饮之不尽的巨釜，不知海神说的是不是这口巨釜？"

伊吉尔听后笑道："正是！如果有了此巨釜，宴会之事就不用诸位操心了。"

宴会之后，奥丁便命令索尔和铁尔立刻去取巨釜。

在途中，索尔向弟弟铁尔问道："你觉得这东西我们能拿回来吗？"因为西摩的厉害他是知道的，而且铁尔又是西摩的外孙，有着这样的亲戚关系，就不能强行抢夺，只能智取。

铁尔答道："反正我们不能伤害他就是了，只能慢慢想办法。"

不一会儿后，风驰电掣的双羊铜车就将他们带到了西摩的庄园前。刚一下车就碰到了铁尔不喜欢的外祖母，因为有一百个头的她每个都会说话，甚至还互相斗嘴，发愁的是他根本不知道该和哪一个头说话。这不，铁尔刚向她问好后，这一百个头就吵闹了起来。

"我可想你了，我的乖孙子。"

"别自以为是了，他刚刚是在向我问好。"

"你哪只眼睛看到他在向你问好？你的眼睛和头都长在我背后怎么可能看到。"

痛苦无比的铁尔无奈地捂住了耳朵并闭上了眼睛，第一次见此局面的索尔更是几近崩溃。

这时，一百个头不约而同地喊道："乖女儿，你的宝贝儿子回来了。"

说罢，从屋内飞奔出来一个女巨人，铁尔瞬间就被她抱离了地面，她就是铁尔的母亲斯卡蒂，斯卡蒂叫道："臭小子，怎么这么久也不来看我。是忘了我了吗？"待她看到一旁的索尔，怕儿子难为情，就把他放下来，然后端出好酒好菜招待儿子和索尔："赶紧吃点东西，趁老头子还没回来。"

铁尔说："不急，我们也不慌着赶回去。我想借老爷子的巨釜用一用。"

斯卡蒂听儿子说不急着走，大喜过望道："真是太好了，你多住几天吧。一定是你那独眼老爹让你来借釜的吧，当初就是因为我和他生下了你，你祖父一直都对他怀恨在心。"

铁尔也知道奥丁就是因为和西摩有很大的矛盾才没有亲自来。当初西摩觉得到处拈花惹草的奥丁勾引了自己的女儿，还让她生下了自己，所以才对他恨之入骨。

然而，做母亲的斯卡蒂怎么会拒绝儿子的要求，她对儿子说道："你外公以前为人处世很是和善，自从我和你爹认识之后，他变了很多。他现在变得很小气，和人说话总是恶言恶语的没有好态度，他总认为别人想要抢他东西一样。哦，对了，他一会儿就要回来了，看到你们肯定会很生气，你们先到他的宝贝酒釜后面藏好，等一会儿我会叫你们出来。"

为了达到目的，两位阿瑟神躲在酒釜后面像小偷一样小心翼翼，西摩回家时他俩都快睡着了。

斯卡蒂为刚回到家的父亲掸去他身上的冰霜并问他："有个好消息想不想听？"

"对我来说的好消息就是你把奥丁五花大绑送到我面前。我要是能结结实实、舒舒服服地痛揍他一顿，那才舒坦呢。"西摩哼道。

斯卡蒂怕父亲接着说出不堪入耳的话，就说："你外孙来看我们了，你可别吓唬他啊，他住那么远，见他一面可不容易，他还带了一位和善的朋友来看望我们。"

西摩怒道："这也算好消息？还不是来混吃骗喝的。臭小子们还不赶紧滚出来见我？"

西摩发怒后双眼射出的第一道炽热目光会洞穿一切物体，斯卡蒂怕他伤到儿子小声地指着墙角说："他们藏在柱子后面。"

西摩闷哼了一声，那根结实的石柱就被他的目光射穿了一个大洞。之后，两位阿瑟神才从酒釜后现身。

此时，老巨人的双眼已经黯然失色，无法再射出那洞穿一切的光线，他闷闷不乐地盯着两位阿瑟神，即便对方向他致意问好，他也不予回礼。

晚饭时，斯卡蒂炖熟了三头牛给大家食用。索尔为了不让西摩看轻自己，就故意说自己的食量应该是最大的，可是自己不能吃肉，就复活了两头煮熟的牛，不浪费那么多食物。西摩见状又喜又恼，一方面，喜的是虽然给自己省下了两头牛，但这嘴刁挑食的客人却令他十分恼火。另一方面，索尔的魔法又让他心生惧怕，于是说："你这种客人还真不容易招待，你既然来做客，让你饿肚子可不是我的风格，待明天我到海上给你打捞些合你胃口的食物。"

索尔说："我喜欢吃什么你又不知道，明天还是我们一起出海吧。"

西摩怕索尔在打鱼时帮倒忙，就说："我要去风大浪高离海岸线很远的海面上，我担心你会晕船。"

西摩的轻视令索尔很不服气，便道："到时候还说不定谁先晕船呢，我只要有鱼饵就能钓到大鱼。"

西摩说："鱼饵在牛群中，明早你自己去找吧。"

次日凌晨，西摩早早地就开始为出海打鱼做准备，索尔来到牛群中寻找鱼饵。他向一头浑身漆黑，体型超大的牛潜行过去，趁其不注意抓住它的两只牛角全力一拧牛头就扭了下来，然后提着黑牛头就上船了。

西摩惊诧万分地说道："你怎么会选中这头牛当鱼饵啊？它是由污秽邪恶的腐尸气息汇集而成的，用它不仅不会钓上鱼来，还会把盘踞在海底的伊门格尔大蛇引出来，到时候我们麻烦就大了。"

西摩和索尔一同用力摇着船桨，不一会儿就来到了西摩常常打鱼的那片海域。西摩放下手中的船桨准备钓鱼，索尔却说："我要去深海里钓鱼，这里的水太浅了，我不爱吃这些刺多的小鱼。"

西摩却说："再往前就是伊门格尔大蛇经常出没的地方了，不能去。"索尔对他的警告毫不理会，自己高速摇桨直往深海伊门格尔大蛇出没的地方划去。索尔在西摩面前展示了自己足够的耐力后才停了下来。

这时，西摩拿出用铁丝拧成的粗如儿臂的渔线、大如船锚的鱼钩开始钓鱼了。不一会儿，几条巨鲸就被西摩钓了上来，而索尔则用他拿来的黑牛头也开始钓鱼了。在黑牛头扔进海里的瞬间它特有的血腥味瞬间就被海底的伊门格尔大蛇闻到了，胃口大开的伊门格尔大蛇一口就咬住了这个腐臭扑鼻的牛头，瞬间就被船锚般大的巨型鱼钩勾住了嘴，痛得拼死挣扎。船上的索尔差点儿就被挣扎的大蛇拖下了海。索尔用足神力踏稳船底，使劲儿将拼命挣扎的大蛇的头拉出了水面，激起了滔天巨浪，西摩的渔船就像水中的稻草一样摇摆不定。不仅如此，如果大蛇被全部拉出水面，大地都会在顷刻间覆灭。见惯了大风大浪的西摩在这样的情境下也不由得心惊胆战。这时，大蛇的头被索尔慢慢地拖到了船边，然后抡起他的战锤就要砸过去。西摩迅速举起屠鲸刀砍断了连着大蛇的鱼绳，带着鱼钩的大蛇飞快地沉入了海底。

索尔垂钓的乐趣被西摩破坏了，愤怒的他一拳打在老巨人头上，然后不顾他的挣扎将他头朝下浸在刺骨的海水中。过了一会儿，消了火气的他才把老巨人提上船。返回途中，阴沉着脸生着闷气的西摩一言不发。上岸时，他没好气地对索尔说："你有本事就把船和捕获的巨鲸都背回去。"即使西摩捕获了好几条巨鲸，但索尔还是连船带猎物一同扛到了肩上，就这样径直扛到了西摩的院子里。

吃晚饭时，气不过的西摩找起了索尔的茬儿："船划得又快，又能钓大蛇，还能扛起我的渔船和猎物就很了不起吗？"他拍了拍手中装酒的巨觥，"能把它砸碎那才叫有本事呢。"

不由分说的索尔夺过巨觥往地上摔去，一个深坑出现在脚下的冻土上，巨觥却毫发无损。索尔便挥拳猛砸，可巨觥还是毫无损伤。他又把巨觥使劲儿地投向巨石雕成的廊柱上，穿过了石柱的巨觥依然完好无损，西摩笑得东倒西歪。这时，斯卡蒂过去对索尔轻声耳语了一番。

索尔走到仍在开怀大笑的西摩面前问道："问你一个很简单的问题，你答出来了我们马上消失在你面前。请问，你的头和你的觥比起来哪个更硬？"

"这巨觥是我年轻时在极地陨石上以自己的头当雕刻刀硬凿出来的，当然是我的头更硬了。"

还不等西摩说完，索尔就抡圆了胳膊，把酒觥朝西摩头上狠狠砸去，措手不及的西摩被巨觥砸了个正着。

一声巨响过后，屋内灰尘弥漫，火星四射，甚至还有惨叫声混杂其中。等灰尘散去后，让索尔惊喜的是巨觥终于碎了，而伤心欲绝的西摩正蹲在地上愣愣地看着满地的酒觥碎片。

只见西摩手握巨觥碎片，泪如雨下地吼起来："完了，我的酒觥没有了。以后我饮酒拿什么来盛啊？……"

西摩唉声叹气了一阵，不耐烦地摆了摆手道："酒觥没有了，酒釜还要它何用？罢了！罢了！你们这两个灾星我看着就心烦，赶紧在我面前消失，这酒釜以后也用不着了，你们把它抬出去扔掉吧，省的看到它会让我伤心。"

喜出望外的索尔立刻跑去搬巨釜，但让他吃惊的是自己使出的力气也无法搬动一毫。于是，他便运足神力，双手抓住巨釜边沿，大喝了一声"起来"，巨釜就被他抬了起来。但用力过猛的索尔双脚深陷进了地里，巨釜把索尔整个人从头到脚罩了起来，仅仅露出两个脚踝在外面，就像一个巨大的帽子。终于拿到巨釜的索尔担心西摩改变主意便顶着它和铁尔叮叮当当地向外跑去。刚跑不久，身后就追来了很多多头巨人。无奈的铁尔不得不与自己的巨人亲戚们打一阵逃一阵。待扛着巨釜的索尔上了双羊飞车后，他也迅速跳上车，然后他们风驰电掣地离开了西摩的家。

此后，伊吉尔每年都为阿瑟诸神们举办宴会，而巨釜中酿出的蜜酒更是让大家回味无穷。

赛马比赛

在赛马比赛中有一匹经常夺得头筹的宝马名为古法克西，它的主人霜巨人霍格尼尔甚是目中无人，时常夸耀此马天下第一，再无良驹。

一天，狂妄自大的霍格尼尔看到奥丁骑着斯普莱尼尔在空中赶路。他指着奥丁喝道："你是什么人？凭什么骑着马在我头上飞？"刚说完他就注意到了斯普莱尼尔，还没等到奥丁回答就惊讶道："你这个人还不如你骑的马有神气。"

奥丁听了故意逗他道："那当然了，你们巨人国根本没有比他速度更快的马了。"

霍格尼尔不服气地答道："我这个人最看不惯有人说他的马比我的强，我的宝马古法克西才是天下第一，你敢不敢和我比试比试。"

"好啊，要是我输了，我就参加宴会。"奥丁说完就策马狂奔起来。

霍格尼尔也跨上宝马古法克西，朝奥丁追了过去。但很快，奥丁把霍格尼尔甩得越来越远。心急如焚的霍格尼尔俯身紧紧地贴在马背上，对奥丁紧追不舍，争强好胜的他没注意他们行进的方向。直到他追进了诸神圣地阿斯加德，看见在瓦哈拉神殿前已经下了马等他的奥丁。这时候，霍格尼尔才意识到自己竟然跑到了世敌的地盘。但霍格尼尔无所畏的翻身下马，叉着腰旁若无人地站在瓦哈拉神殿前欣赏那里的景色。他的胆识让阿瑟诸神们大为佩服。

第五章 雷神索尔

霍格尼尔虽然输了赛马，但在气势上却赢了对方。阿瑟诸神破天荒地热情邀请这个气度非凡的神一起用餐。接受了邀请的霍格尼尔随诸神来到宴会大厅后就狼吞虎咽地吃喝起来。霍格尼尔被阿瑟诸神敬为上宾，不停地为他添食奉酒。霍格尼尔自然毫不客气地大吃起来。一场和平的酒会在阿斯加德进行着。但霍格尼尔并非酒品端庄的人，他的性格也注定这场酒宴无法宾主尽欢。

霍格尼尔在几杯酒下肚后便得意忘形起来，竟然举着空杯朝众神嚷道："倒酒！倒酒！客人来此做客。在众神居住之地竟然让客人杯中无酒，这简直就是徒有虚名啊！"目中无人的霍格尼尔随着酒劲逐渐显露出他的本性，他开始口不择言起来："这阿斯加德也没多少可取之地嘛，不过这瓦哈拉神殿到还符合我的口味，我要把它搬到我们巨人的家园去，至于其他的破房子拆了也没啥可惜的。诸位竟然让我独斟独饮，干脆都杀掉算了，留着何用！"

最初众神只认为他是醉酒后的无心之言，便也没有放在心上。但他却越讲越让人讨厌，众神也就把他晾在一边了。谁知色心大涨的霍格尼尔竟然开始言语频繁调戏给他斟酒的爱神芙丽雅："不过你，我可不舍得杀，留着以后让自己尽情享用。"

芙丽雅异常震惊，惊叫着逃开了。这一幕正好被索尔看到了，他顿时雷霆大怒，怒喝道："你怎敢在阿瑟诸神的圣地如此撒野？要不是当初建造圣地时诸神立誓不能让这里流血，我立马让你血溅三尺。"

索尔清楚的知晓这个誓言，哪怕是仇人之血也不可以，否则会被杀无赦。

索尔的吼声让霍格尼尔不由得心中一惊，醉酒的他被面前的巨人克星雷神索尔吓醒了大半，但是浑身瘫软的他还是继续嘴硬道："真不懂规矩！你们的主人奥丁都没有说话，你在这里吼什么？真是不懂规矩！"

索尔怒道："要杀你，用不着他开口。"

霍格尼尔知道雷神不敢在这里杀自己，便有恃无恐地说："我是奥丁请来的客人，杀了我才算你有本事。难道这就是你们的待客之道？"

索尔："我们好意请你喝酒，敬你为上宾，你却不识好歹。好！那我就再让你多活三天！三天后，我不把你的头砸碎，我就自贬为凡人！"

"能当面向雷神下战书，我真是荣幸之至啊！"霍格尼尔摇了摇脖子上的头。"想砸碎我这吃饭的家伙可没那么容易！"

"滚！立刻消失在我面前。"索尔恨不得三天时间很快就过去，这样就能干掉这个巨人了。

霍格尼尔回去后，在众多巨人面前添油加醋地大肆渲染自己如何鄙视侮辱诸神，如何挑战雷神的事，族人们听后都觉得大快人心。霍格尼尔虽然在语言上很轻视敌人，但他从来没有真正的看轻敌人。雷神的厉害他是知道的，而且清楚地明白自己和族人还是不如阿瑟诸神的，要不然也不会龟缩在这冰天雪地里不敢反攻，所以他和众多巨人一起商量决战对策。

最终，他们决定用一个泥人来对付索尔的亲随瑟亚非，此泥人身高九里、肩宽三里，完全由泥土塑造而成，在它的胸腔里放置了一颗马的心脏，最后用魔法赋予这个巨人生命。然而，高大彪悍的泥人却有一颗不成比例的心脏，粗壮的四肢很难灵活自如。

三天时间很快过去了，霍格尼尔带着泥巨人早早地就到了决战之地，他胸前竖立着一面笨重结实、可护住半身的巨盾，扛着如擎天之柱一般的燧石大棒。他们远远看到瑟亚非疾驰而来，瑟亚非隔着老远就冲着霍格尼尔喊道："瞧你这脑子生锈的模样，你这看上去坚固的盾只遮住了你的上半身，却遮不住你的下半身。到时候我想要破坏你的防御只打你的腿就够了。"

听了此话的霍格尼尔立刻把巨盾放在地上并紧缩身体躲在盾后。这时瑟亚非又说："这样防护能力倒是保证了，但你这样像乌龟一样缩在里面只守不攻，你还怎么和我家主人作战？"

霍格尼尔听后站起身来，用巨盾挡住下半身，这样防止瑟亚非偷袭下面，又用燧石大棒横在胸前防护头胸，这样自己才不会失去作战力。正在他手足无措时，驾着双羊战车的索尔在电闪雷鸣中风驰而至，随之而来的是可砸地成坑的如铅丸一般的暴风骤雨。索尔一声狂嗥，运足神力将米奥尼尔奋力掷出，夹杂着闪电、炸雷、烈焰的雷神之锤直取霍格尼尔的头。胆战心惊的霍格尼尔叫泥巨人上前抵抗，而索尔的声威早已把这泥巨人吓得瘫痪在地，动弹不得。

霍格尼尔不得不用燧石大棒去挡住砸下来的巨锤。暴怒雷神的全力一击岂是他能抵挡住的，这结合了雷神巨力和重力加速度的米奥尼尔来势异常凶猛，瞬间就砸碎了燧石棒，然后电光火石般地砸在了霍格尼尔的头上，霍格尼尔顿时脑浆迸裂、血溅三尺一命呜呼了。

这时，瑟亚非快步来到了被雷神吓得浑身发抖、屁滚尿流的泥巨人面前，摇摇欲坠的泥巨人被瑟亚非用食指一戳，便跌落在地，摔个粉碎。本就是泥土堆砌而成的，它这下真是从哪里来回哪里去，重返故土了。

雷神之锤被盗

如果某天你从睡梦中醒来,发现跟自己形影不离的东西就像早晨的露珠一样消失了,你可能会感觉很不踏实。对于这种缺失的安全感,雷神索尔就亲身经历过。因为当他在早上起床后发现放在枕头边的战锤米奥尼尔不见了!他在自己的宫殿中翻箱倒柜,搜索了每一寸土地,不仅没找着,而且甚至连任何可疑的指纹脚印都没有发现。

不知所措的索尔冲进了洛基宫中,将还在沉睡的洛基一把抓了起来。还不等对方清醒过来,他就摇动着他说:"告诉你一个惊天的大秘密,你可是第一时间的知情人。我的战锤米奥尼尔不见了!"

愣了半晌的洛基摇着头说:"这可不能赖我啊!我可没干!"

"我没怀疑你!我是来找你研究对策的。"索尔知道平时爱搞恶作剧、爱捉弄人的洛基,从不掩饰自己的所作所为,而且会在作恶后留下自己的名号。他事后绝对还要到处传播,生怕别人不知是他所为。战锤失窃一事他相信不是洛基所为,他之所以来,是因为洛基点子多,想让他想办法寻回自己的武器。

洛基说道:"米奥尼尔在你的宫殿被盗,就相当于在诸神面前被盗,这不仅关系到你的私人物品,更与诸神的安危息息相关。这种大事我们可不能私下在此暗自商量去想办法解决,一旦出现变故你我都担当不起,我们最好是召集诸神明议此事。"

于是他们召集了众神并当众宣布了雷神之锤被盗之事,诸神莫不大惊失色。洛基看到奥丁紧盯着自己看,马上辩解:"别看我,这事我真没干。偷锤者应该不是为了进攻阿斯加德,我猜的没错的话,偷锤者可能只是要向我们进行敲诈勒索。而且雷神之锤比他所要的东西容易得手,否则直接偷别的东西不是更好。他就是为了和我们做交易才偷走雷神之锤的,这盗锤之人之所以能够悄无声息的盗走雷神之锤,那么他一定对隐身术或变身术等魔法很精通。"

洛基转身向彩虹桥守护神海姆达尔问:"最近几天有没有可疑的人在彩虹桥附近转悠?"

海姆达尔思考了片刻,说道:"前几天是有可疑人物在阿斯加德郊外伊芬格河附近的树林里出没。"

洛基想了想,说了句事不宜迟,便起身匆匆离去。

洛基在爱神芙丽雅宫中借来鹰羽衣化作一只鹰飞了出去。他穿过了彩虹桥,来到阿斯加德边境的伊芬格河上空,沿着河道勘查起来。随后他看到巨人苏里姆坐在河边的一座山顶上,魂不守舍的他正望着河对面的阿斯加德唉声叹气,洛基降落在他的旁边。对苏里姆道:"老朋友,怎么一个人坐在这里发呆啊?"

苏里姆看到洛基笑道:"这里的环境很迷人,我只是在这里欣赏风景罢了。你不好好地待在神界,跑到这里干什么?众位天神还好吗?"

坐在一旁的洛基举目四望,赞道:"嗯,我和你看法一样啊,这里的景色的确很不错,但做个英雄做个神又能如何?还不照样被人怀疑和排挤!"

禁不住好奇的苏里姆问道:"哦?你说这话是什么意思?"

洛基仰天长叹:"唉!一言难尽啊!"仿佛他的胸中有无尽的烦恼。

"反正我们现在无事可做,何不说来听听。说不定我还能帮你指点一下呢。"洛基越是欲言又止,越是欲说还休,越是激起了苏里姆的好奇心。

洛基叹道:"不知道哪个混蛋偷走了雷神之锤,自以为是的众神都说是我干的。还说我平日里一贯小偷小摸,手脚不干净,还把我赶了出来。你说我冤不冤?"

苏里姆笑得前仰后合："冤，但也不冤。你就不应该跟那些所谓的神沉瀣一气，你们本来就是一样的物种。"

苏里姆的笑声让洛基找到了答案，他乍然问苏里姆："雷神之锤被你藏哪里了？"

苏里姆愣了一下，又觉得没有必要再隐瞒，他笑道："雷神之锤被我放在一个只有我能找到的地方，我要用它去换一个女子。"

"这还不容易啊？你把雷神之锤给我，我去帮你把那个女子抢回来。"

"我又不是没这本事，还费力去偷雷神之锤干吗？"说到这里，苏里姆开始有了痛苦的表情，显得愁云满面。

"哪位美人有这个福分让你不惜为其得罪众神啊？"洛基很想知道答案。

"唉，她就是让我一见倾心、念念不忘的爱神芙丽雅。"苏里姆说道。

大吃一惊的洛基倒退了几步，心想这个女人可真不是用抢就能得到的啊，因为她可不是普通的女人，她是女神啊。

他说道："可是，雷神之锤跟你喜欢她有啥关系？诸神是不会来与你交换的。再说她也不会答应你的，她是有夫之妇。"

苏里姆坚定地说道："你听好了，芙丽雅如果答应与我成亲，雷神之锤我会当作定情信物送给她。否则，就算你们把我杀了，我也不会交出雷神之锤。芙丽雅虽然有丈夫，但他已经失踪了多年，按律法也该解除婚约了，也算是自由之身了。"

洛基心想，芙丽雅向来眼光甚高，虽然她很风流，但这样丑陋粗糙的巨人她肯定是看不上的。

苏里姆又对洛基说："你帮我告诉奥丁和索尔，让他们想尽一切办法将芙丽雅嫁给我，否则雷神之锤你们永远别想找到！这样也摆脱了他们对你无根据的怀疑。"洛基只好答应了。

刚飞回阿斯加德还未来得及脱下鹰羽衣的洛基，就被急于知道消息的索尔一把抓住一阵摇晃："怎么样？打听到消息没有？"

索尔着急的样子完全被洛基看在了眼中，他捉弄道："别摇了，我记性不好，再摇的话我就忘完了。"

吓得索尔立刻缩回了手,只要有捉弄人的机会洛基是一定不会放过的,他直嚷嚷着自己飞得太累无法收拾好脱下鹰羽衣,让索尔帮他折叠整齐。然后又说飞了这么远累出了一身汗,很想喝水,索尔明知道被整,可还是忙前跑后地帮他拿毛巾、端茶送水。洛基见差不多了就说:"巨人苏里姆偷走了你的米奥尼尔并且藏在了一个神秘的地方。他的条件是要爱神芙丽雅嫁给他,否则就是死他也不会交出雷神之锤。"

听到战锤下落的索尔觉得无比兴奋,是个好消息。但后面的话又像晴天霹雳一样让索尔更加一筹莫展,他长叹一声,愁眉苦脸地瘫坐在了地上。

洛基却开导他:"不用担心,船到桥头自然直。我们现在起码获得了两条好消息。第一,我们不会受到他的攻击。第二,雷神之锤他不会交给任何人,就是他的巨人同伴他也不会交出去的。这样,我们也不会因为丢失了雷神之锤而受到巨人国的攻打。"

"可是芙丽雅根本不会答应他,他的条件几乎没有一点可能性。难道我们这样一个民主的神界会强迫芙丽雅做她不愿意的事情?"索尔无计可施了。

"不管好坏你也要去试试啊?你不去问怎么知道她会不会答应,试过总比不试强。"洛基可不是那种不尝试就扬言放弃的人。

索尔觉得让他到巨人国打仗也比在芙丽雅面前开口说这事来得容易,他拍了拍洛基的肩膀:"我向来只喜欢打仗,笨嘴笨舌、不善言辞。而你一向能说会道,我看还是你去吧!"

"她的鹰羽衣刚借给了我,我还没来得及道谢呢。你要我现在去和她讲这些,有点太不近人情了吧?我估计刚一开口她就会赶我出来。你平时威风八面的,就算她不答应你,也不会把你赶出来的。"洛基对这件事也感觉很头痛。

于是,索尔不得不鼓足勇气来到芙丽雅宫中,字斟句酌地对她说:"我们准备让你当一天新娘,这样就能救阿斯加德于危难之中。"话还没有说完,他就碍于情面说不下去了。

芙丽雅感觉有些百思不得其解，她愣愣地望着索尔。

索尔把心一横，说道："我的战锤被巨人苏里姆盗走了，他说只有你嫁给他，他才会把战锤还回来。"

惊讶又羞愤的芙丽雅哭道："虽然我丈夫奥多尔多年不在家，但你们也不至于如此排挤我，让我委身于丑陋的巨人吧！"说完便把索尔赶了出去。

无计可施的索尔再次找到洛基，让他再想想办法。等了大半天的洛基估计着芙丽雅的气已经消得差不多了，借口还鹰羽衣，来到了她宫中。

芙丽雅看到洛基就说："有事说事，没事就不要出那些鬼主意来达成你们的目的，否则我要送客了！"

洛基把苏里姆对她如何倾心念念不忘、为她甘愿冒天下之大不韪盗取雷神之锤，索尔如何担心战锤而导致魂不附体的样子都绘声绘色、添油加醋地描述给芙丽雅。芙丽雅也和所有女人一样，一旦知道有人为自己倾倒就会无比满足。

在芙丽雅迷人的笑声中洛基旧话重提："其实我们也不是让你嫁给那巨人，只是想让你帮我们骗骗他。等雷神之锤一到手，索尔就会马上干掉他的。"

芙丽雅异常坚定地说道："你少来，我最讨厌巨人了，让人想着就恶心，更不要说去和他成亲，哪怕是假的也不行，我绝不答应。你要再纠缠此事，小心我轰你出去。"

万般无奈的洛基从芙丽雅宫中走出来。刚走出大门，一直守候在外面的索尔就一把拉住了他："芙丽雅同意了吗？"

洛基轻叹一声："算了，我们还是另想办法吧！在她那里是毫无希望。我们还是另想办法吧，我们这么多神加在一起，难道连一个办法都想不出来？"

被索尔召集在一起的众神你一言我一语，商量了许久都商量不出一个好的解决方案。最后众神之中的守护神海姆达尔发出了一声大笑。海姆达尔边笑边指着自己的大哥索尔说："其实这件事你自己就可以解决，你去给苏里姆当新娘不就解决了。"没有听明白的众神就问海姆达尔这话什么意思。

海姆达尔说："你可以装扮成新娘芙丽雅亲自到苏里姆那里取回你的米奥

尼尔。"

索尔摆手道："这怎么行，芙丽雅这样的女神怎么可能是我这样五大三粗的大老爷们儿能装扮出来的？要是那样，苏里姆一定会看出来的。"

海姆达尔劝道："你怕什么？你用法术变换身形，再用婚纱包装起来去哄骗苏里姆取回自己的战锤而已，又不是要你和他生活一辈子。"

最终，万般无奈的索尔不得不缩小身形，穿上婚纱装扮成芙丽雅。洛基说："你记住两件事，你这个冒牌的新娘就绝对不会被苏里姆发现。第一，无论如何不能开口说话。第二，不能脱衣服，别和苏里姆上床。"

接着，洛基又对索尔说："你做新娘，我做你的侍女。我们两人一起去，你的战锤一定会拿回来的。"然后他和诸神便准备出行事宜，为了壮大声威还在出行的队伍中安排了很多瓦尔基丽雅们。一切安排妥当后，一行人就大张旗鼓地起程前往苏里姆的庄园。

听到消息后的苏里姆兴奋得马上让仆人们摆酒设宴迎接新娘。婚车缓缓地驶进了庄园，在一阵欢笑声中索尔被众人扶出了车外，安排入席。得意忘形的苏里姆道："我这里什么都不缺，就缺一位漂亮的女主人。芙丽雅一来，我这里就完美了。我庄园里有数不尽的奇珍异宝，吃不完的牛羊和山珍海味，饮之不尽的美酒醇酿，我这里还有大群的仆人供差遣使用。"

喜不自胜的苏里姆准备了许多美酒佳肴，邀请了很多亲朋好友。然而，在当天的晚宴上，吃了一头牛，喝了三桶蜜酒的假新娘索尔让苏里姆张口结舌："这……这么能吃的美女我还从来没见过呢！"

洛基假扮的侍女用娇媚的声音圆场道："爱神芙丽雅在神界是出了名的食量大。而且她这几天因为听说你如此爱慕她，她高兴的都没有吃饭，所以她才会吃下那么多食物。如果你不喜欢她这些，也可以悔婚啊！"

欣喜若狂的苏里姆哪里会嫌弃啊？他急着要掀起头纱一睹芳容时，却被假新娘索尔如炬的目光吓了一跳。他惊问道："芙丽雅为什么会眼冒火花？"

洛基急中生智答道："那是爱情的火花，身为爱神的芙丽雅当然会比普通人燃起更浓烈的爱情之火。"

　　激动不已的苏里姆恨不得马上拉起新娘入洞房，但新娘坐在那里纹丝不动，而苏里姆拉也拉不动她。苏里姆惊道："新娘子好大的力气啊！"洛基趁机在苏里姆耳边说："没有你的定情信物，新娘子怎么会去呢。"

　　苏里姆急忙对身边的侍从说："快，快去把我的定情信物——神锤拿来给新娘，这样我们就能入洞房了。"

　　接过神锤的新娘马上就恢复了原形，吼道："你这个偷我神锤还逼我装女人的混蛋！"索尔拿起神锤一下子砸在苏里姆的头上，苏里姆瞬间血肉横飞。索尔为了不让自己浓妆艳抹装扮女人出嫁苏里姆的事情传出去，杀死了本不该死的参加婚礼的客人和仆役，他们都带着这个秘密进入了坟墓。索尔相信只有死人才能更好地守住秘密。

交友不慎

酷爱猎奇冒险的洛基经常闯下祸事。他常常会把捅出的篓子转嫁到诸神身上或让诸神帮自己摆平。而在众多被他拖下水的神当中，厚道的雷神是最容易上当的。

有一次，洛基借来鹰羽衣化作一只大鸟在乔森海姆历险，他无意中得知巨人盖若特有一个异常漂亮的女儿姬洛普，喜爱美色的他决定一探究竟。

洛基深知盖若特不好对付，所以，事先把他家的情况调查得清清楚楚。终于在蹲点很久后，一天晚上他决定行动了。天刚黑，披上鹰羽衣的他就飞向了盖若特的庄园。

刚刚飞到庄园上空，他就发现一个巨人女仆提了一桶水走进一间房中，而在房门开关的瞬间滚滚热气从屋中冒出。洛基心想：在里面沐浴之人应该就是姬洛普，便在房顶上落了下来，透过天窗观看的洛基兴奋得几乎掉下去。他觉得阿瑟的众女神也不一定在身材、相貌、肤质、肤色等各个方面胜过下面那个女巨人。被色欲熏心的洛基马上化作一只怪鸟飞到了女巨人的肩头。好奇的女巨人把怪鸟捧在手上并抚摸着它那身明亮光滑的羽毛轻叹道："小鸟啊小鸟，如果你是个英俊魁梧的男人该多好啊！"

心中窃喜的洛基怪声说道："你如果能变小些，我就可以变大，变成你需要的男人。"此后两人一拍即合。后来洛基才知道这位花容月貌的女巨人并非姬洛普，而是盖若特已丧夫的妹妹，她的容貌远胜过盖若特的女儿姬洛普。

一天天过去了，从妹妹房间中早出晚归的怪鸟引起了盖若特的怀疑。他猜测这只怪鸟一定是跟自己丧夫的妹妹偷情之人变化的，于是他对妹妹说他有办法把这个人永远留下来陪她。盖若特的妹妹非常兴奋，于是就按照哥哥所说，在一次约会后把洛基的脚用哥哥所给的附着魔法的细线拴住了，盖若特疾驶而入冲向洛基。惊慌失措的洛基披上鹰羽衣后化作大鸟准备飞出去，不料，缠在脚上的魔线瞬间拉直，使洛基重重地摔在地面上。

洛基变成的怪鸟被盖若特抓住并关在了笼中，无论盖若特如何审问他，他一直闭口不答，愤怒的盖若特不给他一滴水一粒米。饿得形神憔悴的洛基只好现出原形。随后，在食物的诱惑下洛基回答了盖若特提出的一切问题。

在知道被关之人是洛基后，盖若特说："我可以恢复你自由，也可以把我妹妹嫁给你，但是我要你答应一个条件，你必须把雷神索尔骗到这里来，而且是让他赤手空拳的来，否则，我会让你一直在这里享受饥渴之苦。"无奈的洛基只好答应他的条件。

回到阿斯加德后，洛基思考着如何才能让索尔和自己一起去盖若特处，他知道如果完全欺骗索尔的话将会后患无穷，所以他半真半假地对索尔说道："索尔，我想请你帮我一个忙。最近，我和一个漂亮的女巨人在谈恋爱，可她非要我满足她一个条件才让我亲近她。"

深知洛基拈花惹草习性的索尔不明白自己跟他的事情有什么关系，于是疑惑地问道："你的事怎么和我扯上关系了？这次该怎样帮你？"

洛基胡编道："有一天，我和她在谈论诸位天神时，她和我说诸天神中法力最为高强的雷神索尔是她家族男人们的偶像，他们家族的男人只要听到你的名号就会为之一震。我自豪地告诉她说咱们俩的关系是最好的，互相之间有求必应。谁知她说我在吹牛，还说如果你们两个真是亲密无间的话就要我带你去见她。否则，就不跟我这个爱吹牛的人来往。更过分的是，她说她一个女儿家不喜欢舞刀弄枪的，而且十分害怕你的战锤和手套，要我们不要带任何武器空手而去。唉，这样的要求我都不知道该如何与你说，毕竟平时的你可是锤不离手啊！"

索尔思考了一会儿就说："没问题，我答应你就是。"他觉得让自己去见一个几乎没有杀伤力而且跟洛基相好的女巨人是不会有什么问题的。

在去的路上他们遇到了一位名叫甘绿特的女巨人，此人乃是奥丁众多妻子之中最为冰雪聪明的，深知洛基狡诈的甘绿特提醒索尔："与洛基交好的女巨人温柔多情没有什么可怕的，但她的哥哥不仅心机重而且还很凶猛，可不是赤手空拳的你就能轻易应付的。"

听闻此话的索尔狠狠瞪了洛基一眼，洛基急忙辩解："这事儿我也是现在才知道的，否则我怎么会让你陪我冒险赴约。"

索尔也认为洛基不会故意骗他，否则怎么会与自己同行。甘绿特对索尔说道："我送你些东西，虽然威力不如你的雷神之锤，但对付盖若特却绰绰有余。"说着就把自己的腰带、铁手套和拐杖扔给了索尔。

他们和甘绿特分开不久就被一条奔腾的大河挡住了去路，索尔系上了甘绿特给他的腰带，并让洛基抓住腰带的另一端，然后在急流中拄着拐杖一步步地挪向对岸。当他们走到河流中央时，一道瀑布从天而降，冲他们当头浇下。索尔吃惊道："过河前怎么没有看到瀑布，为什么到了河中央就突然出现？"他们抬头找寻瀑布源头，令他们愤怒的是在河对面的小山坡上蹲了个美丽妖娆的女巨人正得意忘形地冲着他们放水。

气愤不已的洛基转头对索尔道："她就是盖若特的女儿姬洛普，没想到竟然如此的生猛疯癫，真是让人不齿啊！"

如此放肆的行为让索尔无法忍受，他之前从不动手打女人，即便对死敌中的女巨人也手下留情的他拾起一块巨石掷向高处。姬洛普被打得一声尖叫飞奔而去，笑得洛基和索尔直不起腰来。

来到了盖若特的庄园后。他们受到了非常无礼的对待，盖若特根本不让他们进入客厅，甚至让索尔坐在污秽不堪的马厩中的一张椅子上。刚坐上去的索尔感觉椅子像长高了一样快速上升。眼看就要撞在马厩顶梁上的索尔用拐杖猛的一撑，借助着重力顺势往下一沉。"噗噗"的爆响声和惨叫声从椅子下面传了出来。原来对索尔怀恨在心的姬洛普让其父亲用法术把她缩小后紧贴在椅子下面，等索尔坐上去后，迅速恢复原形的她想把索尔顶死在厩顶上，结果借助魔力手杖之力的索尔把她压得脊骨碎裂而亡。

盖若特强压着心中的怒火请索尔到大厅用餐。已预感到索尔能闯过第一关的他早就为索尔准备好了一道大餐。他在一个大火炉中挑出了一只烧得赤红的马蹄铁掷向索尔的胸口，眼疾手快的索尔看见一道红光射来，立刻用戴了铁手套的右手接住了烧红的马蹄铁，然后迅速的掷向看呆了的盖若特。炙热的铁块瞬间击穿了盖若特庞大的身躯，留下了一个马蹄铁形的大洞，余威未减的铁块穿过了好几面墙壁。被高温铁块直接碳化后变成了一块巨石的盖若特，就好像一座无字丰碑，书写着索尔的英勇神武。

第六章 「战神铁尔和圣刀」

第六章　战神铁尔和圣刀

战神铁尔，又名独臂战神，是奥丁和巨人西摩之女斯卡蒂所生。他之所以被称为独臂战神，这件事又得从神界祸根洛基说起，其实在神界发生的很多事情都是他引起的。

洛基一向喜爱拈花惹草，他在跟一个女巨人颠鸾倒凤后，生下了三个怪模怪样的私生子。一个是小狼芬尼尔，另一个是半面红粉佳人、半面狰狞面孔的女儿海拉，最后一个是一条见风即长的毒蛇伊门格尔。洛基怕平时自己捉弄过的众神取笑于他，就没有把自己三个殊形诡状的后代带回阿斯加德。但毕竟血浓于水，即便洛基觉得自己有这样的三个私生子没有脸面，也没有抛弃他们，由女巨人抚养他们三个，不过这件事情他从来没有对众神说起过。

然而，这三个小家伙生长却极为迅猛，而且开始肆意胡闹、为所欲为起来，以至于他们的母亲开始捉襟见肘，感觉无法独立抚养他们。她决定找洛基商量解决办法，最好是由洛基亲自抚养，而正在此时洛基的三个孽种被俯瞰人、神、魔三界的奥丁看到了，为了不让本性邪恶的他们在巨人国变得更加穷凶极恶而惹出弥天大祸，奥丁把洛基的三个后代从巨人国乔森海姆带走了。顾及交情的奥丁没有将他们扼杀，而在此之前奥丁注意到了人间四处游荡的幽灵需要有人来管理。于是他任命三人中相对较有理智的半枯半荣、半生半死的海拉来管理亡灵，命名为死亡女神，接着他用法术把毒蛇伊门格尔封印在海底。谁知海底丰富的鱼类资源让贪婪的它在海底终日饱食生活得无比滋润。最后越长越大的伊门格尔盘绕在海底大地的根基上。它稍一活动就会引起山崩地裂，巨浪翻滚。对此，连奥丁这样高瞻远瞩的神，都始料未及。

最后奥丁想把那头看上去比较可爱的毛茸茸的小狼芬尼尔驯服后为众神服务，于是小狼被带到了阿斯加德。但是在看到芬尼尔那野性十足、贪婪暴戾的目光后，众神都不愿意喂养它，说它是只凶恶的狼。只有胆气十足的铁尔愿意喂养它，所以，战神铁尔就成了它的主人。

但贪婪暴戾的芬尼尔越来越贪食，致使它的身体一天比一天强壮，力气更是随着体型暴涨。它时常在夜里发出凄厉的嚎叫声，吓得胆小的月神曼尼脸色越来越苍白。芬尼尔肆无忌惮的咆哮声让众神异常厌烦，但众神又杀它不得，毕竟它是洛基的儿子，最终众神决定把它囚禁起来免得以后带来不可预测的祸事。

地下城里有很多手艺精良、价格公道、童叟无欺的黑侏儒，他们给众神定做了一根又粗又大极其坚韧的铁链，然后用激将法对芬尼尔道："你不是经常炫耀自己力气大吗？这是我们花重金打造的铁链，它十分坚韧，我看你一定无法挣脱它的。"

芬尼尔一向对自己的力量很有信心，他很快上当，让众神用铁链将它锁住，然后用力一挣，粗大的铁链就一寸一寸地断裂了。极力掩饰住内心的恐惧和悔恨的众神连声称赞它是创世以来神力最大的生物。在芬尼尔扬扬得意时，众神又使用了更粗的铁链，但芬尼尔巨力一挣铁链就断裂了。众神觉得把它放在身边越来越不安全了。

居心叵测的黑侏儒知道了这件事后，以展示他们的工艺实力为由给芬尼尔量身定做了一根魔法绳。这根绳子是用猫的脚步声、女人的胡须、岩石中的树根、熊的肌腱、鱼的肺、鸟的唾液这六种难以想象且极难得到的材料炼制而成的。（因为造这绳子用去了所有的材料，所以世界上从此就没有猫的脚步声、女人的胡须、岩石中的树根、熊的肌腱、鱼的肺、鸟的唾液）这六种东西被黑侏儒打造了一根看似柔软纤细却又无比坚韧，甚至比头发还细、比丝绸还光滑、比光纤还透明的绳子，这条绳子坚韧无比，而且会越拽越紧。这根施了魔法的绳子在诸神的黄昏来临的那一刻就会断裂开来。

众神得到这根魔绳后把芬尼尔引到了一个岛上。他们拿出了细如牛毛的魔绳说："这根绳子的坚固程度我们之前闻所未闻，本来今天想让你来试试这根绳子是不是真的如此坚固，可后来我们一致认为这根绳子仅仅靠你的力量是挣不断的！所以我们觉得你也不用尝试，在这里游玩一番就回去吧！"

觉得自己被小看了的芬尼尔变得非常激动，但今天的事情也让天性狡猾多疑的它感到不简单。来测试绳子的牢固程度为什么不在阿斯加德测试，而要来到这座小岛上？这根细细的绳子让芬尼尔心中有种不安的感觉，于是说："让我来挣脱这么细的绳子，这不是毁我的江湖名声吗？它能给我带来什么好处？而且我觉得这根绳子上似乎是被你们施加了魔法要加害于我。"

众神的动机和目的让芬尼尔很是怀疑，他又说道："若真如你们所说的我无法挣断这根绳子而你们又不帮我解开，那我岂不是上当了！"

众神马上就窃窃私语："这家伙还真是胆小如鼠啊，亏得奥丁以前还说它是个可塑之才，要好好培养它，长大后定会成为有用之才。我看它啊，根本就是个胆小鬼。"

"不对不对，我看它是有用之才，它可是在找借口方面的人才啊。"

众神就这样你一句我一句地奚落和嘲讽，受不了如此鄙视的芬尼尔说道："让你们把我缚住也不是不可以，但你们要答应我，万一我要挣脱不开，你们一定要解开我。还有就是，我要你们必须将一人的手臂放入我的嘴里来证明你们不是加害于我。要是你们不敢的话多半你们心里有鬼，那样我也就不用试了。"

众神有些无可奈何了，大家你看看我，我看看你，都知道今天想要绑住它就必须要听它的了。可有谁会在明知道要失去手臂的情况下还伸出手臂呢？他们都不敢伸出手臂。现在看来，众神刚刚对芬尼尔胆小的嘲笑显得有些悲哀可笑，芬尼尔也张大了嘴用轻蔑的眼神来挑衅众神。

这时，果敢的铁尔站出来说："那就用我的手臂来作保吧。"说着他把右手就伸进了芬尼尔口中。

当铁尔把手伸进芬尼尔的嘴中后，芬尼尔便不再生疑，让众神把它的四肢用细绳捆了个结实。绳结打好后它就使劲一挣，结果正如众神所说的那样，它无法挣开，而且还越缠越紧。用尽全力试了几次后的芬尼尔都无法挣开，正当它让众神解开绳子时，却看到众神脸上那诡异的笑容，它知道自己上当了。于是一气之下，它咬断了铁尔的手臂，然后张着血盆大口狂吼乱叫地去咬离它最近的神。众神怎么会让它得逞，他们早早地就把魔绳的另一端拴在一块深陷地中的巨石之上。随后众神用一把长剑撑住它的上下颚，使它无法闭嘴咬合。

无私的铁尔为众神奉献了自己的一只手臂，但独臂的铁尔依旧可以持刀斩妖除魔而且丝毫不影响他的战斗力。芬尼尔被留在了荒岛上，魔绳一直束缚着它使它无法脱身，直到诸神的黄昏来临时，魔绳断裂，它才得以脱困，到阿斯加德复仇。

铁尔在断臂之前是靠使用一手漂亮的双刀而成为战神的。他的双刀跟众神的兵器一样是由黑侏儒精心打造而成的，它不仅有很强的威力和能量场，而且还会自动认主。断臂后铁尔只能单手持刀了，剩下的一把刀被他送给了人类，他对世人说："无论谁得到这把刀都会在战场上所向披靡，战胜所有的敌人。"

铁尔之刀被人间的祭司深藏在铁尔神殿中严密看守。在一天夜里圣刀神秘失踪了。这可如何是好？这圣刀岂是他们几个祭司能赔得起的？无计可施的祭司们只得找一位经验丰富的女先知打探圣刀的下落。女先知哀伤而同情地说道："从现在起，人间将永无宁日了，铁尔之刀已经流落到了世人聚集之所，血雨腥风就要开始了。"

惊恐万分的祭司们问道："为什么要这样说？"

女先知道："预言女神曾经在生命之树下说了，得到圣刀者将无敌于世，但最后必惨死于此刀之下。"

好奇的祭司们问道："圣刀是被谁偷走的啊？他拿去准备用来干什么啊？要如何才能寻回圣刀？"但是对于祭司们的央求，女先知一个字也不再透露了。

第六章 战神铁尔和圣刀

没过多久，罗马帝国在科隆的军营中来了一位身材高大、气质尊贵的独臂人。当时在军营中正在进行一场热火朝天的庆功宴，参加宴会的是罗马帝国日耳曼行省总督维特利亚斯。维特利亚斯被这位陌生人叫到一边，并交给他一柄长刀说道："此圣刀乃是神界战神铁尔所使的佩刀，拥有此刀者将会在战场上所向披靡，战无不胜攻无不克，它不仅能为你带来无穷无尽、至高无上的战功，而且还能获得荣誉和权势，甚至可以将你送到皇帝的宝座上，让你达到人生的顶峰。但要记住的是，一定要人不离刀，刀不离身。"

维特利亚斯出身名门，但却是个才疏学浅，没什么军事指导能力的花花公子。贪图享受的他靠着自己的身份和父辈的荫庇才有了今天的地位。但在管理军队方面，他却极具天赋，他用极好的收益分配策略来管理军队。他不仅跟士兵和军官患难与共，抱成一团，而且很公平地论功行赏每一个人，对战利品也从来不会一个人独吞。在他的军队里人人都是自由平等的，没有新兵遭到老兵欺凌的事情，部属都很拥护他，由于军队上下一心，他们每次出战都攻无不克，每次都是满载而归。

维特利亚斯在得到铁尔之刀后更是一路烧杀掠夺攻陷了罗马城。一觉醒来后，维特利亚斯发现自己已经黄袍加身，被部下拥立为罗马皇帝。登上帝位后的维特利亚斯一如既往地和部下一起吃喝享乐。

可是皇位还没坐热的维特利亚斯，就听到消息说叛军准备向罗马城进攻，要推翻他的新政权。这股叛军直冲罗马城而来，一路上攻城略地、所向披靡。维特利亚斯终于想起了那把给他带来好运的铁尔长刀，准备拿出来捍卫皇位的维特利亚斯惊恐地发现，圣刀不知何时已被调包。不安和恐惧弥漫在他的心底，最终他连率军抗击的勇气都失去了。

失去了圣刀的庇护，他变得胆小如鼠、贪生怕死，他宣布退位来逃避杀身之祸。然而，在他当众宣布退位时被愤怒的臣民骂回了宫。骑虎难下的维特利亚斯只好躲在宫中，他不仅没有勇气保卫罗马城，更没有办法辞去皇位。如此没有骨气、如此懦弱胆小的皇帝可不是罗马民众所希望的。忍无可忍的罗马市民冲进皇宫，将这个窝囊皇帝拖到了皇宫门口。在那里，偷刀的日耳曼近卫军士将维特利亚斯掀翻在地，用圣刀砍掉了他的脑袋，预言女神的话得到了证明。

圣刀在手的军士成了常胜将军。他带领军队所向披靡，赢得了无数荣誉和功勋，担心预言应验的他选择放弃登上帝位，他金盆洗手，退出了充满刀光剑影的是非之地，隐居在老家的多瑙河地区。隐居后的他不再使用圣刀，并将圣刀深埋在地下，还在上面修建了一座小屋，居住于此。对圣刀的秘密他是讳莫如深，最终他带着这个秘密走向了坟墓。亲人乞求他说出圣刀的下落，他只是说："圣刀会自动挑选英勇善战者为其主人。能得到此刀的人自然也是命中注定要征服全世界的人，不过得到与失去总是会相辅相成的，此刀给他带来的厄运也是他无法摆脱的。"

很多年过去了，多瑙河畔迎来了匈奴人侵略欧洲的浪潮。最终，这片土地被号称"上帝之鞭"的阿提拉率领的匈奴大军征服了。一天，阿提拉在多瑙河畔策马巡逻时坐骑突然一声长嘶，接着就开始一瘸一拐了。下马查看的他发现坐骑的脚掌有一道深深的伤口，似乎被草丛中的利刃所伤。愤怒的阿提拉马上命人就算掘地三尺也要找到此物。不一会儿，一个闪耀着刺眼光芒的刀尖在大地上露了出来，随后阿提拉上前亲手把它挖了出来。当他托起这把让人不寒而栗的长刀时，忍不住惊叹道："这就是传说中的铁尔圣刀啊！"

高举长刀的阿提拉得意地狂叫道："我就是那命中注定要征服全世界的人。"

一晃几年过去了，提着铁尔圣刀的阿提拉南征北战，举世无敌，甚至征服了半个罗马帝国。匈牙利国在建立以后，极度成功后的阿提拉开始进入了战后的疲软期。厌倦了战争的他决定不再四处征伐，休养生息，让人们安居乐业，宫廷生活的乐趣让他快乐不已。后来，自己领地内高卢的勃艮第公主在年老的阿提拉的淫威下不得不答应嫁给他。带着杀父之仇的公主嫁给了这位匈奴王。

然而，在新婚之夜洞房花烛之时，酒后酣睡的阿提拉被公主用铁尔圣刀割下了他的首级，随后公主自杀而亡。预言女神的话又一次得到了验证。得到的越多失去的也就越多。得到了别人难以得到的——权利、地位，最终必然会失去别人不应该失去的东西——生命。

第七章

「蜜醪和美神」布拉奇

第七章　蜜醪和美神布拉奇

　　布拉奇是美神及音乐诗歌之神，奥丁与女巨人甘绿特之子。喝了智慧泉水后的奥丁，集世间一切知识和智慧于一身的他变成了无所不能的众神之王，在他头上可以添加任何头衔。作为诗人的奥丁，也常常为自己的歌作词作曲。而布拉奇和其他正神一样是奥丁这些才能的专门执行者。

　　北欧人认为诗歌和音乐等艺术之美是宇宙间本来就存在的，而不是由某个造物主创造的。这种力量的操纵者是布拉奇，发现者则是主神奥丁，而被布拉奇赋予力量去挖掘这种美的人在人间是被那些称为诗人、音乐家的艺术家。当年和平谈判解决阿瑟神族和瓦纳斯神族的冲突时，缔结和约的双方在庄严神圣的宣誓后，都会将自己的唾液吐到一口大缸中用来表示覆水难收之意。众神将这口大缸中的唾液变成了一个小精灵，取名科瓦修。用来纪念这次具有跨时代意义的和解。

　　集众神之精华而诞生的科瓦修具有非凡的智慧。常常游历人间的他总会帮助那些处于原始状态的人类认识和改造世界，自认为聪明绝顶的黑侏儒们十分嫉妒这个聪慧的小精灵。

　　科瓦修强烈的求知欲和好奇心是他智慧的源泉，好学好问的他四处奔走学习各种知识和技能。他忙碌奔波的身影留在了天上地下的每一个角落，到处都能听到他寻根究底、精灵古怪的提问声和求教声。一天，科瓦修来到黑侏儒的地下城，当他在盖劳尔和费劳尔两兄弟门口路过时，两个黑侏儒跟他打招呼说道："十万个为什么，你好啊！你这是去哪里啊？"

谦虚的科瓦修答道："我想来学习点儿手艺。"

心灵手巧的科瓦修一直让两兄弟很是嫉妒，这时心生歹意的两兄弟说道："原来你想拜师学艺啊！我们黑侏儒的手艺那可是保密的，而且还传男不传女，这祖传的秘密可不是谁都能学的。再说你已经会那么多，远超过我们了，还要拜师学艺，这不是来和我们恶意竞争吗？以后打造宝物的活还有谁会来找我们啊！要不你看这样行不行，咱们互相交流，我们可以把任何技艺传授给你，但你也必须教给我们你所学的知识。当然，这事我们要秘密地进行，不能让外人知道。"

科瓦修毫不怀疑，就跟着两兄弟进入屋中。然而等待他的却是无情的杀害。黑侏儒两兄弟把科瓦修的血液勾兑到蜂蜜中制成了蜜醪，蜜醪装满了两只壶和一个碗，尝到一点蜜醪的人就能成为人人尊敬的大诗人。

科瓦修失踪后阿瑟诸神到处寻找，甚至在黑侏儒的地下城也贴了寻人启事。由于科瓦修被害时没有目击证人，劳尔兄弟更是没有留下任何证据和证物，科瓦修的才能本来就让整个地下城的黑侏儒嫉妒眼红，所以在众神调查此事时根本没人愿意配合。于是科瓦修的惨死也就成了悬案。

劳尔两兄弟和普通的人一样，在做完坏事没有被人发现后就越发胆大起来，他们开始常常坑害神魔两道中落单的人。一天，这两兄弟家中迎来了两位客人，霜巨人吉陵和他的妻子来此打造武器和首饰。吉陵身上那众多的金银珠宝让两兄弟起了歹心。于是，禁不住邀请的吉陵就和他们兄弟两人一起出海打鱼做晚餐。返航时，二人按精心选择的路线将船撞向了海底的礁石，有天然优势的黑侏儒们，在船撞击的瞬间不仅重心很稳，而且事先系好的安全带更让他们毫发无损，但身材高大的霜巨人吉陵由于重心太高，而且没有丝毫防备，顷刻间就掉进海里，不会游泳的他只能眼睁睁地等待死亡的来临。

吉陵的金银珠宝落在了兄弟二人的手中，他们装作很伤心，泪流满面的回到家中，告诉等候在那里的妻子关于吉陵落水身亡的噩耗。伤心欲绝的她号啕大哭

第七章　蜜醪和美神布拉奇

了整整一天一夜。不堪其扰的两兄弟被弄得非常烦躁。费劳尔对吉陵的妻子说："我们两兄弟对你丈夫的意外过世也深表遗憾。看到你如此悲伤，我们也很痛心。要不这样，我们带你去你丈夫罹难的地方一趟，这样也许会减轻你的痛苦，随我来吧。"

觉得言之有理的吉陵妻子，就起身跟随着费劳尔走出大门，而早在门口屋檐上的盖劳尔把抱在怀中的石碾丢了下去。女巨人瞬间被砸得血肉模糊，吉陵和他的妻子从此就一同命葬黄泉了。

吉陵夫妻在劳尔兄弟家失踪的消息传到了吉陵的弟弟苏顿那里，他赶到了地下城，不由分说把劳尔兄弟两人拖到了海边。凭直觉的他就知道哥嫂已经被这两兄弟杀害了。诡计多端的黑侏儒虽然能把霜巨人耍得团团转，但交起手来由于体型和力量悬殊，他们根本不是霜巨人的对手。苏顿为了逼问劳尔兄弟，就把他们绑在一块会被潮水吞没的岩石上说道："你们还是把我哥嫂遇害的事情老实交代吧，否则你们就慢慢等着享受海水的滋味吧。"

两个心狠手辣的黑侏儒甚是贪生怕死，他们早就吓得尿裤子了。海水在还没有淹没到他们的胸口时，两兄弟就忍不住招供讨饶了："人是我们杀的，他们留下的金银珠宝全部都给你，你就饶了我们吧。"

"两个败类，我兄嫂跟你们远日无怨近日无仇的，你们怎会下此毒手？拿命来吧！"苏顿气得咬牙切齿地说道。

"可是，就算我们两兄弟死了也无法复活你的哥嫂。你为了出一口气杀了我们，能得到什么好处啊，你要是放我们一马，我们兄弟愿意赔偿一些自己收藏的奇珍异宝给你。"两兄弟声泪俱下道。黑侏儒诡计多端，特别知道如何在危急时刻与对方谈判。

苏顿心动了，他知道这两兄弟经常谋财害命，定会有不少好东西，便说道："那要先看看你们都有些什么宝物吧。"

见有一线生机的两兄弟马上就把自己的宝物一件件地说出来，可根本没有让苏顿心动的东西。最后，心一横的他们说道："我们还有一件宝物，那可是我们这些年最贵重的宝物，它是用小精灵科瓦修的鲜血调和而成的蜜醪，要是喝了它就会成为让众人尊敬的诗人和音乐家。"

最后，苏顿威逼两兄弟交出两壶一碗的全部蜜醪和一半家当才答应释放了他们。贪生怕死的黑侏儒为了活命也只能接受如此苛刻和贪婪无耻的条件。回到家中的苏顿，让女儿甘绿特将全部的蜜醪珍藏起来。甘绿特把这种罕见的、无比珍贵的仙醪放在一个隐秘的山洞中，并日夜守护。

取走了劳尔兄弟一半宝物和全部蜜醪的苏顿，让兄弟两人十分不满，于是兄弟两人想到了一个可以嫁祸于人和借刀杀人的好办法，他们到处宣扬苏顿手中的蜜醪的事情，因为他们知道主神奥丁一定会去找苏顿算账的。

果不其然，听到蜜醪事情的奥丁很快就赶到了苏顿的家园。奥丁看见九个巨人仆役在苏顿家的一处农场上割牧草，可是他们割草的刀实在太钝了。奥丁从没见过这样出力不讨好没有效率的工作，忍不住问道："你们这样费力还没有效率的割草，为什么不停下来把刀磨锋利呢？"

其中一个仆役昂首看了一眼这个问奇怪问题的路人，有些不高兴地说："你问得倒是蹊跷，我们如果有磨刀石难道不知道磨刀吗？"

奥丁说："我可以帮你们磨刀啊？"说着就把一块精制的磨刀石掏了出来。看到磨刀石的几个巨人奴仆都围了过来，争抢着要奥丁帮他们磨刀。谁知奥丁却收回了磨刀石说："我可以帮你们磨刀，但之后你们要告诉我谁是你们的主人？苏顿的家在哪里？"仆役们都不假思索地答应了。不一会儿，奥丁就把他们的割草刀磨得锋利无比。

九个仆役拿着磨好的刀去割草，试过后的他们都觉得与之前简直是天壤之别。他们也没有食言，便开始七嘴八舌的回答起奥丁的问题：

"我们的主人叫鲍尔。"

"我们主人有个哥哥叫苏顿，他的女儿甘绿特那是个天仙般漂亮的美人啊。她几乎从不露面，一直在山洞中守着她父亲的宝贝！"

其中有仆役问道："你的磨刀石能不能卖给我啊？"

第七章 蜜醪和美神布拉奇

"就是啊，你开个价吧！"

"我出最高的价钱，你把它卖给我吧！"

奥丁讨厌霜巨人，他有了戏弄之心，就说了一个高得离谱的价格。想不到的是这个价格他们九个人竟然全都接受了，甚至愿意出更高的价钱。不愿意浪费时间的奥丁就把磨刀石朝这九个人头顶上扔去，都想得到磨刀石的九个仆人就像接绣球一样抢了起来。可是他们手里还拿着那锋利无比的刀啊，跳起来后的他们顿时被彼此划得皮开肉绽，落地后就互相厮杀了起来。就这样，血手横飞的九个人自相残杀，都去冥界向海拉报到了。他们的血肉残肢留在了他们所收割的草丛里，变成了牧草的肥料。

奥丁虽然知道苏顿把蜜醪藏在山洞中，却不知道山洞的具体位置，直接找苏顿要更是不可能的。于是，他准备从苏顿弟弟鲍尔身上找到突破口。到了晚上，一个名叫鲍沃克的寻宝者来到鲍尔家借宿，这个寻宝者乃是奥丁所化。热情好客的巨人鲍尔让奥丁进屋共进晚餐。在边喝酒边聊天时，鲍尔对奥丁诉说道："真是晦气，今天早上我家的几个仆人有说有笑地出门割草，可后来他们居然互相斗殴而亡。还真是一件怪事啊？现在可如何是好，一个帮手都没有，如何才能获得充足的草料过冬？我一个人根本干不过来啊！"

暗自得意的奥丁装作毫不知情，说道："说来也巧，反正我也闲着，还没有打算好去哪里寻宝，就在这里帮帮你吧。他们九个人的活我全包了。"

听奥丁说愿意给他帮忙，鲍尔很高兴，他兴奋的为奥丁倒酒道："实在太好了，你会得到比他们九个人加起来都还多的工钱的。"

摇了摇头的奥丁说道："我不缺钱，我也不需要你的工钱！不过外面传言说你哥哥有一种神奇的蜜醪，我很早就想品尝一番。我只要品尝一口仙醪就算你给我的报酬吧。"

鲍尔不想放走这个愿意做帮手的彪形大汉，但对方的条件也让他很为难，于是说："蜜醪又不在我这儿，你这样倒是让我很为难啊。我哥让她的女儿把蜜醪藏在一个水泄不通的山洞里，而且二十四小时严密看守。不过我倒是可以陪你去试试，看能不能帮你搞到一点儿。"

就这样，为了得到科瓦修的遗物——蜜醪，众神之主奥丁放下了自己领导者的身份，降尊临卑地以一顶九的干了一个夏天的短工。该干的活干完后，鲍尔就依约带奥丁去苏顿家协商取回蜜醪。

在苏顿的庄园中，豪爽耿直的苏顿热情地接待了弟弟带来的客人。刚坐下的鲍尔就开门见山地说了自己来此的缘由。然后苦苦乞求哥哥道："你那么多仙醪也不在乎那一点点，就让他尝一口吧。你看人家辛辛苦苦为我干了一个夏天的农活就为能品尝一口仙醪呢。"

苏顿听后，马上言词拒绝道："绝对不行！我和女儿都舍不得喝一口这种仙醪，如此珍贵的东西你却要给外人品尝。别说不让他品尝，就是看也不让他看一眼。"

无论鲍尔说破了天，说穿了地，苏顿还是不答应。最后禁不住弟弟的絮叨的苏顿站起来说道："不管你怎么说我都不会答应的！要是你付不起工钱，我帮你付。"

鲍尔也希望奥丁拿钱走人。但奥丁望向盯着自己的鲍尔，固执地摇了摇头。万般无奈的他们只好离开苏顿的庄园，刚走出苏顿家门的奥丁就对鲍尔说道："普通人允诺都是一诺千金，作为大块头巨人的你更应该一诺万金。你许下的承诺可不能就这样算了。"

百般无奈的鲍尔对这个难以打发的短工说："不是我要言而无信，我哥的态度你也看到了，完全不可商量，我实在是没有办法了！"

仍然不放弃的奥丁说道："我不管你哥哥是什么态度，只要你答应了，就得兑现，不管用什么样的办法也要做到你许下的诺言。至于怎么做我来想办法，你只管帮我去执行和实施就行了。"

虽然鲍尔觉得跟他打交道着实不易，但是也答应奥丁按他所说的去做。因为一言九鼎的他觉得为了履约去偷去抢也比言而无信高尚得多。

第二天，鲍尔和奥丁翻遍了甘绿特藏宝的整座山也没有找到一个可以自由出入的洞口。鲍尔冲奥丁双手一摊说："别说门，就是连条缝都没有。你让我怎么替你去偷去抢啊？我看我们还是打道回府，你也死了这份心吧！"

第七章　蜜醪和美神布拉奇

"既然来到宝山了哪有空手而归的道理。既然它没门没缝，那我们就给它开扇门钻条缝。"说着就拿出一把钻子，并交给了鲍尔又说道："只要你帮我把岩石钻个洞，就算我们两清了。其余的事情就不用你管了。"

无奈的鲍尔只得拿着钻子干起苦力来了，钻了一阵儿后的鲍尔停下来说："好了，打通了，剩下的就靠你自己了。"说着就要转身离开。

奥丁一把拉住他，朝钻孔中吹了一口气。毫无准备的鲍尔被石孔中的粉尘飞了一脸。奥丁说："打通的话还会吹出来这些吗？别想偷懒，赶紧钻吧！"

鲍尔知道在如此精明的奥丁面前是没机会耍小聪明了，只得老老实实地继续钻，奥丁一直让他干到吹气时粉尘不再倒飞才让他收工。随后奥丁化作一条小蛇钻进了洞中，刚到洞的另一端他就掉了下去，让奥丁欣喜若狂的是他掉到进了甘绿特的乳间。乳沟间的冰凉物体惊醒了熟睡中的甘绿特，正当她伸手去抓小蛇时，小蛇就像知道她的意图一样迅速地滑进了被窝。甘绿特就继续到被窝中去寻找，猛然间小蛇变成一个身形魁梧的男人，趴在了她身上。

奥丁在掉进甘绿特胸前的瞬间就怦然心动。此时的奥丁准备人财兼收，不仅要得到蜜醪，更要得到这个美丽的女巨人。而吓了一身冷汗的甘绿特惊叫一声后就要把身上的男人推开，可自己却被那个男人紧紧地抱着丝毫动弹不得。惊恐和好奇的甘绿特睁大了眼睛，却惊喜地发现压在身上的男子完全不像本族那粗糙得像树皮一样的巨人，他那光滑的面孔上透露着神武英俊。她不由得问："你是谁啊？"

奥丁说道："我是阿瑟主神奥丁，是你的红颜知己，也是你未来的丈夫。"甘绿特害羞地问道："你会喜新厌旧、始乱终弃吗？"

奥丁深情道："迄今为止我还从未舍弃过我的女人，之前没有，之后不会有，对你更是不会。"此刻的奥丁甚至把蜜醪的去处都想好了。

甘绿特知道自己无法抗拒眼前这个男人，于是，缠绵了三天三夜的奥丁与甘绿特在山洞里孕育出了美神布拉奇。

陶醉在情爱中的甘绿特让奥丁喝下了她守护的最珍贵的仙醪，并说："你喝到了世间任何他人都享受不到的东西。"

"仙醪珍贵，但是我还得到了比它更珍贵的你。"一口气喝完了所有仙醪的奥丁抚摸着甘绿特的腹部说："他，才是这些仙醪的拥有者。"

说完，披上鹰羽衣的奥丁向阿斯加德飞去。在这极北之地是从来没有猛禽飞过的，苏顿看到在自己的地盘上飞走一只鹰时就推测仙醪已经被盗走了，于是迅速变成一只鹰追了上去。好几次差点被抓到的奥丁在慌乱中将一些仙醪从口中溢出，洒落到了人间，此后人间就诞生了一些卓越非凡的诗人。

奥丁一路风驰电掣地飞向阿斯加德，阿瑟诸神看到奥丁身后的追兵时，就在彩虹桥上架起了小山似的木柴。奥丁飞过彩虹桥的瞬间，木柴堆就被他们迅速点燃，来不及刹车掉头的苏顿一头冲进了漫天大火中，跌落在火堆中的他顷刻间化为灰烬。

刚一落地的奥丁就把仙醪吐在一口缸中封存起来并向众神宣布："这些蜜醪是我留给甘绿特腹中的那个孩子的。"

不久后，奥丁将甘绿特产下的男婴取名布拉奇，并让甘绿特用仙醪将布拉奇喂养长大。

布拉奇出生后不久，劳尔兄弟就给布拉奇送来一具黄金打造的竖琴作为赔罪，并用一条船将他送到了外面去游历。在海上航行时，弹起黄金竖琴的布拉奇，吟唱生命之曲、命运之歌。歌声响彻天际，传到了神圣的阿斯加德；也传到了死亡女神统管的冥界。甚至一向冷漠无情的海拉也躬身离座，洗耳恭听。

弃船登陆后的布拉奇穿过干枯的树林。他所弹奏的美妙旋律让枯木逢春，芽苞初放，所过之处一片生机勃勃。而在这片焕发生机的树林中，布拉奇和青春女神伊童相遇相守。在青春女神伊童所到的地方，花草树木都会呈现出最纯真的面孔来迎接她。这样一对情投意合的少男少女，一见倾心，相互追逐玩耍，顿时大地上百花争艳，百鸟争鸣，万物争春。众神张灯结彩，欢迎他们来到阿斯加德。

布拉奇舌头上鲁纳文的纹理被奥丁翻看后，说布拉奇将是天上人间赫赫有名的诗人和音乐家，天上众神及瓦哈拉神殿中恩赫里亚的功绩都会被他称颂传唱。

第八章 「青春女神伊童」

第八章　青春女神伊童

依法尔德是地下城魔法最强大的黑侏儒，他有一个女儿，取名伊童，后被誉为"青春女神"，或许是因为基因突变伊童身材修长，皮肤白嫩，貌美如花，跟黑侏儒简直形成强烈的对比。在她年幼的时候，她父亲为了不让女儿像他一样因日晒而出现皱纹，因地心引力而肌肉松弛下垂；为了让女儿永久保留天生丽质，依法尔德就用天魔大法让她青春永驻。

来到阿斯加德后的伊童和布拉奇轻松愉快地生活着，命运三女神都为伊童的清纯甜美而倾倒，前所未有的一致为她祝福，并让她掌管生命之树顶枝所结的青春之果。青春之果只有用伊童的纤纤玉手才能采摘下来，而想让青春之果产生效力必须装进命运女神施过咒的金丝篮中。对青春之果来说，这个金丝篮和伊童之手两者必不可少，若没有伊童之手来采摘离枝后它就会化作烟尘。经常食用青春之果能永葆青春的美丽与活力。

此后，众神经常享用伊童采摘的青春之果而得以长生不老，伊童把采摘的青春之果放在寸不离身的金丝篮中。长生不老是每个时代永恒的主题，而能让人长生不老的青春之果自然成为所有人争抢偷盗的目标，所以小心谨慎的伊童不让任何人有可乘之机。

一天，结伴到人间漫游的奥丁、洛基和弗雷尔在空中飞驰很久后降落在一片辽阔的原野上,在这片碧波荡漾的原野上,那种原始粗犷之美让他们乐不思蜀。当饥渴来袭时,他们才意识到这里距阿斯加德太远,而且这是个尚未开发的风景区,附近没有人家和餐馆,于是他们决定猎取一些野味来一次野炊。

不一会儿,一头又肥又壮的野牛出现在他们的视线内,他们轻而易举地就捉到了它。他们在地上刨坑聚柴生火,然后把石板铺在上面。待火苗把石板烤得冒烟时,他们把早就切好的牛肉片放在石板上熏烤。饿得发慌的三位阿瑟神垂涎欲滴地望着石板上的牛肉片,想象着一会儿吃着香气扑鼻、滋滋冒油的牛肉片的滋味。可左等右等,肥牛不仅没有传来滋滋的冒油声,更没有散发出来任何香味。待他们仔细查看时,发现那些摊平的牛肉片不仅没有冒烟,更是没有一丁点温度。以为火不够旺的三人,就给火坑中添加很多柴火。可是过了许久,牛肉依然如刚才那般。他们竟然遇到了烤肉时最郁闷的两种情况,一个是肉跟他们装熟,另一个是火跟他们装酷。很显然,他们的晚餐在被人施法破坏。

此刻,一阵得意的笑声从高空传来,顺着声音看去,距他们数十丈的地方有一只硕大的灰鹰,只听灰鹰说道:"是我用魔法制造的结界(结界就是指在一定范围之内由神或魔利用自己魔法设定的一个特殊区域,可对某范围内的空间进行保护或者阻隔)让牛肉烤不熟的。只要你们答应烤好的肥牛也让我饱餐一顿的话,我就撤掉结界。"

不想破坏这份野餐乐趣的三位神不与它计较,再说这么多的牛肉他们也吃不完,于是就爽利地答应了灰鹰的要求。不一会儿石板上的牛肉就肥油直冒、香气四溢。正准备伸手去拿的众神,就看到灰鹰从树上直扑下来瞬间就叼走了一半牛肉。三位神便连忙抓起牛肉大吃特吃起来。

正在有滋有味吃肉的洛基看到灰鹰又来抢肉时,瞬间抓住了鹰爪下的肉,并冲它嚷道:"你还不知足啊!我们三个人也没有你吃得多,你还吃不饱啊?!"

那灰鹰回答道:"我有没有吃饱可不是你决定的,那是由我的肚子决定的。再说是你们刚才答应让我饱餐一顿我才撤去结界的,快松开!"

"可是你太能吃了。肉都被你吃完了,我们吃什么?"洛基有些发火了。

第八章　青春女神伊童

灰鹰口气越来越大的说道："不要忘了是我让牛肉烤熟的，否则你们还在咽着口水呢。"

"要是没有我们捕猎生火，难道你会有肉吃？难道你能吃到这香气四溢的熟肉？"洛基讽刺道。

争吵中的洛基一时间忘了面前是一只会魔法的鹰。他一手抓着肉不放，另一只手猛地抓起木棍就朝灰鹰打去。灰鹰猛地振翅高飞，可怜的洛基的手却被牢牢地粘在肉上，无论如何都挣脱不掉，甚至木棍也打不到这鹰。灰鹰带着洛基在高空急速飞行，一会儿冲入云霄，一会儿直落千丈。洛基哪里受得了如此折磨，头晕目眩的他把刚刚吃下的牛肉都吐了出来。觉得还不够的灰鹰又拖着洛基飞过参差不齐的岩石丛，"砰砰啪啪"声夹杂着撕心裂肺的惨叫声传播开来。疼痛难忍的洛基忍不住开口求饶。他好话说尽，那灰鹰却打断他的话道："住嘴，你这个油嘴滑舌的懦夫，如果你不发誓答应我的要求，我就是把你吊死、拖死也不放你下去！"

此刻只求赶快脱身的洛基忙不迭地叫道："不管什么条件我答应你就是。"

鹰冷哼道："那你就发誓要把伊童和她的青春之果带出阿斯加德，不然的话你就休想下去。"

痛苦难忍的洛基立马赌咒发誓一定会完成这个条件。原来暴风雨巨人瑟亚西早就垂涎青春之果，遍寻不得机会的他只得从诸神身上下手，早就布好局的瑟亚西坐等洛基上钩。现在洛基对于如何去骗伊童和青春之果开始挖空心思、苦思冥想，至于引起的后果完全不在他的考虑范围。因为他一贯的做事风格就是不计后果。

已思得良策的洛基在回到阿斯加德后一直在等待时机。一天天过去了，眼看约定的日子就要到了，平时胆大的洛基也焦灼起来。誓言是不可违背的，就是贵为天神的他也无法承受违背誓言的后果。但如果贸然下手的话，一旦无法成功，那后果是不敢想象的。不过，洛基终于在双重折磨下等来了机会。

每年都要下凡吟游一段时间的布拉奇又像往常一样离开娇妻伊童。而青春之女神伊童在布拉奇离开后蜗居深宫不出，冬天来临了，大地一片萧条，毫无生机，奸诈的洛基怎么会错过这样的机会。到了约定的日子，来到伊童宫中的洛基稍事问候后，就对伊童说："不久前我遇到了一件不可思议的事，想向你请教一番。"

对洛基到来心不在焉的伊童正在思念自己的丈夫，但一向好奇的她听到有怪事后也有了精神："没想到还有事情是你这样的智多星不知道的！不过似乎不应该和我有关系吧！"

"这事跟你的关系可不小！"洛基看到已经引起了伊童的兴趣就添油加醋地说起来，"几天前，我在伊芬河对面的树林里发现了跟你的青春之果一模一样的果实。我就好奇地摘下来尝了尝，让我吃惊的是它的味道和功效竟然也和青春之果一样！为了确信它的功效，我就摘下几个让人间的几个老人吃了，想不到他们竟然真的返老还童了！你说这事怪不怪？"

大吃一惊的伊童说道："这怎么可能！"

洛基说："是啊，当时的我简直不敢相信自己的眼睛，毕竟我可是吃过青春之果的啊。可是那些拄着拐杖蹒跚行走的老人竟然丢掉拐杖跑了起来，你让我如何能不相信？我来就是想问问青春之果真是你专有的吗？"

被洛基唬得一愣一愣的伊童不假思索地说："你一定是在骗我！这种情况不可能发生"

伊童虽然语气坚定，但眼神中也闪烁出迷茫和不解，这一切怎么能瞒过精明的洛基，洛基便斩钉截铁地说："要不我们打赌！如果不信，你带上青春之果我们一起去对比一下。"

伊童虽然不相信真有此事，但心中好奇的她还是带上了青春之果跟随洛基前往阿斯加德边界外的伊芬河畔。心地单纯的她怎么会想到这会是洛基的骗局。刚走出阿斯加德边界的他们，就看到一只灰鹰从空中疾飞而下，径直抓住吓得目瞪口呆的伊童，接着就消失在了远方。

青春女神伊童被瑟亚西抓回家后就放在了金椅子上，恢复了原貌的瑟亚西轻言细语地对吓得魂不守舍的伊童说："你不要害怕，我只是想尝尝你的青春之果，

第八章　青春女神伊童

不会加害于你的。"

在得知这个巨人不是垂涎自己的美色而只是想吃青春之果的伊童，反倒平静了下来，她摊开双手说："你怎么不早说，本来我出门带了一粒青春果，却被你吓得不知道丢哪里去了。"

瑟亚西不信："莫要骗我！你的青春之果不是说取之不尽用之不竭的吗？怎会只有一颗？"

伊童直说道："哦，那得我的金丝篮在身边才行，青春之果只有装在我的金丝篮中才会取之不尽。"

瑟亚西顿时暴跳如雷，他认为青春之果就藏在伊童的身上。但扒光了伊童的衣服也没有找到，瑟亚西想让伊童回阿斯加德取果给他，但又怕她去而不返。于是他威逼道："既然如此那你就先做我的妻子再回去给我取果吧。"说着便直勾勾地盯着伊童那赤裸的身躯，并舔了舔嘴唇。

伊童闻言大惊失色，而后笑道："我的身体只有我的丈夫布拉奇可以触碰，其他的人只要一碰我的身体，就会瞬间变为一堆枯骨。不信，你来抱吧！"说着晃动着娇躯向巨人走去。

吓得退到了墙角的瑟亚西慌忙把衣服抛给伊童说道："不要过来！"在生命与美色面前，瑟亚西还是选择了生命。因为外界传闻说，伊童还在地下城的时候，一天，他父亲外出不在家，有人在杀死她哥哥后强迫与她春风一度，但马上就成为白骨一堆。"不过你要发誓取来青春之果给我，否则，我会再次把你抓来。"放弃美色后的瑟亚西仍旧没有放弃青春之果。

伊童见这个呆傻的巨人被自己骗了，便开怀大笑，不仅不答应还讥讽他说："我的丈夫布拉奇，作为神的他不怕死，敢跟我同床共枕。他的亲朋好友阿瑟诸神也可随时享用我的青春之果，而你这样胆小如鼠，还想让我给你果子吃？"

瑟亚西气得暴跳如雷却又无计可施，只得把伊童软禁在屋中。

阿瑟众神多日未见伊童身影，觉得事情有些蹊跷。于是召集诸神，询问近期有谁见过伊童，最后见到伊童的是谁，在什么地方，和什么人在一起。仔细回忆后的众神都说最后一次见到伊童时是她正和洛基一起走出阿斯加德。

众神捉住洛基，要他马上把伊童毫发无损的带回来。洛基知道只有伊童的青春之果才能让众神永葆青春，这关系到每一个阿瑟神的利益，就连自己也是多天没吃青春之果了，长此以往众神和自己都会像凡人一样衰老而死。于是洛基披上了鹰羽衣风驰电掣般地赶到了瑟亚西的庄园。让洛基兴奋的是瑟亚西出海打鱼去了，不一会洛基就找到了被囚禁的伊童，看到平安无事的她，洛基吊着的心也放了下来。伊童被洛基变成一颗榛果，以便鹰爪能抓牢它，榛果坚硬的外壳又保护了伊童的身体，然后展翅疾飞赶回阿斯加德。

回家后的瑟亚西发现伊童不见了，便想起刚刚回来的时候好像看到了一只疾飞的鹰，他觉得一定是那鹰的问题。于是，他马上披上自己的鹰羽衣用尽全力追赶而去。瑟亚西凭借天赋神力以超音速追赶空中的洛基。

众神远远地就看到洛基身后有一只巨大的苍鹰像箭一样射向洛基，于是他们在阿斯加德围墙处架起了小山似的木柴，在洛基飞进了阿斯加德的瞬间，木柴堆就被他们迅速点燃，来不及刹车掉头的瑟亚西一头冲进了漫天大火中，点燃了他的鹰羽衣，跌落在火堆中的他顷刻间化为灰烬。

回来后的伊童，经常按时分发她亲手采摘的青春之果，众神又恢复了青春活力，阿斯加德又重新成为寿命最长、青春活力最旺盛的地方。

第九章

「夏神尼尔德和冬神斯嘉蒂」

第九章　夏神尼尔德和冬神斯嘉蒂

在阿瑟神族和瓦纳斯神族签订和平契约时，瓦纳斯神族的尼尔德加盟到了阿斯加德，被称为"海洋之神"和"风神"，又名"夏神"。他风度翩翩，常常佩戴缀以鹰羽的宽檐帽或者海草和贝壳编织而成的桂冠。他经常送来化解坚冰的热风，以平息岸边的惊涛巨浪，经常出海的渔夫商人或者海盗都要依靠他的庇护才能安全出行。

尼尔德在加盟到阿瑟神族时，他的妻子就与他离婚了。尼尔德来到阿斯加德时带来了他的儿子弗雷尔和女儿芙丽雅。后来，尼尔德又娶了现任的妻子斯嘉蒂，她是巨人瑟亚西的女儿。

在青春女神伊童被洛基救走后，瑟亚西奋力追赶，不料被烧死在了阿斯加德，没过多久，一个头戴钢盔，身披战甲全副武装的女巨人策马来到阿斯加德。她叫阵阿瑟诸神，声称要为自己的父亲瑟亚西报仇，以讨还公道。

斯嘉蒂继承了霜巨人男丑女美的物种特性，美得无可比拟。坐在马背上的她一手持有寒光点点的长矛，一手持有镶金嵌玉的盾牌，背着鹿角弯弓和铁矢翎箭，众神都被她的英姿勃勃惊呆了！

众神当然不可能向这样一位美女开战。即便斯嘉蒂向众神挑战，约人单挑，但众神无人应战，因为众神觉得对于这样一位绝世尤物胜之不武，弑之可惜。众神便主动和解，愿意做出赔偿。可斯嘉蒂坚持要欠债还钱，杀人偿命。

奥丁热诚地对斯嘉蒂说："在这次纠纷中，即使你的父亲有着不可推卸的责任，可我们还是很敬重他。虽然我们造成了他的意外去世，可这一切都是他亲自挑起的，是他用计让洛基入局，也是他抢走青春女神伊童，而最后仍然是他在看到我们燃起火堆后继续追赶。从头到尾我们都不愿加害于他，没有主动伤他一丝一毫，我们更不愿意伤害你，让你父亲的事情在你身上重现。当然，你失去父亲的哀伤我完全能够理解。为此，我会让他的眼睛化作天上的星辰，让人神都以此为戒。而独身一人的你，我会让人在阿斯加德为你修建一座寝宫，待遇如同众神。希望你能放下仇恨，接受我们的条件。"

刚刚说完的奥丁就把瑟亚西的眼珠，扔到北方的天空上化作一个星座，并指给斯嘉蒂看，希望能减轻她心中的伤痛。奥丁对自己父亲的敬重和这些知情达理的话让斯嘉蒂心中的怨恨略有缓解，不再是那冷冰冰的拒人于千里之外的表情，只是怨恨难消的她并没有表明对和解的态度。

斯嘉蒂那缓和的面色和敌对情绪的缓解都落在了洛基的眼中。他知道和解有望了，只需要再给斯嘉蒂添加一个有利的条件即可。现场的气氛很是尴尬，碍于面子的斯嘉蒂闭口不语，愿意和解的众神又不知从何说起。

在瑟亚西事件中最重要的当事人洛基决定打破沉默。他在大家面前放了一只猫，自己变成一只老鼠引诱猫来追赶，在猫就要追上老鼠时，停下来的老鼠突然转身一声大吼，不明所以的猫吓得纵身跳起并狼狈逃窜。此时的众神无不开怀大笑，即使没有笑的斯嘉蒂脸色也平和了一些。恢复人形的洛基，马上将猫放进自己袍子中，然后用力一拍，吓得猫顿时上蹿下跳，只见一团凸起的东西在洛基的袍子里面跑来跑去。众神已笑得合不拢嘴，这时斯嘉蒂仍旧没有笑容，但脸上已经没有太多敌意了。

众神决定趁着这个机会继续劝说斯嘉蒂接受和解，并表示斯嘉蒂以后就是他们的亲人。有点感动的斯嘉蒂还没开口说话，谁知唯恐天下不乱的洛基又开口了："如果一命换一命能让你不再痛苦，这很简单啊，你看，我们这么多人供你选择，

第九章　夏神尼尔德和冬神斯嘉蒂

你挑一个你中意的再造一条人命不就得了？这样就算我们不欠你了！"

洛基的胡言乱语让众神怒目而视，生怕他再次惹怒了刚态度有些缓和的斯嘉蒂。不过可能受了洛基启发的斯嘉蒂，面红耳赤地说道："当然失去一个亲人最好的办法是再得到一个亲人来弥补自己。要是未婚的阿瑟众神中能让我选一个做我的丈夫的话，今天这事情就可以既往不咎，我选择和解。"

她这么一说，众神听后当然是眉开眼笑，那些未婚的阿瑟神笑得最为灿烂。笑得合不拢嘴的洛基又当众提出一个鬼点子："好，我们可以让你随便挑选，不过你不能看脸来选，而是看脚来选。这样蒙住全身露出双脚挑选出来的才是你命中注定的姻缘。"

这些未婚众神在斯嘉蒂的眼中都是英俊标志的帅男，每一个都是不错的伴侣选择。当然俊朗帅气的光明之神博德是最让她动心的，她心想最让她动心的人，他的脚应该也是与众不同的，因此她就应允了这个有些荒诞但又刺激的条件。

于是未婚的阿瑟诸神用一大块布遮住了他们除脚以外的所有地方并整整齐齐地站成一行。斯嘉蒂在这一双双长短不一、燕瘦环肥的脚面前挑来挑去，最后她认为最完美的脚就是博德的脚，于是就指着说："就他了。"

帷幕拉开，显露出了斯嘉蒂选择的丈夫，他是夏神与海洋之神的尼尔德，而不是博德。由于常年待在海边的尼尔德，海浪的冲洗让他的双脚洁白无比，沙滩的摩擦让他的双脚光嫩润滑。虽然有点失望，但斯嘉蒂对这个结果还算满意。年长的尼尔德也是众神中不可多得的美男子，斯嘉蒂觉得他那股老练、包容、体贴的感觉让她安全感大增。尼尔德在看到斯嘉蒂第一眼时就很喜欢，刚才的他看见斯嘉蒂盯着博德的眼神还有点儿失望，认为她要选择的是光明之神博德，没想到洛基的鬼主意竟然帮了自己。

不过，斯嘉蒂也不是好惹的。她准备报复提出苛刻择偶条件的洛基，对他说："如果你不能在婚礼前让我开怀一笑的话，你就不要参加我的婚礼了。"洛基没想到斯嘉蒂如此快速地报复自己，如果在婚礼当天只有自己不能参加的话那可就丢脸了，而这对于爱面子胜过生命的洛基来说是无法接受的。苦思冥想几天几夜的洛基终于想到了一个办法。他把索尔拖车的神羊借了过来，在山羊的胡子上系了一根绳子，将绳子的另一头绑在自己长袍下的生命之根上，然后和山羊玩起了拔河比赛。就这样洛基和神羊拉来扯去，惨叫声起伏不定。突然，假装拉不过神羊的洛基痛得一声惨叫，瞬间扑倒在地并捂着双腿之间。斯嘉蒂被脚下的洛基也吓得大叫一声，在洛基和神羊的叫声里又增加了自己的叫声。本来就强忍住没有没笑的她，终于忍不住地笑起来。

在阿斯加德度过了蜜月的斯嘉蒂和尼尔德来到了海边尼尔德宫殿中。斯嘉蒂住了几天后，觉得极为不习惯，在那里，只有无边无际的海水而没有她喜欢的冰雪世界，更不用说滑雪嬉戏，这里有海鸥的鸣叫声却无法打猎，每时每刻的波涛声甚至无法让她酣然入梦。惯于聆听野兽的吼叫声和百鸟啼唱声的斯嘉蒂开始希望回到自己北方的老家。

对妻子百依百顺的尼尔德于是就跟随来到了北方居住。没过多久，尼尔德开始不适应，这里没有海水和帆影，更不用说浪涛之声，看不到和人类嬉戏的海鸟和海边辉煌的日落日出，更不可能驾船徜徉大海。干燥的空气让他鼻血横流，刺骨的寒风更是让这位喜欢炎热的夏神痛不欲生。而狼群的嚎叫声和冰川崩塌的轰鸣声让他神经衰弱，整夜难眠。

后来，夫妻双方为了顺应对方，互相妥协，商定在南方尼尔德宫殿中住三天，然后在北方斯嘉蒂的老家住九天。当在南方居住时，斯嘉蒂却想去雪地里踏雪；而在北方居住时，尼尔德却想下海戏水。夫妻双方想要长久的生活，必须要有相同的爱好和信念，而他们注定不能长久。最后，生活习性上分歧越来越大的他们一致同意分手。此后，斯嘉蒂一直住在北方老家，过着踏雪狩猎的生活，成了冬天女神，她指引那些在千里冰封的雪地中行走的人平安抵达目的地。

后来，斯嘉蒂和另一位男性冬神乌雷尔结为夫妻，共同的爱好让他们夫唱妇随，和谐美满。金发女神西芙之子乌雷尔，曾因调戏奥丁的妻子芙丽嘉而被放逐到北方不毛之地。放逐后的乌雷尔无所事事，在他路过一片茂密的紫杉林后便定居其中，因为这里有制作弓箭的上好材料——紫杉木。他时常划着雪橇背着箭矢在森林中张弓狩猎。他身手敏捷，健步如飞，能百步穿杨，称之为"狩猎之神"。

那么，这两个有相同爱好的男女是如何结合的呢？乌雷尔在一次狩猎时，遇到一个似乎刚从海中上岸，身上披着的兽皮还在滴水的女巨人。她奇丑无比，还有着像矿工一样的黑皮肤。于是乌雷尔冲她喊道："你不怕被罚吗？丑成这样还敢在大白天出来？"

女巨人说："原来妈妈说的不让白天出来还真是啊！竟然遇到了你这种怪物啊！长得跟我们很不一样，太反常了。"

乌雷尔继续戏弄道："你叫什么名字啊？"

她回答："我叫斐亚特，你叫什么？"

乌雷尔答："哎！我名字太长了，我自己都没记住。"

斐亚特怒道："我看你还是先回家把自己的名字背下来吧，背着弓箭出来瞎晃悠什么！"

乌雷尔道："我要出来寻找食物啊。"

逼近他的斐亚特道："那要不我帮你做饭吧，把你丢到锅里，水一开你就可以喝汤了。"

乌雷尔应道："好！"话还没落音的他向斐亚特射了一箭。胸口中箭的斐亚特变成了一条鲸潜入了海中。追到海边的乌雷尔只看见海浪翻滚却不见人影。于是他就在海边搭了一个窝棚，守株待兔般地等待着女巨人再次出现。

一天深夜，雪地上的动静惊醒了熟睡的乌雷尔，跑出窝棚的他在夜色下隐约看见一个高大的女巨人朝这边走来。还以为是那个受伤的女巨人的乌雷尔喊道："你终于来了？还知道不能在白天出来啊！"

一个清脆悦耳的声音传来："咦？你认识我？"

"哦？对不起，认错了。"走近后的乌雷尔才发现不是那个奇丑的女巨人而是一位娇美迷人的女巨人，他不好意思地说："实在对不起，我以为是那天被我射了一箭的女巨人呢。"

"那你是谁啊？"两人不约而同地说道，听到对方的话后两人都是一愣，接着笑容满面的他们又说出了自己的名字，两位冬神就这样戏剧般的相识了。此后，觉得投缘的他们常常一起打猎游历。贪慕美色不成反遭放逐的乌雷尔和刚与丈夫分手，备感寂寞的斯嘉蒂很快就产生了激情的火花。

不过，虽然他们都喜欢在低温下狩猎，但是两人也是有分歧的：斯嘉蒂不愿离开冰封千里的雪原；乌雷尔不愿离开制作弓箭的上好材料地紫杉林。因此寂寞的两人就各取所得，他们都很满意这种若即若离的状态。相隔不远的他们极其方便地来往着，满足私欲的同时又不用承担责任，这样无拘无束的生活倒是让双方其乐融融。

直到那一次，等了很多天都没有等到斯嘉蒂过来的乌雷尔去找她。不料斯嘉蒂家门紧闭屋内没人，他以为斯嘉蒂外出狩猎了，就在其家门口蹲守，守候多天的乌雷尔感觉自己都快冻成冰雕了，可还是没有看到斯嘉蒂的人影。觉得情况不妙的乌雷尔就去一个女预言家那里询问斯嘉蒂的下落。女预言家说斯嘉蒂现在被禁锢在一个丑陋的躯壳中，巨人族为了杜绝跟神族交往通婚施加了一种魔咒，斯嘉蒂就是中了这种魔咒，不过只要有男人真心爱她的话，她就会解除禁锢。

乌雷尔悔不当初，要是那时候自己不那么自我，而是和斯嘉蒂相思相守的话就不会这样了。他开始到处寻找斯嘉蒂的下落。

一天，在一处海边准备猎一只海豹当作食物的乌雷尔却在海滩上看见一条鲸，刻有自己名字的箭还插在胸鳍的位置上。原来这就是被自己射中的那个女妖，他用斧头砍下一块肉烤着吃，吃到一半的时候，来了十二个巨人对他斥道："呔！这是我们的猎物，你怎么偷着吃？"

乌雷尔怒道："它身上还插着刻有我名字的箭，这猎物怎么就变成你们的了？"乌雷尔看见这些蛮横的斯嘉蒂的族人就来火。这些巨人一直都这么蛮横无理，双方很快就打斗起来。乌雷尔一人面对十二个巨人，拼尽全力去打斗，虽然最后把巨人都杀死了，但他自己也耗尽体力，重伤倒地不起。

就在此时，过来了一个女人，她有着人类女性的身高，却有着男性巨人一样的体魄和外貌。她有着跟肩膀一样宽的腰肢，粗糙的皮肤就像树皮一样。丑的让

第九章 夏神尼尔德和冬神斯嘉蒂

人不愿再看第二眼，她板着脸很不友好地对乌雷尔说："哎哟！冬神竟然受伤了？需要我帮你一把吗？"

"哇！"走近后的她吓了乌雷尔一跳，"请你帮帮我吧，你会得到足够多的报酬。"

乌雷尔被力气很大的丑女腋下都快透不过气来了。不一会儿就来到一个山洞中，丑女将乌雷尔往地上一放，说："你已经到我家了，这里是非常安全的。先付一部分报酬给我吧，吻我。"

乌雷尔看到这个奇丑无比的女人简直下不了口，但不吻她的话又有谁会给自己疗伤呢。想到这里的乌雷尔就闭上眼吻了她一下。

女人拿来食物和水给乌雷尔，以便他恢复体力。夜幕来临后，铺好了一个草床的女人问乌雷尔："愿不愿意跟我一起睡？"

乌雷尔很不情愿，便推脱道："我看我还是睡地上吧，挤在一起的话我怕会挤痛我的伤口。"

"好吧，我看我要的报酬你也给不了，也不必再为你疗伤了。"女人冷笑了一声。

无可奈何的乌雷尔不得不答应女人的要求。

在乌雷尔答应了她的要求后，女人就给他擦洗伤口并包扎妥当。她那如树皮一样粗糙丑陋的手指在抚过伤口时却无比柔和，疼痛感也消失了，乌雷尔觉得无比舒适。

第二天，早上醒来后的乌雷尔感觉全身充满活力，伤口奇迹般的都好了。转头看了一眼为他疗伤的女人，让人震惊的是睡在自己旁边的竟然是自己牵肠挂肚、苦苦寻觅的斯嘉蒂。躺在那里的她就像睡美人一样安详自在，一时看呆的乌雷尔不愿破坏这种静态的美。禁不住地，他吻了一下斯嘉蒂，还以为她会像睡美人一样苏醒过来，可事与愿违。等了一会儿的乌雷尔用手指在她身上挠了几下，甚至又捏住她的鼻子，可她还是毫无反应，紧闭双眼。

吓了一跳的乌雷尔猛然站了起来，突然发现有一堆像蛇蜕皮一样的东西丢在床边。拎起来一看，他发现这正是他昨天看到的那个丑陋女人的外壳。憎恶的他迅速将这丑陋的外壳投入篝火之中瞬间化为灰烬。他抓了一把雪，就像在蛋糕上撒白糖一样轻轻地撒在斯嘉蒂脸上，不一会儿斯嘉蒂就睁开了双眼。

乌雷尔生怕斯嘉蒂会再跑掉，紧紧地抱住了这个心爱的失而复得的女人。斯嘉蒂像藤蔓一样缠在乌雷尔身上并轻声说道："我就知道，你对我的爱会帮我驱除魔咒，化茧为蝶。我再也不要和你分开了！"

这一年的冬天格外与众不同，像芦花一般柔美的雪在地上铺了一层又一层，给北国的人们带来一个丰收的好兆头。人们说这是两位冬神绵绵情意的体现，凛冽的风雪是他们在发泄豪情；呜咽的寒风是他们在谈情说爱；而他们偶尔的争吵则是狂怒的暴风雪。

第十章

「光明之神博德」

第十章 光明之神博德

奥丁与芙丽嘉生了一对孪生兄弟取名博德和霍都，后又被称为"光明之神"和"黑暗之神"。这一对孪生兄弟有很大不同，不论是形体相貌还是言谈举止，就像光明与黑暗一样截然不同。刚生下来的霍都就双目失明，他自闭、冷漠、抑郁，永远独自一人躲在黑暗之中。他有着失语症和社交恐惧症，就像在潜伏期内的病毒一样很难让众神看到他的身影。而他的兄弟博德则与他截然相反，博德宽厚仁慈、阳光帅气，是众神之中最具亲和力的神。在人、神、魔三界中博德受到了所有人的尊敬，没有一个人对他心存敌意。浑身散发着至柔至圣光芒的他用博爱津润世间万物，他爱人人，而人人也爱他。

俊美的博德总是天真无邪、无忧无虑的生活。但不知何时起，阳光帅气的他变得愁眉不展、郁郁寡欢，眼神黯淡无光，脸色憔悴无比，步伐滞重蹒跚。众神看到他那反常的举动都有些不安和担心起来。

博德的形神憔悴，奥丁和芙丽嘉都看在眼里，更是不安，便问他为何如此。博德为了让再三追问的父母心安，就如实相告："之前无论何时我都可以踏踏实实的入睡，可最近老是被噩梦缠身。尽管噩梦的细节我记不太清楚，可是心中一直被一种恐怖感充斥着。我无法用言语来形容这种感觉，这让我心神不定，焦躁不安，精神萎靡。我即便如此热爱天地万物，可我总觉得会有什么东西要伤害我。"

尽管博德无奈与痛苦的回答让奥丁和芙丽嘉感到不安，但还是安慰博德道："天地万物都异常的尊敬和热爱你，不会有东西要伤害你的！再说有我们保护你，你就更不用担心了。"

听了博德所言，奥丁夫妇决定采取预防措施尽可能消除威胁到博德生命的东西，防患于未然。芙丽嘉把她所有的侍女派向寰宇之四面八方，从宇宙空间的大气层外沿到深不见底的海洋深处。要她们让所有生物都立下誓言绝不伤害博德一丝一毫。由于博德深受世间万物的爱戴，他们都爽快的立下誓言绝不伤害博德。只有瓦哈拉神殿外一棵橡树上的寄生植物——槲寄生是个例外，侍女们觉得这是如此柔弱稚嫩的植物，体格强健的博德不可能受到它的伤害，因此就没让它立誓。而听了侍女们汇报后的芙丽嘉也很放心，相信博德不会再受到伤害。

在万物都宣誓不伤害博德后，光明之神博德依然受到噩梦的缠绕。觉得事情并不简单的奥丁决定去冥界询问一位已死的女预言家。骑着八足神骏斯普莱尼尔的奥丁来到了死亡女神海拉掌控的冥界，准备去询问女预言家瓦拉关于儿子的事情。

冥王海拉宫殿此时正在大摆宴席。超高规格的宴席似乎在等待某位贵客的到来，在铺着绒绣的桌椅上，摆放着金樽玉盏，水陆杂陈，果蔬齐备。满心喜欢的奥丁并没有因此停留，甚至都没有和海拉见面就直奔瓦拉的墓地。从来没有人敢来打扰在此已经长眠多年的瓦拉。在奥丁默念完鲁纳文的咒语后，棺材中的瓦拉缓缓坐起身来，惊问道："是谁，竟然打扰我的漫漫长梦？"

隐瞒自己身份的奥丁答道："我是一个粗通鲁纳文的凡夫，名叫维克坦。死亡女神海拉是要款待谁啊？竟然如此大摆盛宴！"

瓦拉不假思索地答："他可是个贵宾啊！光明之神博德！他将要被自己的孪生兄弟黑暗之神霍都杀死！手足相残，真是无奈啊！"

尽管奥丁所担心和惊恐的事得到了印证，但他还是大惊失色，他强压下强烈的情绪波动，深呼吸了一下问道："那谁能为博德报仇啊？"

瓦拉答道："奥丁将和严冰大地之女神琳达生下一个复仇之子瓦利。出世后的

第十章 光明之神博德

瓦利不洗脸，不洗澡，不梳头，直到身藏利刃，在神殿杀了黑暗之神霍都，才能为博德报仇。"

双目失明的霍都怎么会有能力弑兄？奥丁觉得必有人指使。想问出幕后主谋的奥丁又怕这样会让对方识破自己的身份，他拐弯抹角问道："那博德死了，有谁不愿意为他哭泣呢？"

这句话刚说出口后，瓦拉就开始怀疑这个自称维克坦的人，他怎么会如此关心光明之神的命运？瓦拉仔细推敲后猜到此人就是众神之王奥丁。于是，瓦拉猛然睁开眼睛，文不对题地讲述了一段很长的预言诗。她在诗中阐述了奥丁出世前世界的格局和世界的发展趋势，并预言了诸神的黄昏、世界的毁灭和重生，说是因为洛基带领他的三个异形子女和霜巨人族与众神开战才导致世界的毁灭。虽然她没有说出杀死博德的幕后真凶是谁，但却预言了新世界重生后博德也将重生。

瓦拉吟唱完长长的预言诗后说道："从今以后不会再有人来打扰我休息了，我要躺在这里静待世界末日的来临。"说完就一言不发地躺回去了。

听完预言后的奥丁知道这一切都是冥冥中注定的事，无法抗拒，只得回到了阿斯加德。他虽然知道不久后将和爱子生死相隔，此生无缘再见，但想到新世界重生后博德也会重生，不安的心稍微好受了一点。刚踏入阿斯加德大门的奥丁迎来了兴奋的芙丽嘉，芙丽嘉告诉他："博德不会再有问题了，天地万物都发誓不会再伤害他了！"

众神经常在伊达沃特平原上的游乐场中玩一种叫掷金饼的游戏。自从博德被噩梦缠身后，众神也就没有闲心再去玩游戏了。后来，当众神知道芙丽嘉的预防计划成功实施后，游乐场上又迎来了众神们的欢声笑语。后来有人提出，既然没有任何东西会伤害博德，我们何不让他当靶子？博德欣然同意了这个刺激的新玩法。众神用各种武器和物体投向站在游乐场中间的博德，可是不管他们瞄得多么准，投掷得多么有力，这些武器和物体都会自动偏离方向，远离博德。众神觉得这比掷金饼好玩多了，乐在其中的他们就找来身边的各种物体投向博德，来展示博德刀枪不入的神力。

外面一浪又一浪的笑声传到了芙丽嘉的宫中，让她觉得异常奇怪。正在此时，一个侍女从她窗前经过，她忍不住问道："何事让众神如此高兴啊？"

这位侍女是洛基变化的。对博德恨之入骨的洛基没有在游乐场和他们玩耍。他十分嫉恨受众神欢迎的博德，众神都像百鸟朝凤一样围着博德，世间万物都伤害不到他，而众神对自己就避开瘟神一样。芙丽嘉问及此事时洛基答道："博德站在那里，任凭众神向他投掷刀、枪、剑、矛或者射箭投石，可无论何种武器，都无法伤到博德，众神因此大笑不已。"

满心欢喜的芙丽嘉一边编织云彩一边笑道："那当然了，博德可是光明之神，万物都不可能离开光明，他是必不可少的神。再说天地万物都已经发誓绝不伤害与他，自然也就不会击中他的。"

装着对此话听得入神的洛基顿了顿，问道："博德的事情可不是儿戏啊！世间万物可都需要他的光明啊，可不能有任何闪失！世间万物真的都发誓不会伤害与他吗？难道不会有例外？"

芙丽嘉骄傲地回答道："那是当然，万物都已经对我发过誓言的。唯一例外的是瓦哈拉神殿前那棵大橡树上寄生的槲寄生。它纤小柔嫩，根本伤害不了强壮的博德，所以无须在意它。"

探听到秘密的洛基不由得欣喜若狂。刚离开芙丽嘉的洛基就马上恢复原形，很快找到了瓦哈拉神殿外面的那棵橡树，摘下了寄生在上面的的槲寄生，用魔法改变了它的外形和物理属性，使它变得坚硬粗壮，随后又把它削成了一支投枪并带进了游乐场。洛基看到众神还在那里寻欢作乐，而黑暗之神霍都则闷闷不乐地靠在角落边的树上。洛基故意问道："怎么不向你兄弟投掷东西来作乐啊？"

霍都不高兴地说："我是个瞎子难道你不知道吗？我根本不知道他在哪里怎么去瞄准，怎么去投啊？况且我拿什么去投？"

洛基循循善诱道："有困难我们才要善于克服困难啊！你也应该向你的兄弟博德致意啊！给，我给你指定方位帮你瞄准，你把这只小投枪投向你兄弟吧。"话还没说完洛基就把槲寄生交给了霍都，并带他走进了游乐场中。洛基让霍都面对

第十章 光明之神博德

着博德，然后对他说："使出你最大的神力将投枪向前投掷吧！"霍都按照洛基所说的，将投枪投向了博德。让他出乎意料的是并没有听到周围的哄笑声而是一声惨叫。博德被飞过来的槲寄生刺穿了心脏，瞬间倒地身亡。

静，死寂一般的静，好像时光戛然而止，片刻后痛哭声响彻了整个阿斯加德。若不是众神记得圣地不能流血的神誓，霍都和洛基一定会被众神剁为肉泥。

听到哭声的芙丽嘉明白发生了什么事情之后，来到博德身边伏尸痛哭，好一阵后她当众说道："你们之中谁想让我疼爱更多一点？不论你们谁前往冥界将赎金献给海拉，并求她放博德回阿斯加德。以后，我会更加疼爱他！"

哈默德——奥丁的侍从说道愿意担此重任。大为赞许的芙丽嘉让人牵来了奥丁的八足神骏斯普莱尼尔给哈默德当坐骑。翻身上马的哈默德飞奔而去。

随后，奥丁命众神砍伐大量木材，准备在海边为博德举行庄严的火葬。众神把砍倒的参天大树铺放在博德的战船甲板上，博德的遗体安放在堆满的柴薪之上。众神并把各式各样的武器、珍宝、饰品等搁在博德遗体旁以表示对博德的爱。奥丁在博德的胸前放了一枚由他的魔法戒指克隆出来的指环，众神逐一对博德进行了最后的告别。博德的妻子南娜在和丈夫诀别时哭得心碎而亡，南娜则被众神安放在丈夫身边，好让这对痴情夫妇在冥界也能相亲相爱，随后又将剑矛甲胄等博德生平使用过的所有器物以及坐骑和猎犬都安放在博德夫妇身边。最后，众神在柴堆周围围上了荆棘枝（荆棘枝是睡眠的象征，众神希望博德能安息长眠）。

在一切都准备妥当后，用于火葬的战船就要下水了。这时，在这场天地间最壮美凄凉的火葬仪式上涌来了全天下的人、神、精灵、侏儒甚至巨人，十里长滩送博德。博德的战船原本就是众神之中最大的，堆满了殉葬品的战船更是异常沉重，需要集合现场所有人才能将其推下水。站在海岸边的雷神索尔不停地挥舞着他的战锤以此来举行最后的祭礼。正在这时，从索尔的跨下钻出一个名叫利特尔的黑侏儒。索尔顿时暴跳如雷，叫道："这么庄重的时刻你不仅迟到，还从我胯下钻出干扰我做法事！"悲愤至极的索尔一脚将黑侏儒踢到船上的柴薪上，随后一个炸雷从雷神之锤上飞出。顷刻间，船上积薪俱焚，海面和天空都被冲天的火光染成红色。战船随波逐流，慢慢地消失在海平面上，好似那如血残阳。

失去了光明之神的阿斯加德犹如诸神的黄昏已经提前到来，到处都是冷清萧条的景象。而满怀希望的芙丽嘉还认为哈默德会不负众望，带着博德夫妇尽快返回。哈默德在前往幽冥的路上日夜兼程，他所过之处伸手不见五指，没有一丝的亮光。马不停蹄赶了十天路的哈默德终于到了海拉的城堡。翻身下马的他来到城堡大厅中，看到神色如常的博德高踞在主座上，身旁依偎着他的妻子南娜。哈默德参拜了死亡女神海拉，并恳求她放博德回神界，并说道："博德死后，众神和世间万物哭得肝肠寸断，无心日常事宜。甚至丰饶之神弗雷尔都无心农垦，这样下去，将会有更多的人饿死。到那个时候，你这里将会魂满为患，甚至都没有开晚宴的场地。"

虽然亡灵越多海拉越喜欢，但是在建筑面积有限的冥界，涌入太多的亡灵后居住面积的减少势必会给他的管理带来很多问题。海拉沉吟了片刻说道："那这样吧，你回去对世间万物进行调查，如果真如你所说那样，万事万物都爱戴和哀悼博德，而没有一人一物说他不好，我便放他回神界，否则他便只能永远待在我这儿。"

得到这个答复的哈默德异常兴奋，立刻向海拉辞行，并转告博德一定会救他回神界。不料博德竟然说要顺应命运的安排留在冥界，直到末日之战的来临。虽然博德不愿离开，但是哈默德还是披星戴月地赶回阿斯加德，告诉奥丁夫妇海拉的答复。随即世界各地都出现了众神派遣出来的使者，向万物转述海拉的条件。

使者们走遍了天南海北，所过之处，万事万物泪如泉涌，甚至连土地都渗出水珠，铁石心肠的石头和金属都为之潮湿。得到了世间万物眼泪的使者们在返回阿斯加德途中，在一个深不可测的洞穴口看到一个女巨人正走出洞口。女巨人讥笑着走近向她讨要眼泪的使者们："我为什么要落泪？博德永远留在冥界做客我也没有意见。"

就这样博德留在了冥界，而奥丁印证了瓦拉的预言，他历经折磨娶琳达公主为妻，生子瓦利。后来，瓦利又射杀了霍都。被洛基唆使杀死了自己兄弟的霍都，用自己的鲜血偿还了血债。

第十一章 「丰饶之神费雷尔」

第十一章 丰饶之神费雷尔

在阿瑟神族和瓦纳神族签订和平契约时，弗雷尔跟随他的父亲尼尔德以及妹妹加盟到阿斯加德，他们受到了阿瑟众神的热烈欢迎，弗雷尔被封为"丰饶之神"。弗雷尔是直接给予人类最多恩惠的神，他恩泽天下，掌管和驱使阳光、雨水，促使人间的农作物生长、牲畜繁衍后代。同时，白侏儒又奉他为主。他把这些白侏儒训教成对人类有益的小精灵，蜜蜂在白侏儒的指导下传花授粉，促进谷物果树开花结果。弗雷尔勇敢的战士品德是他对人类关爱的坚实后盾，他经常同破坏他和平事业的野蛮霜巨人族作战。弗雷尔如同雷神一样对霜巨人族恨之入骨，为此，阿斯加德的众神送给他一把无敌如意金刀。

弗雷尔还收到了由黑侏儒中的能工巧匠打造的两件宝物：一个是可以快速垦荒，可以放射出金色光芒，让人间五谷丰登、浑身金色鬃毛的阉野公猪；另一个是一艘可大可小，大时可装下全副武装的阿瑟众神，小时可以折叠后放入衣袋中，能水空两用的如意神船。弗雷尔的战车则由这金毛野猪拉动，那野猪的金毛不仅象征金色的，而且象征着地面成熟的五谷。当清晨来临时，那耀眼的曙光则由奔驰在天空中的金毛野猪散发而出。因为五谷生长成熟需要弗雷尔的保驾护航，人类通过金毛野猪嘴拱地学会了耕耘土地，弗雷尔夫妇又称之为"肥料之神"。霜巨人族吉米尔的女儿婕尔黛是弗雷尔的妻子，婕尔黛所焕发出的青春荣光形成了绚丽迷人的北极光。

不仅人有好奇心和逆反心，神亦如此。奥丁的宝座彰显着权利和地位，众神之中只有他自己和妻子芙丽嘉才有资格入座，而对于好奇的众神来说能坐上奥丁的宝座是一件很美妙的事情。直到有一天，在奥丁离开了阿斯加德后。禁不住诱惑的弗雷尔斗胆爬上了这个宝座，在这个宝座上他举目四望，刚开始他觉得除了浏览九天十地开阔眼界外并没有什么稀奇好玩的景观。后来，他的目光不经意间望向了霜巨人聚集地，他看到了一位曼妙的女巨人在一个名叫吉米尔的庄园内散步。她那让弗雷尔感觉无比温暖和舒畅的微笑就像春天的阳光一样迷人。

弗雷尔在看到这个娇艳的美人时就爱上了她。可他打听的结果却让他心灰意冷，这位让他心仪的女巨人叫婕尔黛，是霜巨人吉米尔的女儿，而且众神还架火烧死了他的亲戚瑟亚西。如果那个时候父亲尼尔德没有和斯卡蒂离婚的话，他还想请与婕尔黛同辈的继母斯卡蒂去上门提亲，可事实上看来却没有任何希望。

明知感情无望的弗雷尔也无法忘记心中的那道丽影，单相思的他萎靡不振、形神憔悴，患上了严重的失眠症和厌食症。人间顿时五谷歉收，牲畜不繁殖，陷入了饥饿的灾荒之中。

爱子的愁眉苦脸让尼尔德担心不已，追问多次的他都得不到丝毫信息。不忍心看到儿子日渐消沉的尼尔德叫来弗雷尔的随从斯基尼尔，让他守在弗雷尔左右，查明弗雷尔室失魂落魄、不愿与父亲言明的原因。

弗雷尔叹道："唉！我不是不愿意说出自己的心事，而是说出来不仅徒增你们的烦恼而且也无能为力啊！"斯基尼尔诚挚地对主人说："我们从两小无猜到现在，彼此亲密无间，共同分享一切秘密，究竟是什么事情，竟然连你我这样的手足都不愿直说？对你来说是困难的，或许我就可以轻松做到。"弗雷尔禁不住在斯基尼尔再三的追问下终于对侍从吐露了自己的心声。"我喜欢上了一个姑娘，她住在巨人吉米尔的庄园中，她的笑容能照亮整个世界，也照亮了我的心房。我的脑海中无时无刻不是她的绝世面容和风情万种，我所有的热情和活力都随她而去，我爱她胜过爱我自己，只有拥有她，我的生活才会充满快乐，充满动力。"

第十一章 丰饶之神费雷尔

终于明白了主人想法的斯基尼尔鼓励道:"那就向她提亲娶她过来啊。"痛苦的弗雷尔揪着自己的头发说:"她的舅舅就是众神上次放火烧死的瑟亚西,他的父亲一定会记恨我们,不会把女儿嫁给我。就是众神也不会答应这门亲事的,再说她怎么会接受我如此冒昧的表白啊!"主人的痛苦让斯基尼尔十分不安,便说道:"既然主人不便,那我便替主人前往求婚。不过,我需要你那把出手后就能自动攻击巨人的宝刀和一匹可以飞越巨人庄园魔法围墙的宝马。"

激动不已的弗雷尔立刻给了斯基尼尔一匹宝马,并把自己的如意无敌金刀也交给了他,随后又拿出了十二枚金苹果和可自我复制克隆的魔法戒指作为聘礼和定情信物,并让斯基尼尔将一块水晶带给自己的心上人,水晶中显示着自己在泉水中深情的画面,然后斯基尼尔就快马加鞭地前往吉米尔的庄园。

斯基尼尔马不停蹄地来到了吉米尔的庄园。一只用铁链锁住的老狼在庄园的鹿角围栏边对着他狂吠。翻身下马的斯基尼尔对围栏内冰塔上的守卫道:"我有话对里面的姑娘说,不知如何才能越过这条凶恶的狗?"

来客的口气让守卫十分不爽,便毫不留情地骂道:"这儿可不是你撒野的地方!我们主人的女儿更不是谁都能搭话的,至少泼皮是不可能的!"

哈哈一笑的斯基尼尔道:"好奴才,既然我们各不相让,又有主人使命在身,那只有拼命一搏了!你要知道,身怀使命的我会不惜一切代价去完成任务的。"

听到外面叫骂声的婕尔黛出来对守卫说:"既然此人奉命而来,就请他进来吧。"

不一会儿,斯基尼尔来到了吉米尔的客厅。婕尔黛问道:"你是何人?为何单人独马越过乔森海姆的魔法围墙,跨越种族隔阂,来到了我们庄园?"

斯基尼尔答道:"我叫斯基尼尔,是丰饶之神弗雷尔的使者,我是为了替我的主人来向美丽的姑娘表达他的爱慕之情以及送上他微薄的心意。"话音刚落,十二枚金苹果便出现在了婕尔黛面前。

微笑的婕尔黛谢绝了金苹果,说:"我的爱情可不是金苹果能够交换的!"斯基尼尔又交给婕尔黛一枚魔法戒指,说道:"这个戒指每过九昼夜就会克隆出八个同等分量的戒指，它是我主人送给你的定情信物。"

一般女性在见到这样的珠宝定会兴奋不已，可婕尔黛不为所动："这戒指虽说是无价之宝，可我们家也不缺这些！"

婕尔黛如此决绝的回答让斯基尼尔不耐烦起来。他抽出弗雷尔的无敌金刀晃来晃去，说道："这把无敌金刀可是吹发可断啊！"

婕尔黛一声冷笑："任何形式的武力威胁对我都是免疫的。要是你这样的无礼行为被我父亲看到的话，你一定走不出这个庄园！"

愤怒的斯基尼尔说道："我一定完成主人交给我的神圣使命。"

冷哼一声的婕尔黛转过头去，对他不再理睬。

婕尔黛高贵的气节与胆识让斯基尼尔不由得佩服主人的眼力和品位。更坚定了他要完成任务的决心，于是他高声说道："既然我的主人不能得到你的爱情，那么其他人也休想得到！我会用鲁纳符文封印你的情感和正常生活！"

于是斯基尼尔高声叫道："我要让爱情永远远离这位美丽的姑娘！我要让男性对她望而生畏！我要让她永远和泪水、痛苦为伍！我要让她每天被邪恶和不幸困扰，遭受命运的折磨！我要让她索求无度而不能满足！我要让她永远生活在丑陋和衰老的恐惧中！我要让她疾病缠身！我要让人们都远离着她！"随后他说："婕尔黛，鲁纳符文的诅咒即刻就会生效。"斯基尼尔看到自己装模作样念出的鲁纳符文把婕尔黛吓得呆若木鸡，他知道婕尔黛动摇了。

就在这时，斯基尼尔拿出了映有弗雷尔深情画面的水晶给婕尔黛看，并说："你看，这是玉树临风的弗雷尔，他冷俊而又感性，孤独中夹杂哀伤，是我们神界公认的最英俊帅气的型男。他常常面朝北方一个人发呆，对你的思念就像星辰一样繁多。你看，在这水晶上他那双眼中的倾慕和满脸的深情！如果你答应了我的主人，我就解除你身上的诅咒。"斯基尼尔采用了攻心为上，使用了奖励与惩罚并存的利诱威慑战术。女人都害怕衰老，尤其是漂亮的女人更害怕。婕尔黛也不例外，她更害怕终生与孤独为伍，再加上弗雷尔的英俊潇洒也让她有些心动。她拿来了盛满蜜醪的酒角请斯基尼尔品尝，随后又收下了弗雷尔的定情信物——

第十一章　丰饶之神费雷尔

无敌金刀，并表示愿意见弗雷尔，至于能不能进一步交往等见面后再说。

心满意足的斯基尼尔喝了一口蜜醪后，马上追问道："那你现在就告诉我什么时候与我主人见面。"

脸色羞红的婕尔黛道："有一片恬美幽静名叫普利的密林。等九个夜晚过后，我们在那儿相见。"

闻言斯基尼尔将酒角中的蜜醪一口饮尽，告别了婕尔黛，急忙策马赶回阿斯加德将好消息告诉弗雷尔。

回到阿斯加德的斯基尼尔，在院子里遇到了魂不守舍的弗雷尔，来回踱步的弗雷尔一看到仆人归来，就对还没有下马的斯基尼尔高声问道："先告诉我提亲的事怎么样！一会儿再下马洗澡换衣服。"

纵声大笑的斯基尼尔翻身下马道："幸不辱命。你好好准备一下吧，九个夜晚之后你去一片名叫普利的密林与她见面。"

弗雷尔叫道："漫漫长夜孤寂难眠，我觉得往常的一月都要比现在的半个夜晚好过啊！九个夜晚你让我如何熬得过？"

九天之后，弗雷尔终于得偿所愿，见到了让他神魂颠倒的婕尔黛，而婕尔黛在看到弗雷尔后也觉得他本人比想象中更加阳光帅气。就这样在弗雷尔献出了自己趁手的武器后二人结为秦晋之好。弗雷尔作为定情信物的无敌金刀永远留在了极北的巨人国，这也让众神少了一件极具威力的武器，更在末日之战中少了一分胜算。

仁慈博爱的弗雷尔对信奉他的世人普降恩泽，赐予人类食物、财富、和平和丰饶。黑侏儒中的能工巧匠献给他一具魔法磨子，它的神奇之处是当你推磨的同时唱歌，它就会磨出你歌中唱出来的东西。只要你不断地磨不断地唱，你歌唱的东西就会源源不断地出现在你面前。阴险狡诈的黑侏儒往往会在宝物上施加诅咒，这个磨子也一样，它笨重的就连力大无穷的霜巨人也只能推几圈而已。

对人类仁慈博爱的弗雷尔对霜巨人则是冷酷无情的。因为他觉得人类的现实生活离他为人类勾画的蓝图相差太远，为此他常常将俘虏的霜巨人拉来推磨，希望人类早日迈入丰衣足食的社会。弗雷尔一心想给人类恩惠，对霜巨人的行为就显得有些残酷强硬，他让很多霜巨人在拉磨中活活累死。即便如此，经常停转的磨子还让弗雷尔苦恼不已，他希望磨子能不眠不休地持续转动。一次，在祈求他福佑的商船上有两个力大无穷的女妖，这两个体型巨大的女妖是众神都不知道的古老魔族的后裔，她们的传承比霜巨人族还历史悠久。兴奋不已的弗雷尔立刻带她们回来，让她们像永动机一样不停地拉磨。他让斯基尼尔监视着她们，不让她们有丝毫停歇。他对斯基尼尔说："要是她们不按要求边唱歌边拉磨的话，就让这些懒骨头尝尝鞭子抽打的滋味！"

刚开始时，弗雷尔觉得人类首先要有衣食无忧的幸福生活。两个巨型女妖就按照他的要求边推磨边唱道："磨呀磨，请你磨出蜜酒成坛，美味成桌，让世人过着天天如庆典的幸福生活。"

随后，停下来的她们说道："弗雷尔，我们已经按你的要求推了这么久的磨，而且这磨子又异常沉重，就让我们歇一会儿吧？"认为还远远不够的弗雷尔继续催促她们："这还不够，我要你们为世人磨出丰收，让人类迈入更好的幸福生活。"

两个女妖不得不边推磨边唱道："磨呀磨，磨出五谷丰登，果树繁茂，蔬菜茁壮，六畜兴旺，鱼虾满舱。儿女成行。"就这样又磨了很久的女妖终于累得停了下来，刚停下来的女妖就迎来了蘸了冷水和盐粒的皮鞭，弗雷尔逼迫她们马上磨出和平为世人造福。

于是两个女妖只得边推磨边唱道"磨啊，磨啊，请你为世人和弗雷尔磨出和平，让人世间没有战争，没有仇恨，没有敌人，没有生灵涂炭。让世人男耕女织，国泰民安，刀枪入库，太平盛世。"她们又累得停了下来说："弗雷尔，我们磨出来了人类所有想要的东西和他们能享到的福分，也该让我们退休了吧？"

弗雷尔不管她们磨了多久都觉得还不够，还是让两个女妖不停地推磨，以达到造福世人的目的。最终，两个女妖手脚酥麻无力，腰酸背痛，嗓子沙哑，背靠石磨瘫坐在地上的她们任凭斯基尼尔抽打。其中一个有气无力地说："弗雷尔，有我们这样力大无穷的人给你推磨实在是你的幸运，世人的幸运，我们磨得已经够多了。我们能将如此沉重的石磨推动这么多圈，而你们神族呢？你应该明白你们神族远远不如我们，你也不可能一直奴役我们来为你推磨。"

另一个接着说："我们是魔族后裔，我们的传承比你们阿瑟神族和瓦纳神族甚至比霜巨人族还要悠长久远，比你们更悠久的霜巨人和火巨人原本是我们族人的仆役。就是你们三个种族联合起来也不如我们。只因我族用石磨制造了非本族生物，也就是巨型母牛奥德姆布拉，奥丁的父亲布里就是这巨型母牛从冰盐中舔出的。因为这些，我族违反了自己的誓言遭受天谴，才被你们这些弱小种族奴役。"

"这个磨子我们比你早使用达万年之久，可我们都不知道它从何处而来，更不用说你了。当初我们用它磨出了'烈焰之国'穆斯贝尔海姆和'雾国'尼夫尔海姆以及所有的一切。后来，遭受天谴的我们随石磨一起深埋地下，最终黑侏儒把这个石磨挖掘了出来，使用方法还是我们告诉的。地下城堆满了石磨磨出来的东西，空间有限的地下城实在放不下更多的东西，黑侏儒才把这石磨献给了你。弗雷尔，你不用大惊小怪，黑侏儒瞒着你们的事情可不止这些。后来，黑侏儒帮助我们回到了地面，人类的战争让沉寂多年的我们异常兴奋。我们凭借着天生神力，身着戎装成为雇佣兵，后来战败我们被俘，接着就在商船上遇到了你，没想到我们一来你就让我们推这磨子。现在我们浑身疼痛难忍，手也破了，脚也长茧了，也该让我们歇会儿了。"

弗雷尔依旧不为所动，仍然要她们继续推磨。他说要不停地推磨，直到世人进入按需分配的社会模式才能停止。于是，两个女妖咬牙切齿地抓起磨杆唱道："磨呀磨，我们听从弗雷尔磨出了人类所有该有的东西。我们磨完了所有的好东西后他依旧让我们磨，那我们就磨出人类不该有的所有的坏东西。我们要磨出能推倒弗雷尔神像的人！我们要磨出尸横遍野的战争！我们要磨出奢侈和贪欲！我们要磨出手足相残！我们要磨出饿殍满道！……"

勃然大怒的弗雷尔欲抽出无敌金刀斩杀女妖，却发现宝刀已经不在了。于是他便举拳砸向女妖，不料两个女妖闪到一边，石磨被弗雷尔击个正着，击中的石磨滚进了大海，随即两个女妖飞逝而去，只留下了一段话："终于解脱了。弗雷尔，言语的刺激终于让你出手了。由于命运使然，虽然我们力大无比，却只能推磨而无法让石磨移动。现在我们终于解放了，石磨被你打入大海，我们就能到处漂流了。因为命中注定我们必须跟随石磨周围，弗雷尔，你满足吧，我们为你磨出的好东西已经太多了。"

后来，一群强大的海盗得到了石磨和这两个女妖。海盗们听过石磨的传说后欣喜若狂，两个女妖被他们逼着磨出当时市场上最昂贵，最畅销的食盐。贪婪和冷血的海盗们更甚于弗雷尔，两个女妖被弗雷尔驱使只相当于两个健壮的男人，但在海盗这里她们就像牲口一样。海盗的船上被她们磨出了太多太多的盐，无法承受的船只沉入了海底。从那以后，海水也变咸了。

第十二章 「森林之神威达尔」

第十二章　森林之神威达尔

女巨人格瑞德与奥丁生有一子，唤作威达尔，又称为"森林之神"。他高大健壮，身披甲胄，戴一双铁手套，佩一把阔背大刀，他所穿的皮靴由碎革拼凑而成。因此，北欧的皮匠总会把下料时的边角皮革奉献给威达尔做靴子。

威达尔的母亲格瑞德独自居住在北方旷野的一个山洞中，没有人知道为什么她会居住在山洞中，更没有人知道她的家谱族人。一次，追逐猎物的奥丁闯入了格瑞德居住的山洞，猎物逃跑无踪并没有让他懊恼沮丧，因为山洞中裸睡的美人让他如获珍宝。奥丁的脚步声惊醒了这位睡美人，他那狂放不羁的热情目光和粗犷悍猛的男子气概点燃了这位绿野仙子心中的欲火。威达尔就是他们相爱的结晶。格瑞德在威达尔长大成人后就不再工作，她的森林看护工作由儿子全盘接管，后来，威达尔就成为森林之神。

众神都很欢迎初到阿斯加德的威达尔。大家觉得这样一个力大无穷的神加盟阿斯加德，是神界之幸，让众神在诸神的黄昏中多了一分胜算。威达尔更是让奥丁格外宠爱，奥丁还特意带他到命运三女神所在地沃达尔圣泉旁为他预测命运。

沃德说："寂寞和孤独是威达尔成为英雄的副产品，孤胆英雄的他一生命犯孤星，他无妻无儿，独寂与沉默陪伴他终生！"

维尔丹尼："他，不飞则已，一飞冲天；不鸣则已，一鸣惊人！你无法对付的敌人他都能打败！"

斯科德："诸神的黄昏来临后他将涅槃重生，新世界的生命之光由他点燃，新世界将以他为主宰！"

命运三女神的话让奥丁兴奋不已，可威达尔却不言不语，面无表情。此后，威达尔在阿斯加德再也没有开口说过话。为此众神又称威达尔为"沉默之神"，守口如瓶则成为他的代名词。

阿斯加德喧嚣浮华的生活让威达尔很不适应，他更喜欢幽静的森林。他极度厌倦众神穷奢极欲的生活方式，在后来广袤无垠的原始森林成了威达尔的家。众神们的宫殿多以金银珠宝等高档建材搭建而成，而威达尔的兰德维迪宫则全由崇尚自然的全木构造而成，返璞归真，铅华洗尽，于无声之中诠释着生命的真谛。追求生活质量的威达尔并不浮华奢侈，身为"沉默之神"的他喜欢与大自然进行沟通和交流，他常常谛听老树吐芽、风吹叶瑟的环境中森林的心跳。芳树与他为邻，清芬绿意在他吞吐间愈加盎然。他时常就像雕像一样坐在原木宝座上苦思冥想，他是在沉思命运的安排，也是在享受幽静的乐趣。

后来，诸神的黄昏来临了，已经长得硕大无朋的恶狼芬尼尔一口吞下了奥丁。见到奥丁有危险的威达尔英勇无畏地面对霜巨人，扑向芬尼尔。芬尼尔的下颌被他一脚踩住，上颌则被他双手抓住，他凝聚全身之力，暴长的身躯如弹簧一样，芬尼尔瞬间被撕成了两半。威达尔在末日之战结束后，于充斥世界的地狱魔水中涅槃重生，与博德等重生的神主宰着新世界。

第十三章 「爱与美之神」芙丽雅

第十三章 爱与美之神芙丽雅

　　海神与夏神尼尔德的女儿芙丽雅是爱与美之神。当她跟随她的父兄一起加入阿斯加德时，她的美貌、热情深得众神的赞赏，众神便把非常奢华漂亮的宫殿斯灵尼尔送给她，作为她的寝宫。虽然芙丽雅是爱与美之神，但她并不只是播种爱情，她还是一名很出色的女战士，平时她总是和奥丁手下的那些美少女战士瓦尔基丽雅们切磋，在那里挑选健将。被选中的一部分会被美少女战士们带往瓦哈拉神殿，而另外那些年轻从未恋爱过的则会被带到斯灵尼尔宫。为了安慰那些宫内因思春病殇的怨女的心灵，他们也会与她们播云种雨。这些被带入斯灵尼尔宫的恩赫里亚与瓦哈拉神殿中的英雄的待遇所差无二，而他们享受到的浪漫温柔则有过之而无不及。

　　那些饱受爱情折磨而死的殉情者，和一同赴死的情侣伉俪在斯灵尼尔宫中也时有发生。所以北欧的那些女子一般会在丈夫、情人或暗恋对象死后选择殉情，甚至有些女奴隶会选择为男主人殉葬以此来改变自己的命运。

　　芙丽雅对自己的丈夫奥多尔十分眷恋，但奥多尔却不像芙丽雅那样对爱情专一，他对芙丽雅的感情远没有对旅游和探险那么浓厚。虽然众神对芙丽雅的温柔、性感和多情垂涎欲滴，但如此漂亮的她却不能与自己的丈夫朝夕相处。她和丈夫奥多尔只要在一起的时间稍微长一点，奥多尔会厌倦这种平淡无味的生活，因此，不辞而别外出旅游。芙丽雅对他的离开时间，要去的地方，要去多久都是一无所知。对于丈夫离开后的那种孤独、寂寞是芙丽雅最难忍耐的，她也时常会为此而伤心落泪。她的相思之泪滴在土中，会融进土里化为金沙；滴在石头上，石头也会为之变得柔软；滴在海上，则会变为琥珀（琥珀是北欧的一大珍宝，北欧最早的海上贸易也因此开始。北欧人将最美的琥珀称为"爱神泪""相思泪""芙丽雅之泪"等）。如果奥多尔外出的时间太久，芙丽雅便会亲自出门去寻找，而她的座驾就是她那两只猫拉的金车。但她却只是毫无目的地满世界找，一边找一边哭，她的眼泪洒落到世界各地，融进土里都变成了金子。有时芙丽雅实在寂寞难耐之时也会逢场作戏，诱惑那些青年武士与她一度春宵。对此那些武士也是非常乐于为她效命的，因为毕竟是与女神在一起，这也是所有世人的追求。

当芙丽雅找到自己的丈夫后，两人便会待在一起几天。此时芙丽雅便会自以为丈夫会为自己的辛苦寻找而多陪自己时，奥多尔却会再一次地不辞而别。芙丽雅在伤心过后，不得不再一次踏上寻夫的路。而她出门的工具除了前面说的猫拉的金车，还有一件是披上便可以变身为鹰隼在天上飞行的鹰羽衣。女人都是需要有人疼爱有人陪的，女神也包括在内，所以受丈夫冷落的芙丽雅与阿瑟诸神都有过超亲密、零距离的接触。虽然芙丽雅身边一直都有男人的爱慕，但她对丈夫的心却从未变过，而那些男人不过是她生命中的过客罢了。

有一次，芙丽雅又开始了她的寻夫路，这一次她是在普利密林的安石榴树下（北欧人直到现在仍有在新娘头上佩戴安石榴花的习俗）找到了奥多尔。都说久别胜新婚，但当芙丽雅在绿草如茵、繁花似锦的草地上醒来时，却发现身边早没了奥多尔的身影。

此时的芙丽雅感到伤心极了，漫无目的地走着，就像一具没有了灵魂的尸体，突然她被一阵叮叮当当的声音惊醒，这才发现自己已经走到了地下城。她知道黑侏儒历来心灵手巧，却从未亲眼见过。好奇心驱使着她继续向前走去。他们会不会真的像别人说的那样又矮又黑又丑呢？她走到一个岩洞前，看到四个黑侏儒正在打造一条精美绝伦的金项链，这四个人一边打制一边讨论如何使这条金项链更加无与伦比，使佩戴她的人更加漂亮妩媚。打造这条项链时他们还专门请了著名的设计师来设计，耗费了大量的时间和精力，以后想要再打制这样的极品恐怕再也不可能了。

天下没有哪个女人能抵挡珠宝和华服的诱惑，芙丽雅也不例外。此时的芙丽雅觉得自己无法从丈夫那里得到精神的慰藉，而得到这件珍宝也算是在物质上对自己的一种安慰！为了弥补丈夫的离开带给自己的空虚寂寞，芙丽雅决心要得到这件极品的金项链。于是她咳了一声，算是跟那四个黑侏儒打了招呼，大大方方地走进岩洞，含笑说道："嗨，大家好。你们这儿挺热闹啊！这么晚还没睡，是有什么活动吗？"

这四个黑侏儒看到性感漂亮的芙丽雅便愣住了。过了一会儿，他们才清醒过来，几个人对视了一下便知道了来的人和她的来意。这么性感漂亮的女人除了芙丽雅别无他人，而让她进来的原因只能是这条极品珠宝。其中一个黑侏儒说道："刚刚我们还在讨论该会是谁才配拥有这精美的首饰呢！现在看来，这个首饰拥有着自身的能量，自动吸引着它的主人前来。"紧接着第二个黑侏儒则盯着芙丽雅纤秀优雅的脖子说："如此美丽的脖子，犹如天鹅的脖子一般！"第三个则说："如此美丽的女神，脖颈上除了光滑的皮肤外竟无一装饰物？真是可惜了！如此纤丽的脖子再配上这条同样优美的项链，这才是绝配，才能相得益彰！"第四个说："这条项链如果能佩戴在你的脖子上，天下所有的男人都要为你倾倒。"

奉承的话谁都喜欢，女神也不例外，美丽的芙丽雅听了这些话，心里早乐开了花，便问道："那你们这金项链准备要多少钱？"

没想到四个黑侏儒却异口同声地说："这个宝贝我们不卖！"芙丽雅被他们的欲擒故纵之法弄得更想要不惜一切代价把这条项链弄到手，她焦急地问道："你们到底要多少钱？尽管出价，我绝不还价。"

其中一个黑侏儒说："当然我们都知道你的眼泪就能变为金子，但我们怎舍得让像你这样的绝色女神为这条项链而伤心落泪呢？"

另一个说："这条金项链对我们来说是无法用金钱来衡量的。这东西我们只能拿来馈赠，绝不出售。"

芙丽雅笑道："那你们能把它送给我吗？"

四个黑侏儒异口同声地说道："它只能是送给爱我们的女人。"

最终，芙丽雅为了如愿以偿得到那条极品的项链，她分别陪着四个黑侏儒过了一夜。

芙丽雅在把这条项链弄到手后，便立刻动身回到了自己的斯灵尼尔宫。此时刚好洛基找她想借她的鹰羽衣，而芙丽雅脖子前的金项链立刻引起了洛基的注意，他打消了借鹰羽衣的想法，一心只想弄清楚这珍宝的来历。芙丽雅却告诉洛基这项链是奥多尔送的。但洛基很清楚，如此做工精良的珍品除了地下城的黑侏儒没人能做得出来，而芙丽雅肯定是要付出一定的代价后才能得到这件珍品。

在此之后，洛基开始到处宣扬芙丽雅的八卦绯闻，他时常添油加醋地在众神面前绘声绘色地描述芙丽雅为了得到金项链便与黑侏儒在一起的浪荡行为。但众神都只是听之任之，因为芙丽雅不仅不是他们的家眷，并且还是别族加盟过来的。大家一致认为，她和谁在一起是她的自由，除了她的丈夫别人无权干涉。同时也因为芙丽雅极好的人缘，反倒让众神对四处散播她隐私的洛基产生了更多的反感。随着时间的推移，奥丁对洛基这样唯恐天下不乱的做派也产生了厌恶之情。为了平息此事，奥丁便让洛基拿出真凭实据，他便对洛基说："看你说得如此绘声绘色，为了让我们相信你说的是真的，就应该拿出真实的证据来，把项链拿来，让我们验证一下，看看是否是黑侏儒的手艺。"

洛基道："芙丽雅那么重视那条金项链怎么会轻易给我？现在恐怕让她见我一面她都不愿意吧！"

奥丁冷笑道："这么说你是不肯拿出证据了，那你这些天的宣扬是在诬蔑芙丽雅吗？如果你不能将项链取来为自己作证，那么神界是不允许有你这样的搬弄是非之人存在的，以后你就不用再在阿斯加德待下去了。"

洛基见事态超出了自己的想象，便表示从此以后自己绝不再提此事，但奥丁却步步紧逼，非要让洛基拿来项链才肯罢休。洛基只好垂头丧气地离开了。

第十三章 爱与美之神芙丽雅

为了把金项链弄到手，洛基不得不来到斯灵尼尔宫，而他对如何拿到项链却决定用他一贯的偷鸡摸狗的伎俩。

在芙丽雅的寝宫外洛基转了好多圈，别说门，连窗子都堵死了。他只好变成一只苍蝇，沿着芙丽雅寝宫外墙慢慢地摸索着前进。此时的他就像一名攀岩者在悬崖峭壁上冒着生命危险摸索了很长时间，最终在屋顶的檐瓦接缝处找到一个很小的孔。他艰难地通过小孔，来到芙丽雅的房间。此时芙丽雅正在午休，洛基又变为一只虱子，在芙丽雅的脖子上咬了一口。熟睡中的芙丽雅翻了个身，露出了之前被压着的项链。洛基蹑手蹑脚地解开项链锁扣，轻轻地取下来，然后拿着项链，慢慢地打开门逃了出去。

芙丽雅午休醒后，顿时感觉脖子上轻飘飘的，用手一摸，没有了项链的踪影。她观察了一下四周，窗户紧闭着，门也是完好的，但却是开着的，她猜测这偷盗者必是洛基，于是她愤愤不平地跑到奥丁宫中，当面指责奥丁："没想到在这圣洁的阿斯加德居然也有凡界才会出现的偷盗行为，你说怎么办吧？我也不用你找到偷盗者，只要找回我的失物就好。因为我认为这个偷盗者就是洛基，他敢来我宫里偷东西，我认为背后肯定有人为他撑腰，并且这个人拥有着至高的权利，而在神界能有如此至高权利的只有一个，那就是奥丁！"

听完这些奥丁没有丝毫的愤怒和惊讶，笑着说："我这么做还不是为了你？这段时间洛基把你的事情传得沸沸扬扬，我就是为了堵住洛基的嘴，不让他再搬弄是非，也为了平息外面的议论，这才要他必须拿出项链来证明自己。原本我以为这件事他是不可能办到的，让他这么做也只是想难为他，让他以后注意自己的言行。但没想到，还是被他拿到了项链。"

芙丽雅愤怒地说："我不管你的目的和动机是什么，作为失主，我有权利要回自己的东西！"她的语气生硬得不容商量。

奥丁说："这当然是可以的。但现在你和黑侏儒的事闹得人尽皆知，我没办法就这样把它还给你。为了堵住悠悠众口，你必须做些造福神界的事。再说你也不想被你丈夫知道这件事吧？所以只要你答应让人间最强大的两个国家兵戎相见，并且这场大战直至世界末日，我就把项链还给你。"

芙丽雅为了让奥丁出面平息神界对她的议论，也是要回项链心切，便答应了这个条件。于是奥丁信守承诺把项链还给了她，因为他知道凭借着芙丽雅的美貌在神界都能引起如此轩然大波，在人间就更是轻而易举了。

在那时的人间，年轻的挪威国王霍鼎常常率领众将四处征伐，在南方国家掠夺了不少的财物，成了这些国家的主宰。霍鼎虽年纪不大但早已声名远播，几乎无人不知，挪威也就理所当然地成了当时最强大的国家。

一次，在一次外出打猎时霍鼎与自己的部下走散，他独自一人在丛林里转悠着，却找不到出去的路了，就在这时一位貌美如花的美女正坐在林间空地上闯入了霍鼎的视线。霍鼎被她的美色吸引着，走上前去问道："姑娘能告诉我你的芳名吗？你怎会独自一人在这密林中啊？这样很危险的，要不我送你回家吧？你的家在哪儿？"此女正是芙丽雅。她莞尔一笑道："我叫格林安达是这片林地的主人。你是谁，怎会如此莽撞未经我的允许就擅自闯入我的地盘，还有你不先介绍你自己而是先问我，这样是不是太无礼了。"

霍鼎慌忙自报家门："实在抱歉，刚才为你的美丽深深吸引，所以想马上知道你是谁，而忘了介绍自己了。我是挪威的国王霍鼎，今天是出来打猎的，却迷路了，但幸运的是却遇到了你。你一直深居简出，可能还没听说过我，可只要你走出这森林，随便拉住一个人问问，应该都知道我的。"

霍鼎为了博得芙丽雅的欢心，向她介绍了自己的真实身份和丰功伟绩。

芙丽雅不以为然地说道："你还真了不起啊！"说完又撇着嘴说："你把自己说得如此完美，这么唯我独尊，但我却听说丹麦的国王豪格尼尔完全可以与你并驾齐驱。"

所有的男人在自己喜欢的女人面前都是唯我独尊的，尤其是一个如此貌美的女子当着自己的面对另一个男人大加赞赏。当然霍鼎听说有人能与自己相提并论时，真恨不得马上长上翅膀飞到丹麦与他们的国王一决高下。他对芙丽雅说："是吗？我想要不了多久我们就可以一决雌雄，分出胜负！"

第十三章 爱与美之神芙丽雅

芙丽雅看到时机已经成熟，霍鼎的胃口已经被吊起的时候，她却突然说："天已经晚了，你回去吧，要不然你的侍从就该着急了。"就这样芙丽雅把握着节奏，欲擒故纵地与霍鼎说着话。她知道控制男人最好的办法就是：给他希望，却不能让他得到，让他心存幻想。

霍鼎只好依依不舍地从芙丽雅身边站起来，意犹未尽地问道："今日一别，不知要到什么时候才能再与你相遇？"

芙丽雅用她那魅惑的眼神看着霍鼎说："希望下次我们再见时，你能给我讲讲和豪格尼尔一决高下的故事。"

就这样霍鼎一回到国就立刻出兵，乘坐自己的远洋舰一路开向丹麦，他们登陆在离豪格尼尔王宫不远处的海岸处，准备在此与豪格尼尔一决胜负。而这位丹麦国王，听说声名远扬的挪威国王突然来访，却没有一丝的慌乱，在没有弄清楚这位不请自来的客人的来意前，他准备以礼相待，他派遣使者去邀请客人来王宫赴宴，这样也能查明他们的来意。

霍鼎见过了丹麦使者后，便安排仆役车马，紧随其后，浩浩荡荡地来到了豪格尼尔宫中。豪格尼尔为了给霍鼎接风设下了最隆重奢华的宴会，热情款待霍鼎的到来。三杯酒下肚，菜过五味后，豪格尼尔问道："阁下不辞辛劳，一路风尘仆仆，来到敝国，有什么事呢？"霍鼎也是个爽快人，不会拐弯抹角便答道："阁下威名早已传播四海，此次冒昧到访，不为他求，只是想跟你切磋切磋，一决胜负。"

豪格尼尔双手往膝盖上一拍，大笑道："我也素闻阁下大名，也想找机会开开眼界，见识一下你的武艺。既然你此次前来正是此意，那我就恭敬不如从命了！"

霍鼎见豪格尼尔回答得如此爽快，心中大喜，便说道："太好了！丹麦是你的地盘，比试的规章制度就由你来定，我悉听尊便！"

豪格尼尔站起身爽快地说道："在宫殿外有一处地方比较适合武艺切磋，我们可以在那里一决高下！"于是，两个人便一同离席出去比试了。在接下来的几天里，除了吃饭睡觉他们把所有的时间都用来比武。每天就这样重复着，把所有的本事都比了个遍，但在所有方面两人几乎不相上下。随着彼此接触的时间越长，对彼此的了解也越来越深入，开始知道对方的喜好都和自己一样，包括喜欢的颜色、歌曲。如果非要找出不同的地方，那就是豪格尼尔已婚并有一个公主，而霍鼎却还未婚。最后，在两个人的接触中，却生出了友情，结拜为了兄弟。

没过多久，这两位情深义重的兄弟便决定将自己的领土和威名传播到更远的地方。他们商量过后，决定让霍鼎留下来守卫两国领地，而由豪格尼尔率领舰队南下夺取财物。年轻的霍鼎无法忍耐不能征战的寂寞，这时想起了与格林安达的约会，便以外出打猎为借口出去了。途中他故意与手下的人走散，再一次来到那片林地。而格林安达依然在那里，好像从来就没离开一样。但和上次不同的是，这次她正在品着一只玲珑剔透的金酒角中的美酒。

霍鼎看到这位自己朝思暮想的女人，快速地走上前去，竟发现这次的格林安达好像更加妩媚、漂亮了。芙丽雅随手将手中的酒角递给霍鼎，在酒精的刺激下，二人的激情被燃烧了起来，一番缠绵之后，芙丽雅娇羞地问道："你和豪格尼尔的比试怎样了，谁更厉害啊？"

霍鼎说道："在各方面我们两个人都不相上下，我们一样强大！"

芙丽雅冷冷地说道："我看未必！在有一方面至少豪格尼尔比你强得多！"

霍鼎不服气地问道："哪方面啊？"

芙丽雅道："他能征服一位出身名门的王后，说明他比你更有男子气概，而你还是孤家寡人一个！"

霍鼎不屑地说："哦？这没什么难的，只要我开口，他一定会同意把女儿嫁给我的。这样，我们就又平起平坐了。"

"那还是不如他！"芙丽雅继续刺激他，"他是凭借自己的男子气概征服了王后。而你却是靠着和他的兄弟情义请求他赐予你一个妻子。再说就算他把女儿嫁给你，他便成了你的岳父，你就是他的女婿，低他一辈，他还是高你一等！"

霍鼎怒喝道："这么说，他永远都是高我一等了。"

芙丽雅看他已经进入了自己的圈套，接着说："你想高过他完全可以通过自己的努力啊。你只要把他的王后和公主弄出王宫，然后把王后当作战利品绑在你的

第十三章 爱与美之神芙丽雅

船头,任凭海浪的击打。这样,豪格尼尔就会被你的锋芒完全压倒。"霍鼎早已被芙丽雅迷得神魂颠倒了,居然同意了她的提议。这会儿他已经把与豪格尼尔的结义之情抛之脑后,只是自私地想成为全天下最强的男人。

霍鼎来到豪格尼尔的王宫中,将王后和公主修德一起骗到了他的船上。此时已过仲夏,气温开始降低,过不了多久,冰雪就会把港口封死而无法返航,并且那时的风向对出航也是不利的。按理说这个时候是不适合出航的,但出于对霍鼎的信任,王后和公主还是没有丝毫顾忌地跟着霍鼎来到了船上。但当船航行到公海时,霍鼎就露出了他的凶相,他让自己的手下把王后绑在船头,任凭海浪击打。然后他强行把修德抱进了自己的船舱,修德看着霍鼎那已经没有了人性的可怕的目光,早已吓得魂不附体,她哀求道:"你应该很清楚只要你向我父亲开口,他会很高兴就同意把我嫁给你。我不想看到你和我父亲反目成仇,求求你不要伤害我的母亲,如果你伤害了我的母亲,我父亲一定不会原谅你的。"

此时的霍鼎已经完全丧失了理智,他发狂地笑道:"为什么要我去请求他?我又为什么要得到他的谅解呢?我想怎么样就怎么样,难道我还怕他发脾气不成?"然后他对修德的苦苦哀求全然不顾,任凭她不停地哀求、挣扎、痛哭,只为了自己的私欲强行占有了她。

事后,霍鼎将船靠在岸边,再一次去找芙丽雅,并得意地向她讲述了自己的壮举。芙丽雅见她的计划已经得到了实施,便不想再在他身上浪费时间和精力了,只是冷冷地给他递了一杯酒。霍鼎没有丝毫的犹豫接过酒杯一饮而尽。接着便眼前一黑、头一歪,晕倒在了芙丽雅怀中。芙丽雅将霍鼎的头从自己膝上挪开,并在他耳边说道:"现在你和豪格尼尔,你们两个国家都将按照奥丁的意愿做事了。"说完便飘然离去。

过了好久,霍鼎从昏睡中醒来,身边早没了格林安达的身影。霍鼎顿时记起她走前说的话,才知道自己只不过是被这个美丽的女人利用了。再想起自己的所作所为,感到极度的悔恨。他感觉自己没脸在见世人,便回到船上,向无人的海洋深处行驶而去。

豪格尼尔回国后，在得知妻子和女儿的事情后，极为震怒，马上又起航，追击霍鼎。他沿着霍鼎逃跑的方向一路追去，每当听到霍鼎的消息，等他赶到的时候都被告知霍鼎已在他到来的前一晚离开。功夫不负有心人，一天豪格尼尔准备在附近海域停船的时候，隐约看到了霍鼎的船影，便立即下令扬帆追击。靠着风势，处在侧风位置的霍鼎的船队速度远没有豪格尼尔的快。

霍鼎看见追兵，自知大难来临，迅速改变航向，向一座荒废的港湾驶去，登陆后为迎战马上安营扎寨。豪格尼尔紧随其后，登岸后，对着霍鼎的部队安顿下了自己的部队。大战即将展开！

而这时的霍鼎在接下来的几天里，日夜承受着内心的煎熬，失眠、憔悴、疲惫的他不得不请修德向她的父亲说情，希望能够原谅自己的鲁莽。而柔弱的修德在亲眼看着母亲被折磨至死的悲惨遭遇后，此时的她已变得十分刚强。虽然在这段时间里，她也感受到了霍鼎对自己的爱，但这种爱与他杀害自己母亲的恨是不能抵消的，反倒令她的恨更加强烈了。

霍鼎把象征自己王权的金臂环交给了修德，并诚恳地对她说："请你把这个转交给你的父亲，希望他能原谅我的鲁莽。同时请你对他说明，当时我这么做完全是受人挑唆，丧失了自己的理智，最终犯下错事。虽然当时是我把你骗上船的，并强行占有了你，但这么久了，你应该知道我是真的爱你的。希望你能帮我跟你父亲求求情，让我们化干戈为玉帛，做一家人吧！"

对眼前的这个男人修德已经厌恶之极，现在听他这么一说，更增添了一层鄙视。因为她认为霍鼎身为一个有独立意识的成年人，却不敢面对自己的错误，反倒把责任推卸到别人的身上。她不会帮霍鼎说服父亲，但她并没有把这种厌恶表露出来，而是不动声色地表示会尽力帮他。

修德来到父亲的身边，把金臂环交给父亲，并把霍鼎的话原原本本地复述了一遍，但在末尾却加上了这样一段话："霍鼎愿意付出任何代价来为自己的行为买单，但他这样做只是为了想息事宁人，重新得到和平，并不是为了向母后赎罪，也不是出于对你的敬畏。如果你不愿意和解，他会认为那是对他的侮辱。但如果你接受了,你又将自己的声威和尊严置于何地呢?"

豪格尼尔态度十分强硬,对女儿说:"当初我真是轻信了他,居然跟这大逆不道的暴徒结为兄弟。他若只是抢走我的女儿,至少说明他很喜欢我的女儿,起码我还可以原谅他。但他居然无视我的王权和爱情,竟然杀害我的妻子,你的母亲!这个没人性的家伙我实在没法原谅他!而你现在竟然为了杀害你母亲的凶手说话,还想要嫁给这个没人性的家伙。如果你真的爱他,那就永远不要再出现在我的面前,永远不准踏进丹麦国土一步。这样你也不用再替他说话了!我一定要用霍鼎的鲜血祭奠我的妻子。"

听完父亲的话,修德感觉自己被父亲抛弃了。连这最后一分亲情现在也没有了,修德对霍鼎的恨更深了,她一定要想办法致霍鼎于死地。她回到霍鼎营中添油加醋地对他说:"哎呀,如果你能和我父亲讲和那该多好啊!可他现在却说除非你卑躬屈膝地终身为奴供他差遣,否则他是永远不会原谅你的。当然你需要放弃的还有你的国土和一切的财物,同时还有我。"

霍鼎听完后,一声长叹,知道和解是不可能的了,他与豪格尼尔之间的恩怨只能用战争来解决了。他便马上下令为应战做好准备。果然,没一会儿豪格尼尔便率军杀了过来。在阵前,霍鼎再一次向豪格尼尔请求和解:"为了弥补我的罪过,我愿意付出我所有的财物作为赔偿!我们和解好吗?"

豪格尼尔看到眼前这个杀害自己妻子的人,心里除了仇就是恨,他决绝地吼道:"我当初瞎了眼把你当作自己的兄弟,而你却杀害我的妻子。现在还厚着脸皮来讲和?"

霍鼎说:"我是受人挑唆,一时鬼迷心窍才做了错事啊!"

豪格尼尔道:"别人挑唆你来杀我的妻子、抢我女儿,你就照做?那现在我让你立刻以死谢罪。如果你照办了,我就马上撤退!"

见霍鼎没有动静,豪格尼尔怒吼道:"犯了如此滔天大罪,竟然连以死谢罪的勇气都没有,还想苟且偷生。就让我来亲手解决了你,就当是你对我的补偿吧!"

随后两个人各自一提坐骑缰绳,厮杀在了一起。但是他们二人的本事不相上下并且彼此间相知甚深，都知道对方的招式，所以尽管他们使出平生所学，却仍是不分伯仲，谁也占不了上风。他们带领着自己的部队从白天杀到晚上，从马上杀到地上，从丘陵杀到平原，但仍分不出谁胜谁负。每天深夜，双方鸣金收兵，他们二人便带着自己的残兵回营休息。而在交战中死去的战士则会变为石头，他们的英灵会升入瓦哈拉神殿。到了第二天早上，两位国王会让石化的士兵复活，然后又继续厮杀。

果然芙丽雅没让奥丁失望，为神界扩充了武力，奥丁信守承诺将项链还给了她。

第十四章 命运三女神和生命之烛

第十四章 命运三女神和生命之烛

被称为幸运女神的一共有姐妹三人，但她们并不是阿瑟神族的成员，众神对她们对命运的判词都没有任何异议的都是绝对服从。她们三人为人、神、魔和整个宇宙的发展路线做出了预言。三女神的家在乾坤树，乾坤树位于生命之树下的沃达尔圣泉处，这个地方也是阿瑟诸神开会的地方。这三姐妹经常会以未来的罪恶和后果来对诸神做出警示，希望他们珍惜眼前。

这三姐妹分别是大姐沃德，二姐维尔丹尼，小妹斯科德，她们三人分别代表过去、现在和将来。

大姐沃德年龄最大，她代表着过去，她总是回首张望，好像总是对过去的人和事念念不忘。二姐维尔丹尼正值风华正茂，阳光明媚，但与大姐不同的是她总是目视着前方。

小妹斯科德出没常常带着面纱，从不以真面目示人。在她的手中总是有一卷纸或者一本书，但从未见她翻看过。

灌溉乾坤树和编织命运之网是三女神在乾坤树下必做的两件事。为了让乾坤树永葆活力、长盛不衰，三女神每天都从沃达尔泉中取水来灌溉它。她们还会帮着青春女神伊童看护树上所结的青春之果，不过这果实只有青春之神伊童才能采摘。

命运三女神主要的日常工作就是把各自搓成的命运之绳组结成命运之网。她们用的绳子很像毛线，并且颜色随时变化。人世间每诞生一个新人，她们就已经编好了他一生的命运之网。她们在织网的时候，还常常会吟唱一首庄严的圣歌，而在这时她们其实已经没有了自己的潜在意识，所织的网也不是按照自己的主观意志来进行的，而是完全遵从奥洛格的意志行事。奥洛格是一种最古老强劲的能量场，宇宙间没人知道他的来历和踪迹，更是一种没有开头也没有结尾的精神存在，是最新生、最高强、最古老的力量，掌控着宇宙中至玄至妙的奥秘。整个宇宙都是在他的意识下创造的，也是在他的意念下才有了世间万物和人神魔怪。

命运女神三姐妹中大姐和二姐脾性温和善良，而小妹则脾气乖戾，她常常把一些快要织好的网撕得粉碎，丢到空中。所以，在人世间常常会出现一些前后矛盾的事，一些人，有时聪明，有时糊涂；有时懦弱，有时勇敢；另一些人虽然很有才但生命不长，还有些人无才无德却能长寿。这三位女神常常会装扮成女预言家在人间随性游历，有时甚至对经过身边的人主动劝说，警示他们对即将可能发生的灾祸的躲避之法。有一次，她们路过一座贵族的豪宅。早在她们为这家编织命运之网时就知道这家主妇会生下一名男婴，便径直向内走去。男主人看到几位预言家的到来，立刻将她们奉为上宾，设宴款待她们，并且有意询问关于自己儿子的命数。

三位女神在一众人的簇拥下被请入产室，并安排坐在产妇床前，但这些簇拥者并不知道这三位女神的真实身份。

首先由大姐沃德预言说："将来这孩子一定是个英俊潇洒、强壮勇武、有着高超武艺的著名武士！"

二姐维尔丹尼的预言和大姐如出一辙，她接着说道："将来这孩子将成为富甲一方的猎神，并且还能饱读诗书，诗词歌赋样样精通！"

正当三妹斯科德要开口之时，她的身边挤满了期待听她说出预言的人。就在这时，这家的邻居听闻女预言家的到来，都想来一睹真容。他们拥挤着，竟将三妹连人带椅子挤翻了。

第十四章　命运三女神和生命之烛

从地上站起身的三妹，看着这些无礼的人类，大为恼火，她高声说道："当然！这个孩子的确有着大好的前程。只是，我的两个姐姐给了他很好的运势，而他却无福消受。因为他的寿命就跟这床前的蜡烛一样长，等到蜡烛一旦燃尽，那也将是他命数结束之时。"

顿时，大家被这突如其来的话吓得目瞪口呆，这才意识到自己刚刚的无礼让这位女预言家生气了，转过头来再看那床头的蜡烛，已燃了一大半。这就是说，这个新生儿从一出生就开始踏进了坟墓，也就是说很快他的父母就要白发人送黑发人了。听了这话，初为人母的母亲紧紧地抱着自己的孩子，泪水涟涟。而孩子的父亲也气得大吼道："谁让你们来的？"

见此情景，大姐和二姐感到十分地尴尬。她们也不愿意看到这个如此优秀的贵族之后这么快就走完自己的一生，但被她们预言的命运判词是谁也无法改变的，就连她们自己也改变不了。思忖了好久，她们才想出一个让这个孩子摆脱厄运的方法。

大姐沃德将那根蜡烛吹灭后递给那位伤心的母亲并告诉她："你要好好保存这段蜡烛，因为它就是你儿子的命。只要蜡烛没有燃完，你的儿子就能健康地活着，而且还会长命百岁。等到他自己想要结束生命的时候，只要拿出蜡烛燃尽就可以毫无痛苦地死去了！"

这家人对这个峰回路转的建议甚是满意，更是对这三个预言家感激涕零，将她们奉为神明，顶礼膜拜。

等这家人想要以重金对这三女神进行感激之时，她们却像那些做好事不留名的神一样，消失在夜幕之中。这时在场的那些人才知道了她们的真实身份。在北欧人的心里将命运三女神都叫作诺恩，而这家贵族为了纪念这三位女神给儿子赐福，便将儿子取名为诺恩盖斯塔。随着诺恩盖斯塔慢慢地长大，家人始终隐藏着那半根蜡烛，整日如履薄冰、提心吊胆。正如女神所言成年后的诺恩盖斯塔凭借他的勇武成了名震四海的海盗头领，很多富庶的国家都遭到过他的船队的洗劫，他最远还攻下了那不勒斯和西西里岛，获得了大量的财富和声誉。他的对手也经常为他那忧郁的诗人气质、出口成章的谈吐所折服，从而他经常被他的文学形象所掩盖，而忽略了他的谋略和超强的武艺。

　　成年后的诺恩盖斯塔身材高大，肌肉线条匀称，令人敬羡；他艺术家的气质渗透在他的英俊挺拔中；他的敌人也忍不住对他的雄辩口才称赞不已。他在交战中曾三次落马，却没有受到丝毫的伤害，他的生命力就像圣斗士一样旺盛，好像永不停歇。他一边永不知足地掠夺大量财宝，一边却对自己的部下慷慨赏赐，同时还会为慈善散尽万贯家财而从不感到吝惜。由于他对自己的部下有着非常丰厚的优待，所以众多的海盗英雄都愿意投奔他为他效命。这样一来，他就有了掠夺财富的有利兵力。他对自己的部下从不吝惜自己的金钱，所以他的手下都愿意为他带来更大的财富。这样一来，他积累的财富越来越多，让不少国王都望尘莫及。

　　随着时间的流逝，诺恩盖斯塔的父母日益苍老。临终前他的母亲把那根与他生命相连的蜡烛交给了他，并问道："孩子，你知道为什么你这几十年一直这么顺利吗？"

　　诺思盖斯塔答道："我觉得我的事业一帆风顺完全是因为我强健的体魄和独特的人格魅力，因此让各行各业的顶尖人物前来投奔与我，这对我来说无疑是如虎添翼。"

　　他母亲这才缓缓说道："这完全是因为在你出生的时候便有命运三女神的语言加持，所以你的人生才会如此顺风顺水，才会得到用之不竭的金钱，和超越凡人的才能，这样才让你享受到了人间一切的荣耀和尊重。可如果一旦你手中的这根蜡烛燃尽，你的生命也将消逝。所以，只要这根蜡烛还没用完，你的生命就将永远延续下去。所以你一定要好好保存它，千万不能被别人拿到，不然如果有人想让你死，只需燃尽它就能把你杀了。当然如果你感觉对生活没有了激情，感到了厌倦，也可以自行燃尽蜡烛，我们会在地下等着你。"

　　虽然诺恩盖斯塔的生命看似没有尽头，但衰老还是存在的，只不过他衰老的速度要比普通人慢得多。虽然他的年纪已经很大了，但依旧容光焕发，活泼好动，舞刀弄剑仍不在话下。一直到他三百多岁的时候他依旧对生活充满着希望，伴随着时光的流逝和万物的变迁。后来奥拉夫国王强迫丹麦人信奉基督教，但他的这一举动遭到了这位曾为丹麦带来巨大财富的英雄——诺恩盖斯塔的反对。此时的他，已被衰老削弱了他的勇武、财富和才华，此时他无力与王权抗衡。奥拉夫为了向世人证明命运三女神的预言和阿瑟诸神是不可信的，强迫诺恩盖斯塔接受基督教的洗礼，他就以卑鄙的手段收买别人，取得了诺恩盖斯塔的生命之烛，并当众燃尽。果然，当蜡烛燃尽之时，诺恩盖斯塔便倒地身亡了。

第十五章 「海姆达尔和人间」的三个阶层

第十五章　海姆达尔和人间的三个阶层

　　海姆达尔是阿斯加德的唯一出入口——彩虹桥碧芙斯特的守护者。他是奥丁与伊吉尔的九个扬波之女的儿子。他是九位女巨人合力生下的，海姆达尔从一出生就集聚了地之力、海之气和太阳之光热迅速长大成人。在他出生的时候没有助产婆的帮助他自己扯掉了脐带和胎盘，独自到阿斯加德寻找自己的父亲去了。

　　在这时，阿瑟众神刚刚修成了彩虹桥碧芙斯特，这座桥是以水、火、气为材料制成的，为了防止霜巨人族和其他邪魔外道以此通过来偷袭阿斯加德，众神正在思考该让谁来守卫彩虹桥。而众神在见到海姆达尔的时候看到他不仅英俊威武并且还是奥丁的后代，便一致赞同推选他为彩虹桥的守护神。海姆达尔常年身披纯银铠甲，头戴羊角头盔，一口金牙。

　　众神为了让海姆达尔的守护工作做到最好，给了他鹰的眼睛和狼的耳朵。即便在黑夜里也能用他那夜视功能的眼睛看到千里之外的东西，而他那灵敏的耳朵即便是小草成长的声音都能听得到。在他值夜班的时候他像牧羊犬一样警觉，没有人可以在他身边无声无息地走过。

　　海姆达尔使用的武器是一把快刀，能够削铁如泥，十分地锋利。他还有一只号角，如同新月一般，一旦有情况，只要他吹响号角便能让天、地、冥三界都得到警示。

　　在洛基还没被逐出天界，还位列阿瑟十二位正神之时，他和海姆达尔的关系就很不融洽了，因为海姆达尔总能以他敏锐的观察得知洛基做的见不得光的事，有时甚至被当场抓获。

一天夜里，洛基再一次潜入芙丽雅的宫殿，想要趁她熟睡之际窃取她的金项链，但她的这一举动刚好被海姆达尔看到，他立刻前去捉赃。一路上海姆达尔和洛基不停地变形斗法，并且海姆达尔为了表示对洛基的不满，想要在法术上战胜他。当洛基变成狼逃跑时，海姆达尔也变成狼对其穷追不舍，最后几乎咬住洛基的尾巴。此时的洛基在慌乱中变成一只海豹跳入水中，海姆达尔也变成海豹下水继续追赶。最终洛基还是被他捉住了，海姆达尔替芙丽雅追回了丢失的金项链。所以洛基对海姆达尔几乎是恨之入骨。所以在诸神的黄昏时，洛基逃出监牢杀入阿斯加德，一来就和海姆达尔厮杀起来，最终他们同归于尽。

海姆达尔最有名的故事是到人间将世人划分为奴仆、自由农民和贵族统治者三个阶层的故事。

有一次海姆达尔在人间走访时，看到一座破旧的茅屋坐落在海边，便进去拜访。这里住着一对老夫妻埃依和艾达，海姆达尔对老夫妻介绍自己为吕格尔，在这家住了三天。尽管这对夫妻的生活十分地贫穷，甚至连填饱肚子都有些困难，但对吕格尔的到来仍是热情地接待。老夫妻给吕格尔奉上了一碗肉和一条又厚又硬的粗面包。那硬硬的面包涩而无味，吃着就像在啃木头，肉也只是用清水煮的，但对这对老夫妻来说已是最好的食物、最好的招待了。

在这三天中吕格尔教给了夫妻两人很多生活常识。每晚他都睡在老夫妻的中间，在他离开后没多久，女主人艾达便生下了一个男孩。

第一次给孩子沐浴的时候，艾达为他取了索拉尔（意为奴隶）的名字。长大后的索拉尔面貌丑陋皮肤十分粗糙，有一头黑色的头发和一双呆滞的眼睛，腿型呈X形，但他身材却十分魁梧、结实。在他成人后，每天都有使不完的力气，每天日出而作，日落而息，每次回家都带着大捆的柴火，为人十分勤快。

有一天，索拉尔的家中来了一个名叫西瑞的健壮的姑娘，这姑娘跟索拉尔一样，样貌十分丑陋，所不同的是她是O形腿。满脚污泥的西瑞，就这样大大咧咧地来到索拉尔的家中。索拉尔看到西瑞便打趣道：你是向内弯的 O 形腿，我是向外弯的 X 形腿，如果我们在一起，会不会就能改变了我们的缺陷，这样我们的腿就能像城里的贵族一样直了。这对男女做了夫妻后，生了许多孩子，但个个都是粗陋高大，他们一家人个个都靠给别人为仆生活。

下等阶层划分好后，海姆达尔继续游历人间。一天他游历到一户人家，这家在一片农场边上。这户人家同样是一对夫妻，男的叫阿菲，女的叫阿玛。当海姆达尔来到的时候，夫妻二人正在忙着工作，丈夫忙着把木条削成纱锭，妻子则在纺纱织布。他们热情地把吕格尔请进房间，并进行了热情的招待。同样，海姆达尔也教给了这对夫妻一些生活知识，并在这里也住了三天。后来阿玛生下一名男婴，取名为卡尔（意为自由人，农夫）。男孩长大后对各种务农方法都十分精通。后来卡尔与一位精明干练的姑娘司农喜结良缘，他们互换了戒指，组建了一个男耕女织的小康家庭。不久卡尔夫妻也生了许多孩子，从此一家人便以务农为生，就此人类中的自由农夫阶层便诞生了。

中层阶层确定后，海姆达尔开始选择上等阶层的人物。他游历到一座城堡前，来到一家体面阔气、家境殷实的人家前，借口投宿于此。在这里同样是一对夫妻，男主人名为法蒂尔，女主人名为莫迪尔。海姆达尔见他们衣着光鲜靓丽，便认定他们应该是贵族，在这里寄宿的三天里同样教给了他们一些治国之道和各种礼仪。在这里夫妻二人对他也给予了很高的待遇，吃饭的时候，桌面上铺设着精美的桌布，银制的餐具闪闪发亮，食物也非常地美味，还有喝酒的时候用的金杯，所有的一切都是按照国宴的规格来设计的。

不久女主人便生下一子。取名为杰阿尔（意为公爵）。长大后的杰阿尔十分喜爱打猎和战争，并且对鲁纳符文也略知一二。后来他闯荡世界，四面出征，建立了无数的战功，打下了无数的土地。他的妻子艾娜同样是一位贵族之后，在他们婚后生育了许多孩子个个对骑射都十分地精通。杰阿尔的后代都是伟大的战士，经过不断地征战厮杀，都成了国王或者诸侯。后来他们这一家族便成了北欧各城邦王室和贵族的始祖。

第十六章 真理与正义之神「福尔塞提」

第十六章　真理与正义之神福尔塞提

光明之神博德和妻子南娜的儿子福尔塞提是真理与正义之神，他有着最高的智商，并且是最公平、公正的神，同时还是阿斯加德最好的论辩对手。执掌公正和解之事是他与生俱来的事业，他每天的工作就是听取并受理人间及诸神的诉讼，并做出最公正的判决。一般由他下定的判词都能让人心服口服，因为他是那么地公正，又是那么地善辩。不管是谁，只要在他面前立下誓言，就只能遵从，如有违背就会受到他最公正无私的惩罚。在北欧人看来他们最初的法律就是福尔塞提所立，人间所有法律的制定、执行、规划者都是他。

在很久以前，北欧人为了制定一系列让所有人遵守的法律，他们从自己的种族中选出了十二位最睿智、最富有丰富人生经历的长老来初步确立北欧法律。这十二位长老为了寻找确定立法的标准，他们到各自附近的各个部落和种族去了解那里的风俗习惯。初步工作准备好后，他们决定找一个清幽的地方专心研究来制定法律。十二位长老们一同驾驭一叶轻舟离开了家乡，但天有不测风云，在海上他们乘坐的小舟遇到了狂风暴雨从而迷失了方向。

出航的这十二位长老因此时强大的风暴开始集体晕船，胃里也开始翻江倒海，全身没有一丝的力气。小船在风暴中快承受不住，几乎快要翻船了。在这时无助的长老们别无他法，开始向福尔塞提祈祷。就在这时，小船上突然多了一位长老。

这位神秘的长老自出现一直不言不语，坐在船尾掌着舵。就这样小船在他的驾驶下安然度过了暴风雨，在一座小岛上停了下来。神秘长老下船登上岸，其他的十二位长老紧随其后依次登上小岛。神秘长老从背后取下一把斧头砍向草地，顿时一股清泉从草丛中涌出，神秘长老俯身掬泉而饮，其他十二位长老一一照做。

饮完清泉后，顿时十二位长老刚才的头晕、恶心、疲累等症状顿消了。一切都安排好了之后，十二位长老才想起那位神秘的长老，仔细端详后大家觉得他与十二位长老中的每个人都有些想象，但确实是另一个人。

这时那位神秘长老开口说话了，在他刚开始发言的时候是缓慢的，后来慢慢地开始有些快。这时十二位长老才听出了神秘人是在口述一部法典，所讲述的内容包括了十二位长老长期以来所了解的各部落种族的风俗习惯，形成了一个统一的框架，包含了那些乡规民约的合理成分和优点，成为一个互不抵触的整体。

他讲述的这部法典对常见的民事纠纷和处理都做出了明确的规定，其中包括界标、狩猎权、搜集柴火权、伐木和放牧权，还有讽刺、诽谤、中伤他人，偷盗他人牲畜，对别人一次或者多次的伤害做出一一的判决，小到断指大到砍头。

民法制定后，在规定中还有一些对违反贸易规则、蔑视公德、出售贩卖假货、伤害族群利益的行为，制定了赔偿、放逐、罚款、吊刑等处罚。

此外，他还对自杀、比武、决斗、被激怒杀人、室内纵火、酒后杀人、夜间杀人、不公开宣布就杀人、当着国王的面或在圣地杀人、不光彩地杀人、最可耻的暗杀等都做了相应的刑法规定。

对于那些在刑事案件中而死亡人的家属，为了给予他们一定的补偿，在经过他精确的计算后确定了每个人的价值。此外，对每个人的人身、家庭、财产和名誉免受侵犯等做出了保证。

他制定的法律在对人的处罚时是很有人性的，在许多情况下只要不影响大的原则可以有所变通。例如在关于个人荣誉的问题上，如果对法律给出的解决方案或赔偿不满，原告便可以与被告决斗，但这时必须有见证人事先对被告进行明确的宣告。

在宣读完这些法律条款后，那位神秘的长老瞬间消失了。而他所说的最后一句话仍在十二位长老的耳边回响："有法律的土地会兴旺，没有法律的土地会荒芜！"这句话也成了北欧人夸夸其谈的至理名言。

直到这时，十二位长老方才明白过来，刚才的那位神秘人就是福尔塞提。于是，他们把福尔塞提所建立法律的这个小岛称为"福尔塞提岛"，并且在岛上还修建了真理圣殿用来纪念他。这个岛也成了北欧人敬仰的圣地，即使那些最狂妄自大的维京人的战船也不敢侵犯它。而在福尔塞提岛上十二位长老的立法聚会，也就是此后法庭上的十二陪审团裁决模式的雏形。

北欧人对福尔塞提的敬爱之情难以言表，这种尊敬体现在他们日常生活中对法律的遵守和执行上。他们相信在法律面前每个人都是平等、自由、有尊严的。在他们看来，不论什么事都能在法律上得到完美的解决。有时一些重大的案件甚至会选在神圣的福尔塞提岛上的真理圣殿举行审判裁决。那时，法官、律师和陪审团都要先饮用由福尔塞提开掘的真理之泉，以此来向世人表明自己的公平公正，同时也是为了纪念这位永远公正和正义之神。

福尔塞提认为阴暗漆黑的冬季容易让人们心情郁结，所以他认为这个时候不宜审判，因为怕被负面的情绪控制而做出不公平的决断，所以他只在春、夏、秋三季进行判决。在阿斯加德的众神中，在诸神黄昏时的大战中只有福尔塞提没有参加。因为诸神经常撕毁条约，违背自己的诺言，而福尔塞提作为真理与正义之神是不会参与这场决战的。因为正义与真理永远不变，他就永远不会灭亡。所以他既没有参战，也没在幸存诸神之列。

第十七章
「西古尔德和女武神布伦修德」

第十七章　西古尔德和女武神布伦修德

所谓女武神指的是奥丁和战神铁尔的贴身女保镖的统称，她们都被叫作瓦尔基丽雅。她们都是清一色的美少女战士，基本上都是来自人间的公主或者是从奥丁自己的女儿中选拔出来的，有的甚至是那些在人间发誓终身侍神的童贞处女，其中一些有幸被选为不死的女武神。

为瓦哈拉神殿挑选那些来自人间的战士是她们日常的工作，这也是为了诸神的黄昏做准备。一般瓦尔基丽雅的人数都是九的倍数，可能是九、十八、二十七等。她们的手臂犹如粉嫩的莲藕一般，金发的颜色如同蜂蜜一样飘逸。金盔银甲是她们的装备，优美的身体线条被血红色的紧身战袍勾勒得更加优雅美丽。闪着电光的长矛和盾牌是她们的武器，她们的坐骑是精悍的小白马。小白马的作用不仅带着这些女武神驰骋疆场，还能将那些战死的英灵带入瓦哈拉神殿。

这些瓦尔基丽雅们不仅会挑选战场上的英烈，也会到海上的战船挑选那些维京（北欧海盗）勇士。如果那些维京人看到有女武神出现在他们船上的时候，就知道自己大限已至。这些不畏生死，强悍的海盗便会更加奋勇杀敌，在他们死亡之时还会得到女武神的死亡之吻，继而被带到瓦哈拉神殿。

平时女武神和这些恩赫里亚们生活在瓦哈拉神殿。每次到晚宴的时候，她们会脱去厚重的战袍，还原其女儿本色，尽情地扭动着薄纱下的躯体，同时会为神殿里面的英灵战士斟酒奉食。

有时女武神们也会常常结伴下凡，这时她们就会化身为天鹅飞过我们的头顶，因为她们拥有着神奇的天鹅羽衣。等到了清幽的湖泊溪流，她们便会脱下天鹅羽衣，进入水中嬉戏。有人说只要把她们的羽衣藏起来，她们便无法飞回神界，这样就只能待在人间了。

拉普兰王国有三个儿子：斯兰格斯、艾吉尔和沃兰德。他们三人对滑雪、狩猎都十分地喜爱，为了方便他们休息狩猎，国王为他们在国内的沃尔夫山谷下的湖畔建立了一座行宫。一天三位王子外出打猎，在湖畔看到湖中三位漂亮的姑娘正在嬉戏。这三位姑娘分别是女武神奥尔兰、斯芬赫特和雅维特。看到这幅热血沸腾的画面，三位王子立刻放弃了打猎的计划。他们环顾四周，在湖边的树枝上发现了三位女武神的羽衣，于是他们便藏起了她们的天鹅羽衣。就这样三位女武神失去了飞行的工具，只能停留在了人间。

正在三位女武神慌乱的时候，三位王子突然出现，关切地说道："三位姑娘，天快要黑了，气温要降低了，你们快点出来吧，不然会着凉的。如不嫌弃，可以到我家去换个衣服，我们家就在附近。"

女武神迫于无奈，只好跟着三位王子去了行宫，之后他们在一起共进了晚餐。几天后，王子们向自己心仪的姑娘表白了自己的心意。三位女武神也爱上了王子们，接受了他们的求婚。奥尔兰和斯兰格斯，雅维特和艾吉尔，斯芬赫特和沃兰德在一起进行了盛大的婚礼。

从此三位王子与自己的妻子朝夕相处，把江山社稷抛之脑后，就这样在湖边逍遥自在地度过了七个年头。到第八年的时候，三位女武神开始对这种一成不变的生活感到了厌倦，怀念起昔日征战沙场的痛快。她们从王子们的口中得知了天鹅羽衣的下落，并开始暗中准备。到了第九个年头，在趁王子们外出打猎之时，她们披上天鹅羽衣飞走了。

王子们打猎归来，发现没有了妻子的踪影，只以为是妻子闲来无聊，出去散心去了。可谁知他们望眼欲穿，还是等不到妻子们的归来。得到她们的时候是靠

第十七章　西古尔德和女武神布伦修德

着羽衣，而现在失去她们也是因为羽衣。伤心之余，他们其中的两位搬回了王宫。

剩下痴心的沃兰德，他为了缓解自己对妻子的思念在沃尔夫山谷中选择不停地工作，只有这样才能让他有短暂的时间将心思从妻子身上移开。沃兰德本就是一名手艺精良的能工巧匠，再加上现在用更多的时间在这个上面。慢慢地，他的技艺已到了炉火纯青的地步，与那些用魔法打造东西的黑侏儒相比，可以说是更胜一筹。众所周知，在市场上黑侏儒的东西已是精品，但现在跟沃兰德的相比只能屈尊第二了，而且相差甚远。

有两个黑侏儒担心自己的名气和市场份额受到沃兰德的影响，想要杀死沃兰德。他们经常在夜晚的时候埋伏在沃兰德的门外，以备找准下手的时机。沃兰德心灵手巧，再加上他之前曾是出色的战士，虽然现在是工匠，但早已察觉到黑侏儒的目的和动机。所以他决定先下手为强，设置了陷阱在他们经常埋伏的地方，杀死了这两个利欲熏心的黑侏儒。为了不引起黑侏儒同伴们的报复，他将尸体和陷阱一起掩埋，并最终决定离开这个伤心之地。

他砍了一棵大树，坐在大树上漂洋过海，到达了内东国，改换了自己的身份在此住了下来，靠着自己的手艺为生。他凭借自己精湛的技艺，和过硬的刀具质量，很快被召入皇宫为国王服务，专门为国王的三把餐刀服务。

有一次，沃兰德在海边清洗国王的餐刀时，一不留神其中的一把被海水冲跑了。为了免于国王的责难，他按照自己记忆中餐刀的规格和形状打造了一把一模一样的。因为他的手艺太好，就连国王也没有发现这把刀具不是原来的那把。当国王拿着这把刀切面包时，一刀下去，餐桌居然被切成了两半。国王为之一振，惊奇下便下令追查这把如此锋利的刀是谁打造的。眼看没有办法隐藏自己，沃兰德只好承认这是出自自己之手。

就此沃兰德得到了国王的重用，让他做了御用工匠，让他为自己打造佩刀。

之前的那位御用工匠对此很是不服气，提出要和沃兰德比试的建议。他说如果沃兰德能够劈开自己的头盔，他便口服心服，从此不再纠缠。到了比试的那天，出现了万人空巷的现象，所有的王公贵族、手工业者、平民百姓都前来观战。那位前任宫廷御用工匠将自己武装起来，戴着自己特制的头盔，让沃兰德当众砍向他的头盔。沃兰德拔剑刺向头盔，然后问道："现在你有什么感觉呢？"

那工匠答道："好像突然感觉有些凉爽了。"

沃兰德打趣道："会不会是你的头盔密封不好，才感觉凉爽吧？"

那工匠取下头盔一看，才发现头盔顶已经破了，这才对沃兰德佩服不已，从此也不再纠缠他。沃兰德在内东国成了要风得风要雨得雨的人。但木秀于林，风必摧之。由于集万千宠爱于一身，难免引起他人的嫉妒。有人在国王面前诋毁他，使他与国王之间的关系变得十分紧张。沃兰德在为自己辩解的时候，一怒之下失手将其杀死，因此，沃兰德被驱逐出了国境。不知道该去何方的沃兰德只能再次回到那个伤心的地方。

在这个伤心的地方，他触景生情，经常会想起自己的妻子。每当这个时候，他便用工作来麻痹自己的思想，让自己不那么想念妻子。看着那熊熊燃烧的炉火，此时的沃兰德汗流浃背，暂时忘记了自己的忧伤，暂时忘记了自己的妻子。各式各样的戒指和金臂环在他的手下应运而生，这些饰品被他串起来，每当夜深人静沃兰德难以入睡之时，便会拿出来把玩，直至睡着。那些黑侏儒得知了沃兰德的回归，很想杀了他，但同时得知他的手艺比之前更加精湛，他们也害怕失手反而被杀害，于是就想出了一条借刀杀人的毒计。他们开始四处散播谣言说在沃尔夫山谷，这里人迹罕至，却拥有大量的财宝。

这话被邻国国王尼索斯听到了。他听说沃兰德有好多的黄金饰品，便起了贪念。

尼索斯率领一队人马在夜深人静之时悄悄越过国境线，到了沃尔夫山谷，他鬼鬼祟祟地靠近了沃兰德的行宫。他们发现屋内没人，便知道沃兰德没在家里，于是翻窗进了房间。顿时尼索斯被那些精美的金戒指和金臂环看傻了眼。每一个都被他拿在手里翻来覆去地观看着，每一个都不愿放下，但为了不打草惊蛇，他只选了一件最漂亮的臂环，便退出了房间，命令手下兵士在屋外的草丛里做好埋伏。

第十七章 西古尔德和女武神布伦修德

半夜的时候，沃兰德打猎归来，尼索斯的手下看着满身杀气的沃兰德吓得瑟瑟发抖。最终尼索斯不得不放弃了伏击的想法，想等沃兰德睡着后再动手。

沃兰德回到家开始生火烤猎回的熊肉，吃过晚餐，很快就睡着了。等沃兰德醒来的时候，竟发现自己躺在尼索斯的王宫大厅，全身被绑。尼索斯的妻子对他说："看这个人满脸的杀气，太可怕了！"此时的尼索斯觉得沃兰德已完全在自己的掌控中了，不会再反抗自己。他把从沃兰德那里偷来的金臂环送给了自己的女儿柏斯沃德，而沃兰德曾经使用的那把刺穿王宫御用工匠头盔的宝剑，佩戴在了自己的腰间。

沃兰德在尼索斯的威逼下，继续为他打造兵器和首饰。当沃兰德在冶炉旁生火、为锻造做准备的时候，在一旁监视的王后对自己的丈夫做出了提醒："这条毒蛇你要小心点，别看他现在是在为你干活，但我总感觉他的眼睛就像一把锋利的匕首，想要刺穿一切。还有他每次看到你的佩剑和那个金臂环时，好像眼睛里要喷出火来似的。我看你最好把他关起来，并且让他失去行动能力，这样才不会对自己造成威胁。"

尼索斯在沃兰德的周围转了几圈，觉得妻子的话有道理。于是便割断了沃兰德的双脚脚筋，把他关在一个孤岛上，而他要做的唯一的事就是为自己继续打造兵器和手势。

但沃兰德每次在工作的时候，对尼索斯的咒骂都会夹杂其中，在抡锤时更是会怒吼："我为妻子精心打造的金臂环却戴在仇人女儿手臂上！而我精心打造的利剑居然佩带在小人的腰间！但对这一切，我却无能为力，只能眼睁睁地看着！"

沃兰德一边抡锤一边怒吼着，好像每一次的敲打都是打在尼索斯的脸上。他打造的每一件器具里面都带着沃兰德最恶毒的诅咒，沃兰德时刻都在想着怎样为自己报仇。

尼索斯的两个儿子为了能在其他贵族面前显摆，经常会来囚禁沃兰德的地方找他做刀箭猎具。面对仇人的儿子，沃兰德忍气吞声，很精心地为他们制作。渐渐地，他们和沃兰德之间变得无话不谈，三天两头地来找他帮忙。一天，两个王子再一次来找沃兰德，在角落处他们看到一口从来没见过的大箱子。在好奇心的驱使下，两人问道："里面装的是什么？能否打开让我们欣赏欣赏啊？"沃兰德递给他们一把钥匙，让他们自己打开。两个王子打开箱子，顿时被眼前的一幕惊呆了，箱子里装满了黄金，金色的光芒将两人照得就像是刚塑完金身的佛像。沃兰德在一旁说道："对我这样的人来说，这么多的黄金也是无用的。如果你们想要就拿去，不过要等到明天，并且不能让任何人知道这件事情！否则，这些黄金就不能给你们，而只能给你们的父亲了！"

第二天天刚亮，两个王子就偷偷起来，避开守卫，再一次来到囚禁沃兰德的小岛上。他们顺利地避开了卫兵和狱卒，来到沃兰德的作坊。就在他们正贪婪地拿箱子中的黄金时，沃兰德迅速来到他们的身后，用自己平时克扣下来的材料做成的宝剑砍下了他们的头颅。随后他把两个王子的躯体投入火炉，烧成了灰烬，用他们的头盖骨做成了两个酒杯，并镶上银边送给尼索斯使用；用他们的眼睛炼成宝石做成手镯，送给王后；用他们的牙齿做成项链，送给公主柏斯沃德佩戴。国王、王后和公主都十分喜爱这些器具，只有在盛大的宴会或节日时才舍得使用，顺便再向人们夸耀自己的工匠手艺的精湛。由于两个王子按照和沃兰德的约定，对自己前往沃兰德囚禁地的事没有向任何人提及，所以对于他们的失踪家人只认为他们外出游玩罢了或者是坠海了。

公主柏斯沃德有一次把玩沃兰德的金臂环时，不小心将其摔断了。她担心会受到父亲的责备，悄悄地跑去找沃兰德，请他帮忙修复："善良的沃兰德啊，你是最棒的设计师，请你帮我把它修好吧。但请不要告诉我的父亲。我不想让他生气，怕受到他的责备。"

沃兰德看到被弄断的金臂环，真恨不得打一顿帕斯沃德，但他强压着怒火，不动声色地说道："放心吧，交给我，我会把它修复好的。而你父亲不仅不会看出它的断裂，甚至还会觉得它比以前更细致漂亮。"接着他开始点火，假装锤炼金臂环。

见沃兰德如此爽快地答应修复，柏斯沃德心中的石头终于落地，她在旁边耐

第十七章 西古尔德和女武神布伦修德

心地等待着。但过了好久，沃兰德还没有弄好，她想走，却又怕引起父王的猜疑，不敢空手而回，只好继续等待。这时沃兰德说："尊贵的公主，这件东西实在太精美了，即便是我自己修复也需要花费不少的时间。在炉火前这么长时间了，我也渴了。"这时沃兰德停下手中的工作，拿起旁边案台上的酒角喝了两口，又添满，对柏斯沃德说："想要真的修好还得一会儿呢。如果不嫌弃就喝点酒吧，也好解解渴。"他说完把酒角递给了公主。

柏斯沃德早已被炉火烤得口干舌燥，汗流浃背，早就想喝一点解解渴了，却没好意思主动要。这时沃兰德请她，这简直就是雪中送炭了。她实在是太渴了，忍不住多喝了两杯。却没想到很快不胜酒力，困意来袭，沃兰德敲打锻造的声音在耳旁好像越来越远，头也越来越重，很快她便睡了过去。就在此时，沃兰德趁机占有了她，苏醒后的柏斯沃德，失声痛哭着、挣扎着，祈求沃兰德能放过自己。

沃兰德恶狠狠地说："放过你？那你们怎么就没有想过要放过我呢，我安安分分地在自己的国家、在自己的家里睡觉，却被你的父亲绑来，不仅夺走我全部的家产和我费尽心血做的饰品，还残忍地弄伤我的身体。你们谁又会想过要放过我呢？"

听了沃兰德的话，柏斯沃德安静了下来，刚才还对他的恨现在却变成了同情与可怜，沃兰德见柏斯沃德不再那么激动，便放走了她，并把修复好的金臂环也还给了她。

沃兰德所受的一切屈辱、伤痛和不快被复仇的快感掩盖了，这时他的心情好极了，并开始计划下一步的策略。他开始偷偷捕鸟，同时还会以做饰品为由向岛上的卫兵购买羽毛。利用这些羽毛他做了一件羽衣。终于，在羽衣做好的那天早上，他穿上羽衣，飞过海面，在尼索斯的王宫屋顶上降落了下来。这时王后正在宫内散步看见沃兰德身披朝阳之光从天而降，和刚见到他时那仇视的眼神相比，此时的沃兰德面带微笑，只是这微笑中带着蔑视和嘲笑。这表情让王后感到十分心虚，双腿一软差点儿摔倒在地。她马上进屋喊自己的丈夫：

"尼索斯，你醒了吗？"

尼索斯答道："当然醒了，自从两个孩子消失后，我就从来没睡着过。我总觉得是沃兰德杀害了我们的孩子，因为我割断他的脚筋，让他对我极端的仇视，所以才把愤怒发泄在了我们孩子的身上。不行，我要找他去，和他当面对质。"

王后颤声道："你不用去找他了，他已经来了。你出去就能看到他。"

"没有我的命令谁敢放他出来，再说他的腿已经废了，怎么能来这里呢？"尼索斯边说边向门外走去，一抬头就看到穿着羽衣的沃兰德坐在对面屋顶上。尼索斯觉得一阵寒意袭来，但他还是壮胆喊道："沃兰德，你这个魔鬼！你把我的两个儿子怎么了，为什么到现在都没有他们的消息，你快告诉我！"

沃兰德不慌不忙地答道："还真是难得啊！你不是一心只想得到金银首饰吗？现在怎么关心起自己的儿子了。好吧，看你这么在乎他们，我就告诉你吧。不过你要先保证不伤害我的新娘。"

尼索斯迫于无奈只得发誓。

在尼索斯发誓后沃兰德说道："告诉你之前还是先告诉你一个好消息吧，我刚才所说的新娘就是你的女儿，并且现在她已怀了我的孩子。将来那孩子就是你的继承人，现在我们已不再是冤家而是亲家了，是好消息吧。至于你的两个儿子，想要找他们你可以到我作坊冶炉中的灰烬中试试。就算是找不到，你们也不必悲伤，因为其实他们天天就在你们身边，你们天天喝酒用的杯子是用他们的头盖骨做的，而主后戴的宝石手镯是用他们的眼睛炼出来的。而你女儿的项链是用他们的牙齿精制而成的，两位王子随时都在陪伴着你们、亲吻你们、守护你们！他们并没有失踪，而是一直都在你们的身边！"

尼索斯痛苦地大叫："你就是个魔鬼，我要杀了你！"说着取下旁边的弓箭向沃兰德射去。没想到沃兰德并没有躲闪，反而让那利箭射入了自己挺起的胸脯，顿时鲜血四溅。但随后沃兰德却展翅飞了起来，在胸前解下一只口袋扔在他刚坐过的屋顶上，口袋里装的是两个王子的鲜血，顿时鲜血洒满了整个屋顶。

尼索斯受不了这一连串的打击，儿子的死、女儿的失贞，再被眼前的鲜血一刺激，顿时两眼一黑，瘫倒在地，不省人事。

第十七章　西古尔德和女武神布伦修德

"你为了自己的贪欲，不惜违反国际法，偷越国界线绑架我，并占有我的个人财产，还以暴力让我失去行动能力并囚禁我，让我做你的奴隶。现在就让那些用你的儿子做的珠宝陪着你慢慢到老吧！"说完这些沃兰德腾空飞走，继续踏上了他的寻妻路。

女武神们与人类恋爱的事迹有很多，其中动情最深的要数瓦尔基丽雅中的布伦修德。布伦修德乃是奥丁的女儿，同时也是瓦尔基丽雅们的领导者。她深爱之人是北欧的屠龙英雄西古尔德（西古尔德的传说是北欧的史诗，相当于古希腊的《伊利亚特》。托尔金吸取消化了其中情节完成了《霍比特人》），他们之间的爱情故事已多次被改编为爱情偶像剧。西古尔德与奥丁其实也是有渊源的，他是奥丁之子西吉后裔嫡系沃尔松格家族中的英灵战士。西吉很受世人的拥戴，他是勇猛的狩猎之神。却因妒忌别人的狩猎本领高于自己，而将那人杀死，也因此触犯了天条，被贬人间。即便如此奥丁还是对他呵护有加，在贬他到凡间的时候，不仅给了他一艘装了很多武器的战船，还有一船视死如归的勇士，并赐给他战无不胜、攻无不克的超能力。

有奥丁的庇佑，敌人对西吉这个名字都是闻风丧胆。他凭借着奥丁赐予的神器和运势威震八方、权倾天下。但此时的他已被贬凡间，不得不遵从凡人的生老病死。此时奥丁认为他在人间的这些年为神界输送了大批恩赫里亚精英，他的罪已经赎完了，便不再刻意保佑他在人间的功业。在他垂暮之年，他的众多妻妾部属也趁机争权夺利，最终他在叛乱中死去。

西吉的儿子瑞利亚常年在外远征，听闻父亲的死讯，立即班师回朝，将杀害父亲的凶手一并铲除，顺势继承了王位，使王权没有假手他人。瑞利亚是个爱民如子的好国王，他为国民制定政策让他们休养生息，创造了一个风调雨顺、国泰民安的盛世。但这位善良的国君也有自己的苦恼，那就是一直没有子嗣来继承自己的王位。他常常一个人到海边散步，偶尔会在四下无人的情况下伤心流泪。这一切刚好被众神之后芙丽嘉的信使格娜看见，信使将此事告诉了芙丽嘉。芙丽嘉便从奥丁处讨来一枚苹果，让格娜和一名瓦尔基丽雅将苹果赐给善良的瑞利亚。

那位女武神化身成了渡鸦，衔着格娜给的苹果，飞到了正坐在海边礁石上伤心的瑞利亚头顶，将苹果投给了他。瑞利亚对这从天而降的苹果一时回不过神来，后来才恍然大悟这是奥丁赐嗣之意，遂向诸神叩谢，立即回宫和王后一起分食了苹果。

很快，王后真的有了身孕，可到了临盆之时却难产，知书达理的王后，为了避免自己的祖业落入他人之手，便忍着疼痛要求剖腹取子。瑞利亚也是以大局为重只好听从了王后的意愿，终于得子沃尔松格。沃尔松格一出世便爬到母亲胸前亲吻她，但王后离开了人世。瑞利亚为此痛不欲生，但为了儿子强忍了下来，独自抚养孩子长大。在沃尔松格成年不久，他也离开了人世。沃尔松格继承了王位，那位送苹果的女武神奉旨来与他成亲。他们一共生了十个儿子，每一个都是一表人才，而第十一个则是女孩西格妮。那位女武神在女儿西格妮五岁的时候，飞回了阿斯加德。

沃尔松格有勇有谋，把国家治理得井井有条。他的宫中总是络绎不绝，聚集了很多奇能异士。沃尔松格经常会邀请他们与自己和十位王子一起在王宫的大橡树下宴饮。这棵大橡树生长在王宫的正中央，树荫庞大可以遮住整座王宫。

成年后的西格妮出落的亭亭玉立，到了谈婚论嫁的年龄。前来求婚的人可以说是排成了队，其中最具财势的要属哥特国王希吉尔，他花了大量的金钱，买通了王宫上下人员，所有人都对他赞不绝口，最终他成了西格妮的未婚夫。

到结婚的时候，西格妮才发现自己的未婚夫竟是如此猥琐之人，不由得伤心难过起来。沃尔松格对这位女婿也是大为不满，但喜讯已经发出，他也不能悔婚。就这样，在女方的不满和难过中举行了婚礼。哥哥西格蒙德看出了西格妮的不开心，他也替妹妹不值。

盛大的婚礼连续了好多天，一天宾客们正在筵席上推杯换盏时，突然一位不速之客闯了进来，所有人都不认识他。所有人都被他的高大威严，不怒自威的气质震撼着，无人敢冒犯他。此人径直来到大橡树前，抽出一柄长剑深深插入大树树干中。在此之前没有人能用武器在这棵千年古树上划出哪怕一点的痕迹，可见

第十七章　西古尔德和女武神布伦修德

这课古树的坚硬程度。看到此人之举，众人愣在了那里，而他却转身对众人说："这把宝剑乃是世间第一，一般的凡夫俗子根本动不了它，想要拔出它只能是具有王者之风的才行。能拔出此剑的人也可号令天下，并且还可将此剑传给自己的后代，其后代也会被万人敬仰！"说完神秘者便消失了。此时，那些听闻奥丁显圣的人方才恍然大悟，此事正是奥丁在显神迹。

作为东道主的沃尔松格，随即邀请在座的英勇豪杰上前去拔这把圣剑，并让自己的女婿第一个上前，但他费了九牛二虎之力，也丝毫没让那把神剑动弹半分。接着，在众人的簇拥下沃尔松格也做了尝试，但仍是纹丝不动。随后是九个王子依次上前，但那剑就好像和树干长在了一起一样，不管是谁用多大的力气，都一动不动。最后最小的王子西格蒙德尝试，只见他用一只手轻轻拔出了长剑，就好像抽取纸巾一样轻松。

顿时，宴会上响起了雷鸣般的掌声和欢呼声，这时的西格蒙德对大家来说就像是天神下凡一样，各种各样的美誉贴满了他的全身。心胸狭隘的希吉尔觉得自己受到了冷落，认为是西格蒙德抢了自己的风头，他的内心充满了嫉妒和不满。他对西格蒙德说："我想向你买下此剑，愿出与此剑等重的黄金，你觉得如何？"

本来西格蒙德对这个猥琐的妹夫就没什么好感，认为把妹妹嫁给他这样的人简直就是她的不幸，现在他还妄想用金钱来买这把神剑，对他的鄙夷更加浓烈。他决定趁机羞辱羞辱他："你是第一个拔剑的，如果你自己有能力，它早就是你的了，还用得着出金钱来在我这儿买吗？现在我作为这把神剑的主人，同时也代表我们家族来告诉你，就算是你把全世界的黄金都拿来，我也不会卖给你的。再说这把剑代表了我们家族的荣誉，如果我把它卖了，那我将家族荣誉置于何地呢？"

沃尔松格见局面很是尴尬，立即制止了西格蒙德："西格蒙德，你太大胆了，真是一点不懂礼节！不管怎么说希吉尔也是你妹夫，他也是哥特的国王！并且今天还是他的婚宴，在这种情况下你怎么能说出这样的话？快下去吧！"同时转过来对希吉尔赔礼道：

"怪我教子无方，还望见谅！"

但在沃尔松格的心里，却是对西格蒙德竖起了双手的大拇指，觉得他不仅维护了家族的荣誉，又羞辱了希吉尔，不愧是奥丁和自己的后代。

听了西格蒙德的话，希吉尔火冒三丈，但他强压着怒火，丝毫没有表露出不快之感，反而对西格蒙德夸赞了一番，放松了沃尔松格和西格蒙德对自己的戒备之心，但他却暗下决心一定要得到神剑，一条毒计便在心里筹划着。

第二天早上，希吉尔向沃尔松格辞行道："陛下，我想今天就起程回国。虽然我还是很想向你学习治国之道，但是国事繁忙，不宜久留。并且今日海上风顺浪小，很适合扬帆出海，请陛下准许。"听此沃尔松格也不再做挽留，同意了希吉尔的请求，开放领海，让他们回国。

在希吉尔准备上船时，西格妮对送行的父亲说："这短短几天的相处，我感觉和希吉尔相处得很不和谐。并且我总有一种不祥的预感，感觉我们的家族会因这门亲事而毁灭！"

其实沃尔松格对女婿也很不满意，但目前的形势却容不得他反悔。他便劝慰女儿说："千万不能有这样的想法。如果你们离婚，对你、我和希吉尔都是奇耻大辱，那才是真正的灾难！你还是随他去吧。或许你们在一起的时间久了，就会觉得他还是不错的。"

父亲为了家族荣誉如此决绝，西格妮只能含泪上了船。在扬帆起锚之前，希吉尔说："为了答谢岳父的盛情款待，我想在一个月之后邀请岳父和十位王子一同到哥特做客。"沃尔松格爽快地答应了。西格妮听说了此事，便感觉不对，便找借口下船去了。她告诫父亲："我猜希吉尔邀请你们是假，里面一定有计谋。你们千万不要去。"

但沃尔松格却说："既然已经答应了人家，岂能食言？再说他要答谢我们，我也没有拒绝的理由。退一万步说就算他想加害我们，还有你的十个哥哥，还怕他不成？"

就这样一个月后，沃尔松格如约而至。他们刚把船停在岸边，放下跳板，早已等候在此的西格妮便飞奔而来，告诉父亲说："希吉尔把大批的军队聚集在了宫

第十七章　西古尔德和女武神布伦修德

中，怕是居心不善，你们最好立刻返航！如果一定要应约，也要多带些人来才是。"

沃尔松格摇头道："临阵脱逃，并非大丈夫所为！就算是希吉尔仗着人多势众心怀叵测，我也和他奉陪到底。"

见父亲如此坚定，一意孤行，西格妮央求道："既然这样，那就让我陪着你们一起进宫，我要和你们同生共死！"

沃尔松格劝慰道："不用了，你已经是他的妻子了，还是应该回到他的身边，不管我们遇到什么事，你都应该和自己的丈夫在一起，这样才不会被世人耻笑！不然就愧对自己神裔子孙的称号！"

西格妮无奈之下只能含泪悄然回宫。第二天，沃尔松格带着自己的十位王子和很少的一部分侍从，随身带着兵器，去往希吉尔的王宫。走到半路，他们就被团团围住。一时间，厮杀声，震彻云霄，眼前残肢横飞，血肉模糊。沃尔松格和儿子以及那些士兵虽个个骁勇善战，却寡不敌众。源源不断的围兵让他们无法脱身。最后沃尔松格战死沙场，而十位王子也因体力耗尽而被生擒。

战场上卑鄙懦弱、贪生怕死的希吉尔藏身一边，现在却趾高气扬地坐在王座上。虽然十位王子被捉到了，但他们的傲骨仍在，对希吉尔根本就是不屑一顾，甚至觉得看他一眼都是污染了自己的眼睛。此刻，十位王子虽因寡不敌众而失败，但却是气势上的胜利者，而他们这气宇轩昂的气势使希吉尔非常气愤，在抢夺了西格蒙德的圣剑后，便宣布要杀了十位王子，第二天执行绞刑，以这样的方式将他们奉献给奥丁。

身在后宫的西格妮听闻父亲战死，哥哥被擒，还被判了死刑，便飞奔到丈夫面前求情道："我知道不管我怎么求你，你都不会放过我的哥哥们，但希望你能看在我们夫妻一场的份上，把他们的死刑缓一缓再执行，希望你能允许我和他们再见最后一面。"

希吉尔狂笑道："好深的兄妹情啊！还真让人感动。既然你想让他们多活几天，行！我答应你，不让他们这么快死！"说完他当着西格妮的面命令手下将十位王子押到野外，将他们十人分别绑在大树上，这样一来，他们即使不被野兽吃了也会因饥渴而死。希吉尔为了阻止西格妮偷偷去放了她的哥哥，将她软禁在宫中。

每天早上希吉尔都会派人去查看王子们的情况，而他每天得到的答案都是在前一天的夜里会有一位王子死去。原来每天晚上都会有一头野兽出来，吃掉离他最近的一个王子。西格妮听闻此事，痛苦不已，却毫无办法。

就这样过了九天，十位王子只剩下西格蒙德了。西格妮突然灵机一动想到一个妙计，她请求自己的丈夫允许自己去见哥哥最后一面，送给他一罐蜜糖作为他最后的祭奠。希吉尔见沃尔松格家族只剩这么一个男丁，应该成不了什么大气，对自己也构不成什么威胁，便同意了妻子的请求。但生性多疑的他还是担心妻子放走了西格蒙德，不让妻子亲自去，而是让她派人去。于是，西格妮只能派了自己贴身的侍女前往。这侍女还算比较听话，依主人所说到了西格蒙德面前，在西格蒙德的脸上涂满了蜜糖，还在他的嘴里塞满了蜜糖。

当晚，那野兽准时来享用自己的晚餐，当它来到西格蒙德的面前时，嗅到了香甜的蜜糖味，便将他脸上的蜜糖舔干净了，之后，又将舌头伸进西格蒙德嘴里舔他嘴里的蜜糖。说时迟那时快西格蒙德死死地咬住了野兽的舌头。野兽痛得拼命挣扎，想把舌头弄出来，便用四肢抵住树干。但西格蒙德咬得死死的，那野兽猛地一用力，竟将树干折成了两段。野兽这才脱身，但它的舌头却被西格蒙德咬了下来，它号叫着没走几步便气绝身亡了。西格蒙德也因此从树干上得到了解救，他暂时躲在树林中养伤。

第二天，希吉尔以为十位王子都已死去，便同意西格妮到树林中与哥哥们的遗骨告别。正当西格妮伤心地掩埋哥哥们的遗骨时，密林中的西格蒙德走了出来。兄妹二人相见后抱着痛哭起来，并发誓不管用什么手段也要为家族报仇雪恨。在此之后，西格妮常常以祭拜为名出宫，为哥哥送去衣食。在密林深处西格蒙德搭建了一座茅舍隐居下来，他要寻找机会报仇。

由于沃尔松格家族的主人几乎全部死完，希吉尔几乎没费一兵一卒便将沃尔松格的国土收入了囊中。此后没过多久西格妮生了两个男孩，她把自己的仇恨寄托在了两个儿子的身上。在大王子十岁时，西格妮把他送到西格蒙德住的地方，

第十七章　西古尔德和女武神布伦修德

想让他把儿子训练成为家族报仇的工具。

西格蒙德想试试他，给这个孩子一袋面粉，让他准备晚上的面包。但年轻的王子看见面粉中有东西在蠕动，就没敢下手。经过西格蒙德的试探，他知道这个孩子缺乏最基本的勇气，根本没办法帮她的妈妈达成心愿，便让西格妮把这个孩子带走了。第二年，西格妮又把小王子带来了，但小王子也没有通过西格蒙德的考验。

西格妮此时真不知道该怎么办了，她知道只有沃尔松格家族的血脉才能有超凡的勇气，才能担此大任，于是她为了得到一个纯正的家族血统的儿子，就做了一个极危险的决定。

西格妮弄来了一位年轻貌美的女巫希望能与自己互换样貌，王后让女巫尽力魅惑国王。而西格妮则变成了女巫的样子，来到密林中等待西格蒙德的归来。

打猎回来的西格蒙德见到这个声称是迷路并来借宿的貌美姑娘，哪里会想到这个竟是自己的妹妹。在姑娘的引诱下，西格蒙德和她在一起了。三天后，西格妮回到宫中，又与女巫换回了自己的容貌。不久西格妮生了一个儿子，这个孩子的样貌和声音都像极了自己的族人。西格妮为他取名为辛斐托里，她知道这个孩子有着沃尔松格家族的优良基因。

在辛斐托里十岁的时候，西格妮为了试探他，在给他缝衣服的时候故意重重下针，把衣服缝在了他的皮肤上。但这孩子却是一动也没动。西格妮忍者心疼，把衣服连皮扯了下来，问道："孩子，疼吗？"

辛斐托说道："身为沃尔松格的后代怎么可能连这点疼痛都受不了呢？"说完大笑起来。听完儿子的话西格妮欣慰不已，接着把他送到西格蒙德处受训。

西格蒙德仍是用揉面的题目来测试辛斐托里，安排好他的任务后，自己便去森林里砍柴。到他回来的时候，辛斐托里的面包已经烤好了。

西格蒙德问："是第一次干这活吧？没遇到什么问题吗？"

辛斐托里答道："还好，就是刚揉的时候，感觉里面有东西在动，我也没管它直接就把它揉进面团了。"

辛斐托里超凡的勇气让西格蒙德很是欣慰,于是微笑道:"很好,可你已经把毒蛇揉进面里了,所以这面包不能吃了。"这之后辛斐托里开始跟着西格蒙德学习各种武艺,剑矛锤斧样样精通。

为了把辛斐托里训练成智勇双全的勇士,西格蒙德经常带他去林中到处劫掠。经过一段时间的训练,西格蒙德发现这个外甥完全继承了沃尔松格家族的勇武,但同时又有着野性和残忍。西格蒙德认为他的这种残忍完全是因为希吉尔的影响。西格蒙德常常向辛斐托里讲述家族的仇恨,辛斐托里也没有让他失望一再表示会替死去的外公和舅舅们报仇,辛斐托里对希吉尔的冷酷让西格蒙德感到十分的诧异,因为他不知道辛菲托里的身世。

有一天,他们正在林中打猎,在一个猎户驿站里睡着两个男人,他们的装扮看起来很尊贵,在他们的行李上放着两张狼皮。西格蒙德一眼便知这狼皮附有魔法,人一旦披上便会变成狼,这样的变身能够维持十天。为了磨炼辛斐托里的应变能力,他将狼皮偷走,自己和辛斐托里一人一张。瞬间两人都变成了狼,游猎在林中,看见有活的动物就咬。他们为了各自培训便分散开,并约定不管是谁如果遇到七个以上的对手,就必须向另一个人请求支援。

现在两人各自为战,只能凭借自己的本领,在寻找食物填饱肚子的同时,还要避开猎人的追捕。分开后的第二天,西格蒙德就遇到了一群猎人共有八人。一见他们人多势众,西格蒙德便马上仰天长啸,请求辛斐托里的支援,最终二人合力将这八人全部咬死。就在第九天,辛斐托里同样也遇到了猎人,这次有十一人,但他冒死独自咬死了他们,他自己也身负重伤动弹不得。待西格蒙德找到他时,他却说:"八个人你都应付不了,而我一人便杀了十一个人,在你眼里一直把我当作小孩子,原来只是因为你自己太软弱了啊!"

西格蒙德听闻此言,狼性大作,竟扑上去咬死了自己的外甥。但很快他恢复了理智,看着眼前外甥的尸体后悔不已,只怪这可恶的狼皮让他失去了人性。这时他突然看见林中两只鼬鼠在打架,其中一只被咬死了。而胜利的那只竟然没有丝毫的愧疚,而是开心地钻进了身后的草丛中。很快它又出来了,嘴里却叼着一

第十七章　西古尔德和女武神布伦修德

片叶子，只见它将那片叶子放在死者的胸口，立刻出现了奇迹，刚才死去的那只鼹鼠竟活了过来。西格蒙德迅速到那只鼹鼠叼出叶子的草丛中去寻找同样的叶子。就在他失望之时，在他头顶飞过一只渡鸦，丢下了一片叶子，飘落在他跟前。西格蒙德知道这是神赐，便迅速将叶子放在外甥的胸口，就这样辛菲托里活了过来。

他们回到了藏身的茅屋，等待着狼皮的魔法失效，就在第十天夜里，狼皮魔法消失，他们恢复了人形。为了不让这拥有魔法的狼皮再祸害他人，他们将狼皮投入火中烧成了灰烬。

经过训练后的辛斐托里已成了一个合格的勇士了。这时西格蒙德觉得时机已经成熟，该是做了断的时候了。

两人谋划了一个晚上后，离开了树林，偷偷来到了希吉尔的王宫，在他的酒窖中找到了藏身之处，准备等到夜深人静、士兵感到疲倦之时为自己的家族报仇雪恨。可谁曾想西格妮之前的两个孩子竟跑到酒窖来玩，在躲藏的时候他们发现了藏在酒桶后面，身怀利刃的两个人，顿时吓得惊慌失措大叫道："快来抓刺客！"西格妮一听便知是哥哥来复仇了，抢在丈夫到来前赶到了酒窖，抓住自己的两个儿子，并让西格蒙德杀了他们。

西格蒙德考虑到是妹妹的孩子，正在矛盾之时，希吉尔带兵赶了过来，听着越来越近的脚步声，辛斐托里拧断了两个和自己同母异父的哥哥的脖子，并把尸体抛向了希吉尔。趁希吉尔及兵士发愣之时，两人冲向敌群，瞬时厮杀声四起，同时他们也在慢慢地向希吉尔靠近。但终归是势单力薄，最终两人被围困在人海之中。

希吉尔命人将他们关进地窖，为了给儿子报仇，他还在地窖上面覆盖了厚重的石板，想要把他们活埋。就在石板即将盖住地窖入口的时候，西格妮抱来一堆桔梗扔进地窖并说道："给你们肉吃，让你们因争抢食物而自相残杀吧！"

希吉尔狂笑，称赞妻子折磨人的方法很是高明。等石板完全将入口封死后，辛斐托里立刻开始翻看那堆桔梗，因为在西格妮扔下的时候他听到了很响的声音，好像有重物。结果在里面他找到了奥丁赐予西格蒙德的圣剑！二人便用剑把石板砍了一个大洞，逃出了地窖。

越狱后的西格蒙德和辛斐托里一刻也没有停歇，立即在王宫里放起火来，瞬间那些王宫里的东西都燃烧了起来。并且火借着风势，越烧越旺，顿时希吉尔的王宫成了一片火海。

熊熊的大火中希吉尔尖叫道："是谁放的火？"

西格蒙德和辛斐托里答道："是沃尔松格家族的人！"

希吉尔大叫："这简直胡说八道！沃尔松格家的人全部都已经死了！"

西格蒙德和辛斐托里道："身为奥丁的后代，有着极其顽强的生命力，是斩不尽，杀不绝的！现在你只能在烈火中忏悔了。"

在火场的唯一出口处西格蒙德和辛斐托里守在那里，大叫着让西格妮赶快逃出来，但勇敢的西格妮只是走到西格蒙德面前抱了抱自己的哥哥，并告诉了他关于辛斐托里身世的秘密，然后吻了吻儿子，转身跳入了火海。

大仇是报了，但西格妮却死了，西格蒙德和儿子辛斐托里重新回到自己的国土，他们高举复国大旗，得到了民众的大力支持，很快便重新掌握了一方领地，将那些可恶的希吉尔族人赶了出来。西格蒙德做了国王，不久那些在他流落敌国时，而侵略过自己国家的邻国也受到了他的攻击，战胜了他们，并成了他们的国王，心中的这口恶气总算是出了。

后来西格蒙德和美丽的伯格修德结为了夫妻，并生下儿子哈罗德和海尔格。在海尔格出生的时候天现异象，很多鸣叫的苍鹰在王宫的上空盘旋着，各地地震和泥石流频频爆发，就连王宫的外墙都垮塌了。于是，为了这个孩子命运三女神便为他编织了一张堪称完美的命运之网。她们把他的命运之网牵往东方、西方和北方，让这些极远的地方也能存在着他的势力，并答应他在将来可以被选入瓦哈拉神殿，成为一名恩赫里亚，是她们让他拥有了这种万夫莫敌的帝王之风。而这时在命运女神背后树上的两只渡鸦却说海尔格只会引起复仇和厮杀，如果不是他，它们和野狼也不用挨饿了，于是诅咒他不得好死。

在海尔格幼年时，按照传统的易子而教的习俗，西格蒙德将他送到盟国的哈

第十七章　西古尔德和女武神布伦修德

加尔王那里接受教育。还有亨廷王之子赫明和海尔格一起受教。赫明常常欺辱海尔格。后来赫明学成归国，海尔格便一直谋划着报仇的机会。在他十五岁时，他闯入亨廷的王宫杀死了赫明。在返回的路上海尔格对一个小牧童说："不管是谁，只要对海尔格不恭敬，都必须为此付出代价。可能他们会忘了自己做过什么，可我却不会忘！"

亨廷看到自己的孩子被杀，立即下令命人追捕海尔格。面对前来追捕的人，海尔格乔装打扮成一名侍女在院里推磨，这才得以脱身，之后便连夜回国。亨廷便亲自率兵讨伐海尔格，并派出使节要求海尔格对自己的行为付出代价。但海尔格却回答道："我连一分钱都不会给你们。如果你们真的想要，那就只能是利剑、长矛、战斧和链锤，而你们能得到的只是自己的鲜血罢了！"

于是，在海上双方展开了激烈的战斗。海尔格率战舰直扑亨廷王的旗舰，在两船连接在一起的时候，海尔格第一个冲上敌舰。顿时双方开始了激烈的血战，最终在海尔格的率领下，所有的敌兵都被歼灭，就连掌舵的亨廷也被砍杀了。亨廷一死，众敌便群龙无首，纷纷溃逃。

对这场激烈的战争，就连奥丁也派来了女武神，来此挑选恩赫里亚。作为旁观的她们，阵势远超过了交战的双方，他们耀眼的甲胄和长矛将整片天空照得透亮。在女武神中有一位是原胡格尼国王的公主，她的名字叫古特伦，在观看双方激战的时候，她竟然爱上了勇猛的海尔格。在女武神完成任务后都回到了阿斯加德，而古特伦则跟随海尔格直至他的战船靠岸。她来到海尔格的船上，给了他一个热吻，并表示愿意和他结为夫妻。于是二人成婚了。

接下来海尔格和同父异母的哥哥辛斐托里，一起对亨廷本土进行追击。中途，虽然遇到了狂风暴雨，但在几位女武神的保护下，终于化险为夷。在登陆了亨廷族的领土后，双方便开始了激战。

最终海尔格和辛菲托里将亨廷族人全部杀死，只有一个叫达格的生还，因为他发誓愿终身为海尔格和辛斐托里做奴隶。

后来达格在向奥丁献祭后借得了他的长矛，并用这把长矛刺杀了海尔格。可怜的古特伦刚结婚却丧夫，她只能修筑一座坟墓将丈夫埋了，而自己则在坟墓边结庐而居，天天为死去的丈夫哀悼流泪。

海尔格的灵魂则被选进了瓦哈拉神殿，他和奥丁一起掌管神殿。在这里海尔格看见了自己的仇人亨廷竟也在此，于是就总是差遣他做一些低贱的活如生火、喂猪、养狗。

一天晚上，海尔格和部下一起来到自己的墓地，古特伦的侍女路过此地时刚好看到前来的海尔格。便惊讶地问道："您是又活过来了吗？"

海尔格答道："我已经去了瓦哈拉神殿，怎么可能还能复活？是奥丁让我回来，让古特伦为我医治伤口的。"

侍女将此事告诉了古特伦，她听完马上夺门而出奔向丈夫的墓地。看到海尔格的时候，他的身上真的还留着奥丁圣矛所造成的伤口，大哭道："为什么你已经升天了，伤口还未愈合？我该怎么做才能帮你疗伤？"

海尔格答道："我的伤口一直没有愈合是因为你的哭泣和眼泪，让我痛苦不已！"

从此后，古特伦停止了伤心流泪，重新开始自己的生活和工作。在神界每到周末的时候，她还可以和海尔格小聚一下，他们就重复着这样的日子直至诸神的黄昏。

而辛斐托里是个极度血热的人，让他坐下来安静地享受太平那是不可能的，所以他为了让自己的生活更加充实只能到处抢掠。他甚至会为了一个女人，而杀害新王后伯格修德的哥哥。王后对此事一直耿耿于怀，屡次希望西格蒙德能惩罚辛斐托里，但都被丈夫推辞掉了，王后便想自己找机会害死辛斐托里。对此辛斐托里也是心如明镜，时刻提防着王后的报复。最后终于等来了一个好机会。在一次盛大的酒宴上，要由王后亲自为每位宾客斟酒。在她为辛菲托里斟酒的时候，辛斐托里只是淡淡地看了一眼便说道："毒酒！"

西格蒙德听此一把夺过酒杯一饮而尽。

王后讥笑道："到现在你还要让自己的父亲做挡箭牌吗？"说完又递给辛斐托

第十七章　西古尔德和女武神布伦修德

里一杯酒。

辛斐托里又说:"这不是真的酒!"这次西格蒙德又替他喝了。

王后仍不灰心,又递给他了第三杯酒说道:"如果你承认自己是沃尔松格家族的后代,就喝了它!"辛斐托里再一次看看酒杯说道:"酒里兑有蛇毒!"但这时西格蒙德已喝醉了,便对儿子说:"这次你自己来吧,就用胡子滤一下就可以了!"

辛斐托里这次没有推辞,饮完了杯中酒,但立刻毒性发作死去了。看着死在自己面前的儿子,西格蒙德马上酒醒了一半。他痛哭着抱着儿子的尸体,想要带着他重新回到他们生活过的那片森林。在他即将渡海时,来了一位独眼老者,表示愿意替他摆渡,并帮他把尸体搬上船,紧接着俩人却凭空消失了。以前都是由女武神来人间接引恩赫里亚升天,但这次却是奥丁亲自前来处理的。悲伤的西格蒙德把所有责任推给了伯格修德,废除了她王后的地位,又娶了年轻貌美的赫奥蒂斯为妻。在这以前,赫奥蒂斯的追求者众多,最具资格的要属西格蒙德和李格尼。但赫奥蒂斯的父王却十分地懦弱,怕得罪人而左右为难,只好把这个难题交给女儿,让她自己决定自己的未来。赫奥蒂斯说:"不管选谁,都会得罪另一方,但按照我自己的心我更喜欢西格蒙德。虽然他年纪是大了些,但他在外的口碑很好,威望很高。"于是,她便随着自己的心性嫁给了西格蒙德,婚后没多久赫奥蒂斯怀孕了。

但李格尼却觉得这样让自己很没面子,回国后就集中了一支强大的军队想要来攻打西格蒙德。虽说西格蒙德年纪大,但体力与年轻人相比并不逊色,他亲自率领族人应战,冲锋陷阵,锐不可当,杀死了李格尼的不少精兵强将。就在激战的时候,人群中突然出现了一位长须灰衣的独眼老者,老者来后便将手中长矛向西格蒙德刺去。惊吓之下的西格蒙德急忙用手中的圣剑去挡。可谁知这圣剑一碰到长矛,立即断成数截。这一来战局就对西格蒙德十分地不利,瞬间他的精兵被杀死了一大半,而他自己也身受重伤、倒地不起。

得胜后的李格尼立即向西格蒙德的王宫杀去,他想要抢回赫奥蒂斯,却没有找到。原来赫奥蒂斯在丈夫出兵的时候,心系丈夫安危,悄悄地跟随着西格蒙德的军队，躲在了战场附近的草丛中，担心地观看着战事。在李格尼进攻王宫的时候，她偷偷来到战场，找到了气息如缕的丈夫。看着重伤的丈夫，赫奥蒂斯要帮他包扎伤口，但却被西格蒙德拒绝了。他叹息道："如果是以前，不管受多重的伤都是无碍的。但这次连奥丁都不愿让我披坚持锐了，看来是我气数已尽。你应该顺应神旨，不要做无谓的挣扎了，现在你只需将这断剑收拾好，待我们的孩子出世，让他重铸断剑以得永世威名！"说完他在妻子的怀中死去了。

看着死去的丈夫赫奥蒂斯伤心欲绝，这时她的侍女一路飞奔过来说有一队维京战舰来到了海边。主仆二人只好再次躲入草丛中，并调换了身份和衣服。她们出来时碰到了刚上岸的维京人首领埃尔夫。于是，赫奥蒂斯的侍女便向埃尔夫介绍，自己是西格蒙德的王后，而真正的王后却是侍女，并且把刚刚的激战向埃尔夫做了详细的描述。对西格蒙德的大名，埃尔夫素来敬仰，听到他现已战死沙场，更是十分敬重。他为西格蒙德举行了隆重的船葬仪式，然后在王后的指引下找到了西格蒙德的宝藏，埃尔夫带着宝藏和两个美女一同回到了自己的国土。

回国没几天，老王后就对埃尔夫说道："孩子啊，你怎么能让一个雍容华贵的女人穿着廉价的衣服，并且跟在这个衣着虽华丽但气质欠佳的女人后面呢？"

埃尔夫也疑惑地说："其实从开始我就对她们两人的身份感到疑惑，我想她们一定有所隐瞒，可能是有什么原因吧，不过我相信总有一天会真相大白的。"

一天，埃尔夫给了假王后一顶漂亮的帽子。对这个不管是样式、颜色、剪裁、质地都上乘的帽子，侍女喜欢极了，一时高兴得语无伦次。而再看一旁的侍女却是一脸的平静，没有一点羡慕的表情。埃尔夫又带着她们二人来到后花园，突然刮来一阵大风将帽子吹到了池塘里，埃尔夫便命令女仆跳下水去捡帽子。见女仆面露难色，不肯前进，埃尔夫坚持要她去捡。

这时王后道："不就一顶帽子嘛？掉了就掉了吧。"埃尔夫道："可这是我刚送给你的，难道你就这么看轻我的东西吗？让你的侍女去捡吧！"王后道："可我的侍女怀有身孕，这时下水多有不便。"埃尔夫道："既然她是侍女就要无条件地为主人服务，哪怕是自己的生命。"

第十七章　西古尔德和女武神布伦修德

无奈之下，女仆只得说出了实情，并告诉埃尔夫她们只是为了躲避仇家，也为了保住西格蒙德的孩子，不得已才互换了身份。这时埃尔夫才确定自己没有看错，自己一直喜欢的才是真正的王后。他立刻向王后求婚，赫奥蒂斯欣然同意，但她却向埃尔夫提了一个条件：要善待自己肚子里的孩子。埃尔夫答应会把这个孩子当作自己的亲生骨肉对待，并表示，沃尔松格家族的后代就是神的后代，抚育他们是高尚的事。后来赫奥蒂斯诞下一名王子，取名西古尔德。老国王推选了国内最聪明的巫师莱金当他的导师，莱金不仅是有名的工匠，并且还精通魔法，对世间万物无所不知，甚至对未来也能预知一二。虽然他并不像命运女神那样能预知一生的命运，但他却预知到自己的学生会在成年后将自己杀掉。

在西古尔德成年后，不管是他的学识、能力还是才华都超过了自己的老师。他可以通晓鲁纳符文，且善于辩论，能够自己打造兵器，还是位英勇无敌的勇士。一天，在练武后，西古尔德和莱金交谈。莱金问他："关于你父亲的财宝，你知道它的下落吗？"

西古尔德冷静地答道："都在几个国王的手中。"

莱金又问："这些都应该是属于你的，可现在却在别人的手里，你能甘心吗？"

西古尔德不以为然地说："现在在他们那里，只是让他们暂时替我保管罢了，并且他们还会让这些财宝生出利息，到我成年的时候，我会一并向这些保管人要回我的本金和利息。"

莱金道："你想要成就宏图大业，可你连一匹马都没有，怎么能做到呢？"

西古尔德道："不管我想要什么良驹，只要我开口，都会有的。"他来找老国王，请老国王允许他骑马游玩，老国王便让他自己挑选。之后他和莱金一同来到森林中的皇家马场挑选自己喜欢的马匹。在他们挑选的时候，出现了一位独眼老者，他让西古尔德将所有马匹赶入河中，这样一来自然能挑选出好的马匹。西古尔德照做了，其他的马在感觉水深后都折返上岸，只有一匹灰色小马驹一直勇往直前。

此刻独眼老者说道："那匹灰色的小马驹是阿斯加德神驹斯普莱尼尔的后代，你就挑选它吧。它有着比其他马匹更强的能力！你要好好喂养照料它，把它当作自己的朋友看待。"说完,这老者便消失不见了。于是西古尔德就选了这匹灰色的小马驹,并取名为格兰尼。

在一天夜里,天气十分寒冷,西古尔德和莱金在壁炉前烤火,莱金将自己的生平演奏成了一首歌:海边的黑侏儒国王名叫哈鲁特玛尔,原本他有三个儿子。大儿子名叫法夫尼尔,拥有着过人的胆量和无穷的力量;二儿子奥蒂尔能变换成任何他想变的东西;小儿子就是莱金,心灵手巧。为了孝顺父亲,三位儿子集资由莱金修建了一座宫殿,宫殿上镶金嵌银的。因为担心有人对这些贵重金属起贪心,便决定由勇敢强大的老大法夫尼尔来守护宫殿。

一天,奥丁、洛基和弗雷尔微服出访,来到哈鲁特玛尔的家中。在宫门外,一只正在晒太阳的水獭闭目养神,三位神不知这是哈鲁特玛尔的儿子所变化,便杀了它,把它放在肩头,准备晚上一饱口福。三位神进宫后,拿着自己的猎物向哈鲁特玛尔炫耀,让他的厨师将其烹调,准备晚上大家分着吃。

哈鲁特玛尔忍者锥心之痛,仍是欢迎了他们的到来,招呼他们放下武器入席,还殷勤地为他们斟酒。酒过三巡、菜过五味后,三位神已经喝得差不多了,哈鲁特玛尔将三位神的武器藏好,然后命人通知他的另外两个儿子来为兄弟报仇。听闻此事的法夫尼尔和莱金赶到后带人拥进大厅,抓到了三位神。开始的时候哈鲁特玛尔要三位神为自己的儿子偿命,后来又要求他们,想要赎命就要交出能铺满水獭皮的金子。他将洛基放走,让他想办法弄来金子。洛基很清楚想要满足这些贪心的黑侏儒几乎是办不到的,想要用普通数量的金子铺满那水獭皮也是不可能的。这时洛基想到了黑侏儒中魔法最为高强的米梅。虽然洛基天不怕地不怕,但要跟米梅打交道还是很介意的,因为米梅有着能够将自己变得无比强大的百变头盔,而且还能隐形。但更重要的是米梅有聚金戒指,只要有这个戒指在一定范围内的金子都可以吸附过来。现在迫于无奈,洛基只得硬着头皮去找米梅。

洛基找到米梅,说愿意和他结盟,帮他称霸世界,但想要先看看他的实力是否跟外界传言的那样强悍。米梅早就有这样的野心,想要奴役众神、打倒霜巨人、称霸世界。现在又有了洛基这个诡计多端,唯恐天下不乱的军师,他更是如

第十七章　西古尔德和女武神布伦修德

虎添翼。

为了证明自己的实力，米梅将百变头盔戴在头上，立刻便隐身了。看到米梅这么强大的法力，洛基不由得心中发虚，说道："既然你有如此强大的实力，还用得着隐身后偷偷摸摸地暗杀吗？你应该用自己的真正实力，来打败他们！"

听到这些，米梅马上变身成高达万丈的巨人，这时的洛基只有他的脚背那么高。这下更是把洛基吓了一跳，但他仍刺激道："我已经见过很多和你一样大的霜巨人，没什么了不起的啊？要是能变小才说明你真的厉害。"

米梅一听立刻变得和老鼠一般大小。就在这时洛基一脚踩住他，威胁让他交出所有的黄金，当然还包括百变头盔和聚金戒指。米梅心痛不已，诅咒道，不管是谁，只要贪心得到这些黄金，必定遭到杀身之祸。洛基得到这些后立刻返回哈鲁特玛尔的宫殿，他把那些从米梅那里弄来的黄金放在水獭皮上。可随着放上的黄金数量的增多，水獭皮逐渐地越来越大，放上去的黄金怎么也铺不满它。不得已洛基只得将聚金戒指放上去，这戒指一放方圆数百里所有的金子都被吸附来了。可即便是这样，还是没能铺满水獭皮。无奈之下，洛基只好将百变头盔放在了水獭皮上，这样三位神这才得以脱身。

三位神前脚刚走，米梅的诅咒就应验了。得到黄金和宝物后的哈鲁特玛尔，尽将其收入囊中。他的两个儿子建议分一些黄金来犒赏手下，但贪心太大的哈鲁特玛尔一个子儿也不愿出。这时贪心更大的法夫尼尔，一怒之下将自己的父亲杀死，并将莱金驱逐国土。时至今日，莱金仍流亡在外，不能回到自己的国家，只能依靠自己的聪明才智维持生计。而贪心的法夫尼尔为了守护自己的宝藏，化身为一条巨龙盘踞看守。

莱金讲完自己的经历后，问西古尔德是否愿意帮他复仇，但西古尔德却露出了一副事不关己的表情，莱金继续利诱道："难道你不想得到那些金子吗？只要你把法夫尼尔杀了，你就会成为天下最富有的国王。"

西古尔德说："那条巨龙我早就听说过了，但我和它的差距太大了，别说杀死它，就是想靠近都是困难的。"

莱金继续使用激将法道:"身为勇猛的沃尔松格族人,这话太不应该了。"

可谁知西古尔德完全不在乎,反说道:"我现在还是未成年人,不要拿我和成年人比。"

在接下来的几年中,莱金多次用金钱名利来诱惑怂恿西古尔德去屠龙。西古尔德看自己已长大成人,技艺也渐长,便答应帮他复仇,但前提是让莱金为他铸一柄好剑。莱金前后铸了两把剑,都被西古尔德折断了。后来西古尔德将父亲留给他的圣剑碎片交给了莱金,这才炼出一把绝世好剑。

在把剑交付西古尔德时,莱金要他履行自己的诺言。西古尔德道:"你放心,身为沃尔松格家族的人,我一定会信守诺言的。不过在为你报仇之前,我要先报了我的杀父之仇。"

西古尔德去跟老国王商量说:"现在是时候去为自己的父亲报仇了!"于是老国王派遣了一些人马和船只,鼓励他替父报仇。西古尔德立即启程,路至一半,忽然狂风四起,大风暴将舰队吹得乱如一团麻。就在这时,一位独眼老者出现在海面一块凸起的大礁石上,想要乘船。在风暴中西古尔德冒着触礁的危险,靠近礁石,接老者上船。可谁知他刚一上船,风暴立刻便停了下来,就这样整个舰队顺利登岸,但那位独眼老者却没了踪影。西古尔德带军摧枯拉朽地闯入了李格尼的防线,很快他们突破防线闯入宫中杀死了李格尼和他的儿子们,用他们的人头祭奠死去的父亲。

西古尔德满胜而归,回到了养父埃尔夫的国土。为了给他庆祝赫奥蒂斯举行了盛大的宴会。会后,莱金不忘提醒西古尔德自己曾承诺的事情,西古尔德没有片刻的停留和他一同上路了。他们来到法夫尼尔所化身的巨龙所在的地方,只见此地一片荒凉,到处都是沙砾,上面有一条很宽的巨龙爬行后的痕迹。这龙迹连接着山顶的洞穴和山下的小溪。西古尔德从莱金那里得知这条小溪就是巨龙喝水的地方,而巨龙会把山顶作为自己的巢穴。到了这里莱金让西古尔德沿着龙迹继续前进,而他自己却在旁边的灌木丛中躲了起来。

西古尔德边走边想着屠龙的方法,就在这时出现了一位独眼灰衣的老者,经

第十七章 西古尔德和女武神布伦修德

他指点让西古尔德在巨龙必经之处挖一个坑，再挖一道与坑相连的壕沟。说这是为了避免巨龙垂死前的挣扎伤到他，也方便让他顺着壕沟撤离到安全的地方，说完这位老者便消失了。西古尔德按照他的指点挖好坑和沟，躲在里面伺机屠龙。当巨龙来到溪边喝水，它那庞大的身躯经过坑上方的时候，西古尔德用力一刺，利剑刺入巨龙的胸部，由于惯性巨龙继续前行，把自己的伤拉出了很长一条口子。垂死挣扎的巨龙，击碎了山上的石头，使整座山都减小了一半。法夫尼尔知道自己快要不行了，竭力问道："你是谁？是哪个种族的？为什么要害我？"

西古尔德回答道："沃尔松格家族中的西格蒙德是我的父亲，我是西古尔德，杀你用的剑乃是奥丁所赐之圣剑！"

法夫尼尔说道："我和你无冤无仇，跟你的祖上也没有任何仇怨，你为什么要杀我？虽然你的父亲很勇猛，但他在你出生前就已经死了，是谁让你来杀我呢？"

西古尔德道："派我来的是我的勇气，刺伤你的是圣剑。沃尔松格后代从一出生就被贴上勇士的标签！"

法夫尼尔说："你不用再这么抬高自己了，我知道你来杀我是为了钱。可在我临死前，我想告诉你这些黄金都是被下过诅咒的，它们只会给你带来不幸。因为它我杀死了自己的父亲，而现在我也因它而死，将来你也不能幸免。如果你想要破解这个诅咒，最好不要动它，就让它一直留在洞中！"

西古尔德笑道："即使是我不要你的金子，死也是在所难免。但在我死之前，我是不会嫌弃钱太多的。"

法夫尼尔叹道："我说的句句都是实话，我就是最好的例子。在我们家族中只有莱金没碰这些金子，所以他一直过得都很好。就算你得到了这些黄金，你也会时刻担心怕它被别人抢去，最终也会落得跟我一样的下场。不信你就试试吧。"说完他便死了。

就在西古尔德为圣剑擦拭血迹的时候，莱金从旁边树丛中钻出来说道："恭喜你，你没有让自己的祖辈蒙羞，完成了屠龙大业。但那些金子本来就是我家的，你应该分我一多半。"

西古尔德笑着说:"刚才我冒死屠龙的时候,你却躲在一边,现在你要跟我分金子?就算要论功行赏的话,你的那点儿微薄之力根本值不了多少金子的。"

莱金争辩道:"你手中的屠龙之剑不还是我铸造的吗?没有它你能杀死巨龙吗?"

对西古尔德来说辩论是他的强项,听莱金这么说,西古尔德就跟他理论起来:"你铸的剑根本就是不堪一击。而我现在用的根本就不是你铸造的,只是你帮着修复罢了。我们都听说过勇士凭钝剑取胜,却从未听说懦夫借利剑凯旋,由此看来勇气比利剑更重要。"

莱金见自己的如意算盘落了空,便起了歹意,但他极力掩饰要杀了西古尔德的心,他说道:"算了,我要这些黄金也没什么用了。我有点渴了,下去找点水喝。你能帮我把那龙心烤一下给我吃吗?"

西古尔德答应了他的要求,便挖出龙心,生了一堆火,烤了起来。烤了一会儿,他觉得应该差不多了,就伸手去试了一下,却被流出的滚烫的龙血烫了一下,他习惯性地把手放在口中以减轻烫伤的疼痛感。当他刚舔到龙血的时候,枝头山雀的对话他竟然能够听懂了:"西古尔德在帮莱金烤龙心,而他却在计划着如何杀死西古尔德。"另一只说道:"西古尔德应该自己把龙心吃了,这样他就有更强大的力量了!"第三只又说:"西古尔德不应该把金子分给别人,这些是他的战利品,反而是这个莱金,自己不出力却想得到金子,现在没有他的份儿却动了杀人之心,像他这样的人活该被西古尔德杀了。"

本来西古尔德对莱金已经有了戒备之心,现在又听了鸟儿的忠告更使他坚定了决心,他偷偷地来到草丛里杀了莱金。做了这些后,他喝了些龙血,又把烤熟的龙心吃了一大半,剩下的放进了自己的行囊。然后策马来到法夫尼尔藏宝的山洞,将百变头盔和聚金戒指一并带走了,同时还带了一部分的金子,准备回去后派人来取剩下的。

因为西古尔德喝了龙血,现在他又多了一项技能,能够听懂动物的语言。在离开之前,他细心地听着鸟儿们对他有利的议论。他听到一对小鸟说在附近的山

第十七章　西古尔德和女武神布伦修德

顶有一个沉睡着的美女，只是被熊熊烈火环绕，只有能穿过烈焰的人才能唤醒她，等她醒来后便会以身相许。

西古尔德年轻气盛、血气方刚，很喜欢这种英雄救美的事情。于是他骑着格兰尼来到那个活火山前，他拉着格兰尼向山顶爬去。快到山顶的时候，他的须发都已被烈焰烤焦。此时他发现山巅是一个很大很大的平台，平台中央有一股熊熊燃烧，面积很大的冲天大火。

之前也有很多勇士冒死前来攀爬，但到了山顶面对这极高的温度时就都又退缩了。但是西古尔德毫不畏惧，他没有丝毫的犹豫纵马冲入火海，可奇怪的是西古尔德竟然没有受到丝毫的伤害。这时他发现火焰中的城堡，城堡的大门虚掩着。西古尔德走了进去，发现里面空无一人，好像已经荒废了好久。

在院中西古尔德看见一具披甲着胄、全副武装的尸体。他揭开盔甲一看，一位红粉佳人出现在眼前。美女的皮肤白里透红，从她那与众不同的肤色和娇艳欲滴、闪烁着诱人光泽的嘴唇来看，她应该只是睡着了而已。

西古尔德忍不住吻了她一下。

这时，沉睡的美女缓缓睁开了双眼。她看着眼前这位唤醒自己的英雄少年，一道红霞出现在了她的脸上，很快两人便坠入爱河。西古尔德拥她入怀，美女开始讲述自己的经历。

她本是奥丁的女儿，名叫布伦修德，曾经还是女武神的统领。有一次奉旨下凡帮助奥丁钦点的一名勇士作战时，却误让这名勇士战死。因为违背了奥丁旨意，她被贬入凡间，像凡间的女子一样嫁人生子。但布伦修德害怕自己的丈夫是个平庸之辈，于是奥丁便用睡棘刺了她，将她带到这个山顶城堡，让她在此长眠，并在沉睡中永葆青春容颜，还在她的周围设置了烈焰来围绕着她，以等待那个能够唤醒她的人到来。只有勇敢、睿智的勇士才能穿越烈焰来解救她，而这个人必定能获取布伦修德的芳心。

西古尔德在布伦修德手指上戴上了聚金戒指，作为定情信物，并对天发誓终生只爱她一人。就这样两人在一起度过了一段美好的日子，他们的爱火燃烧的比城堡外的火焰更是猛烈。后来,西古尔德启程回国,想要带兵亲自来迎娶布伦修德,并准备一并带回剩下的那些黄金。当他刚一走出城堡,那烈焰便烧得更猛烈了。

归途中西古尔德路过尼伯隆国,作为闻名一世的英雄人物,尼伯隆国对他的到来举行了热烈的欢迎仪式。国王龚特尔对西古尔德的英勇更是仰慕不已,便挽留他多玩几天。王后格林希特也很喜欢西古尔德,便有意把自己的女儿古特罗娜嫁给他。为了能得到这个乘龙快婿,她用魔法制成了一种让人失忆的药酒,在宴会上让古特罗娜把这酒倒给西古尔德喝。西古尔德喝下这杯失忆药酒后,将自己与布伦修德的誓言都忘了,对前来斟酒的古特罗娜一见钟情。虽然有时候西古尔德也会有怅然失落的感觉,却不知是怎么回事,最后他还向古特罗娜求婚,并得到了她的答应。英勇的西古尔德成了尼伯隆国的女婿,这让举国上下一片欢腾。国王为这对新人举行了盛大的婚礼,西古尔德将剩下的那半颗龙心给古特罗娜吃了一点。从此古特罗娜对所有人都是冷冰冰的,西古尔德除外。王后又让自己的大儿子冈纳和西古尔德结为金兰,并发誓永不为仇。

后来,老国王去世,冈纳顺理成章地继承了王位。但这位年轻的国王还没有娶妻,王后格林希特认为只有布伦修德才能配得上自己的儿子。他听别人说布伦修德出身高贵,在烈火围绕的城堡中,并宣称只要有人能冲进火海,她就愿意嫁给他。于是冈纳立刻动身向这位烈火丽人求婚,和他一同去的还有西古尔德。但当冈纳好不容易来到城堡前时,他的马却再也不肯向前走一步,无论他如何鞭策都止步不前,反而步步后退。但他再看西古尔德的马,面对这熊熊烈火却毫无惧色,便要和西古尔德换马。但这匹神驹格兰尼只认自己的主人西古尔德,怎么也不愿让冈纳骑。

后来西古尔德决定偷梁换柱,他要变成冈纳的模样,便戴上了百变头盔,替他去向布伦修德求婚。西古尔德策马冲入火海,在布伦修德面前停下来,但面对这个和自己有过海誓山盟的姑娘,却彼此互不相识。

此刻布伦修德也大吃一惊,因为她认为除了西古尔德不会再有人能闯进来,

第十七章　西古尔德和女武神布伦修德

奥丁居然这样来跟她开玩笑，同时让两个人来向她求婚。因为她曾立下重誓，只要有人能进入火海，自己便要嫁给他，自己说过的话要遵守，所以她不得已还是接受了冈纳的求婚。

西古尔德将布伦修德手上的聚金戒指取下来，戴上了冈纳的钻戒。随后，布伦修德让假的冈纳先回国筹备婚礼，自己也收拾一下，十天后到尼伯隆王宫和冈纳结婚，其实她还在想着一去不回的西古尔德。

西古尔德返回山下后，取下百变头盔恢复了自己的面貌，并告诉冈纳求婚已经成功，现在要做的就是回家等待新娘的到来。到家后，西古尔德将那枚聚金戒指送给了古特罗娜，以补偿他新婚时没送妻子礼物的遗憾。

对这个戒指古特罗娜一再追问它的来历，不得已西古尔德只能说了实话，告诉她自己代替冈纳求婚的事，这才让妻子不再纠缠自己，但他嘱咐妻子千万别把此事声张出去。十天后，布伦修德并没有等到西古尔德，只能挥泪离开了这伤心之地，向冈纳的国家出发。冈纳看到这个如花似玉的未婚妻，忍不住带着她向亲友介绍。当冈纳把自己的妹妹和妹夫介绍给布伦修德的时候，西古尔德只是微微抬头致意。虽然他曾两次穿越火海，却没有一丝的伤害，但此时面对布伦修德眼中喷发出来的怒火，感觉好像自己要被烧化了。在这灼灼的目光下魔法药水失去了它的效力，过往的一切顿时都记起来了，特别是他和布伦修德的甜蜜誓言。但此刻他已成了古特罗娜的丈夫，而布伦修德也已成了冈纳的妻子，瞬间两人陷入了痛苦的深渊。

冈纳和布伦修德举行了盛大的婚礼，表面上布伦修德表现出幸福的感觉，但私底下却怒火万丈。妻子的异常冈纳看在眼里，他感觉自己和布伦修德就像是陌生人一样，她对自己一直都是冷冰冰的。布伦修德不是发誓要心甘情愿嫁给冲进火阵的勇士吗？可现在为什么会是这样？他开始怀疑西古尔德了，认为是不是西古尔德把替自己求婚的事告诉了布伦修德。

恢复记忆的西古尔德不想给自己惹麻烦，总是躲着冈纳。即便有时冈纳邀请他，他都以各种借口拒绝了，因为他觉得无法面对布伦修德，他的躲避更加让冈纳确定了自己的猜测。

一天，布伦修德和古特罗娜一同到莱茵河边洗澡。古特罗娜刚要下水，却被布伦修德制止了，她觉得自己是王后，有独享河道的特权，要古特罗娜在她的下游洗澡，两个人为此而争吵起来。古特罗娜骂嫂子不守妇道，明明已与别人订婚却又嫁给了自己的哥哥，还亮出聚金戒指给布伦修德看。看到自己的戒指现在却戴在情敌的手上，布伦修德生气极了，跑回后宫，一个人生着闷气。在接下来的几天里，她不吃也不喝，更不与任何人交谈。冈纳和所有王族成员都前来劝慰，但没有一点效果。被逼无奈的西古尔德只能前来替妻子赔不是，布伦修德对着他就是一顿臭骂。西古尔德把事情的缘由说过后，并表示愿意和古特罗娜离婚，带着她远走高飞。但这在布伦修德看来，更是对她的羞辱，并且她也不愿辜负冈纳，将西古尔德赶了出去。

面对自己有两个丈夫的布伦修德无法容忍，她要求冈纳将西古尔德杀了。冈纳听了此言更加确定西古尔德做了对不起自己的事，但由于他们之间有永世为好的誓约，就拒绝了妻子。布伦修德不死心便说服冈纳的弟弟古桐去杀西古尔德，以解自己心头之恨。

深夜古桐溜进了西古尔德的卧室，正要下手的时候，却看见熟睡中的西古尔德眼缝中的神光，吓得逃走了。第二次同样是这样。直到第三次，他前去的时候西古尔德刚好朝里侧卧着，这才用剑刺穿了他的胸膛。虽受了重伤，西古尔德还是起身取下床头宝剑，向逃至门外的刺客掷去。宝剑把古桐拦腰斩为两截，一命呜呼，这时西古尔德也没了气息。

这位英雄的去世，让尼伯隆所有人都为之伤心，他们为他举行了隆重的火葬。所有人都为他献上了自己的东西，这些东西和他生前所用的兵器及战马都聚在了火葬柴堆上。而他的妻子古特罗娜却没有一滴的眼泪，布伦修德看着死去的西古尔德，顿时所有的仇怨都烟消云散了。这时她又想起自己和他在一起时的甜蜜时光，她回到后宫，换上第一次与西古尔德相遇时穿的那套甲胄，骑上她的小白马上回到葬礼的现场。

此时西古尔德的身边已成了一片火海,而布伦修德双腿紧夹马腹,纵身一跃跳入了火海中。就这样她随着自己的爱人一起去了,后来奥丁让这对生死冤家一起掌管冥界,一直到洛基的女儿海拉的到来,两人才一起提升到了瓦哈拉神殿。

第十八章

「死亡女神海拉」

第十八章 死亡女神海拉

死亡女神海拉是洛基的女儿。她出生在极北极寒的巨人国乔森海姆,后又被奥丁封为死神,派她到冥界,掌管冥界死域。

海拉所在的地方黑暗阴冷,世间的亡魂想要到达此处需得骑马或乘车才可,并且最好还得穿上特制的厚底牢固的度亡魂靴,要不然就只能赤身裸体地在冰冷刺骨、荆棘遍布的尼夫尔海姆深沟岩石上爬行九个昼夜。并且在桥头还有一个面目狰狞的枯骨僵尸莫德古德把守,想要通过此桥,必须要让他吸够血方可通行。

在通往冥界的这一路上所有亡灵都要经历崎岖的道路,全身都将被划破,还要被吸血,之后还要提心吊胆地通过吊桥,穿过一片能够刮下锋利的钢铁树叶的树林,只有通过了这些才能到达海拉的宫门。在海拉的宫殿门口还有一条巨大的地狱犬加尔姆,想要买通它只能用海拉饼才可以,不然它就会咬得你体无完肤,海拉的宫殿就像个巨大的冰窟,宫内漆黑一片,尼夫尔海姆深渊之上的赫威高密尔泉水也流经此处汇入地下。

海拉宫殿的名称叫作悲惨宫,在她的宫中以饥饿为食,饕餮为餐具,忧愁为卧床,病榻为客椅,火灾为窗格,恐惧为幕帘。海拉还有一男一女两名仆人,男的叫无聊,女的叫怠惰。那些因衰老病死、杀人犯和含冤而死之人,还有那些遭遇不幸却没有流血的人都会成为海拉收容的对象。虽然那些生前并非大奸大恶之人也能得到海拉的优待，但在北欧人的眼里死域终究是被人所唾弃的地方。他们宁愿战死沙场或者殉情而死，因为这样起码还可以飞升到天界安息。海拉对那些生前作恶多端的亡魂，会把他们投入死尸之壑纳斯特隆中，承受着冰冷寒泉的侵蚀和毒蛇的噬咬，或者直接把他们扔给毒龙尼德霍格作食物，也避免了它啃咬乾坤树根。

海拉常常会骑着一匹只有三条腿的白马，带着她的扫帚和耙将瘟疫散落到人间，用这样的方法来搜集亡魂以扩大她地盘的人数。

第十九章 奥丁和他的「恩赫里亚」

第十九章　奥丁和他的恩赫里亚

　　为了避免诸神的黄昏来临之际惨遭覆灭，奥丁总是不断挑起人间的战火。他把国家社稷交给那些昏庸无能之辈，然后自己再去挑起事端，引发争端，让那些英雄战死沙场，以此来扩充恩赫里亚的队伍。人间许多英雄的悲剧都是由奥丁导演，而他一生的大部分时间都是在聚集恩赫里亚。

战无不胜的哈拉尔德

在丹麦国王西格尔驾崩后,他的孙女古丽德成了唯一的王权继承人。血统高贵的古丽德美丽、聪慧,现在又是丹麦的领导人,所以吸引了不少王公贵族想要娶她为妻,这样将来也能得到丹麦的统治权。对这一点聪颖的古丽德看的是清清楚楚,所以她对自己未来的夫婿也就是丹麦未来国王的要求非常严格,除非是那些文武双全的名门贵族才能获取她的芳心。最终具有挪威王室血统的胡尔顿成了她的丈夫,但这对夫妻结婚多年后却没有孩子。

胡尔顿为了能实现自己有孩子的愿望,只身一人前往阿瑟神庙向奥丁祷告。没过多久,他们就生下了一个儿子和一个女儿,他们的名字分别是哈拉尔德和梅妮雅。为了将儿子培养成未来的统治者,哈拉尔德在父母的带领下参加了丹麦失地收复的战争。战争中夫妻二人亲自披甲上阵,浴血奋战,但冲锋太过靠前的胡尔顿不幸被斯科纳国国王维斯特所杀。同时被敌人包围的还有他们的儿子,古丽德忍着丧夫之痛,冲入敌阵救出儿子。但在撤退过程中,哈拉尔德不幸被敌人一箭射中了屁股。

因为哈拉尔德是奥丁所赐,所以与其他人相比他更能受到神的眷顾。他的身材格外魁梧英俊,在他十五岁的时候,奥丁还亲自传授给他"狂战士"术。如果他在战场上使用此战术,就会变得越来越强大,他的战斗力会随着参加战斗不断

第十九章 奥丁和他的恩赫里亚

得到增强，并且在受伤时也不会有疼痛的感觉。想要用伤痛来阻止他的进攻根本是不可能的，除非是死亡。哈拉尔德作为对奥丁眷顾的报答，发誓要将自己以及战场上的英烈都奉献给伟大的奥丁。

此时，哈拉尔德最大的人生目标便是帮父亲报仇。他为了能报得此仇，一直苦练战场技能，同时还在维斯特的身边安排了卧底，随时向他报告维斯特的一举一动。终于他等到了维斯特结婚的那一天。于是在婚礼那天，他经过一番精心装扮混进了婚宴。趁维斯特和侍卫喝得酩酊大醉之时，仅有十七岁的他拖着一根粗大的木棒冲进维斯特的洞房，最终维斯特死于他的棍棒之下，他终于为父亲报了仇。虽然他杀了维斯特，但在战斗中自己也掉了两颗牙，于是便有了"战齿王"的称号。

维斯特一死，斯科纳国群龙无首，国内成了一盘散沙。哈拉尔德趁机没费一兵一卒获取了斯科纳的国土，并乘胜将那些自祖父死后就割据一方的诸侯国一一收服。他既为父亲报了仇，又完成了父亲的遗愿，重新统一了丹麦。对于这种为战争而生存的勇士来说，安稳和平的日子太过枯燥无味。在他的时间表上没有休息日，在他的概念里只有战争和为战争做准备，根本没有和平时期这一说，所以在他听说父亲的一个远亲，挪威国王阿斯蒙德被妹妹联合前朝老臣罢黜后，便决定要去为这个叔叔讨回公道。

那时瑞典和丹麦在领土问题上有矛盾，所以哈拉尔德无法通过瑞典而去惩罚挪威叛军。因为这次事件是属于家族矛盾而并非国家领土争端，所以一向公私分明的哈拉尔德只身一人去了挪威，没有带一兵一卒。哈拉尔德来到挪威后，先与叛军谈判，却没有用，最后他只得开启了"狂战士"，孤身杀入敌阵。战争中他没有佩戴头盔和甲胄，只是为了能让自己更灵活，攻击力更强，即便如此由于有奥丁的庇佑，战场上的他就犹如穿了金钟罩、铁布衫一样，所有的攻击对他都毫无伤害。经过此战，哈拉尔德又给奥丁送去了大批的英灵，很快叛军便被清除干净了。他帮叔叔重获王权，在叔叔阿斯蒙德准备感谢他的时候，却被他拒绝了，为此哈拉尔德赢得了极大的荣誉和威望。

但他的威望和荣誉只是在拥戴自己的臣民前有效，对那些野心勃勃的人来说只会刺激他们想要打败他的愿望。瑞典国王英格就是个不折不扣的侵略狂，他对祖先留下的这份基业很是不满，他想打败显赫一时的哈拉尔德，这样一来不仅能够扩大自己的领土，还能提升自己的威望，起到震慑别的国家的作用。

所以在哈拉尔德刚回到自己的国家还未得到片刻的歇息之时，他便趁机对丹麦发动了进攻。原本他以为疲累的哈拉尔德一定会精神不振，而使自己略占优势。可毕竟人算不如天算，主神奥丁安排了哈拉尔德一生战场无敌的命运，他的命数比一般国王强了百倍。并且单挑和以一胜多是他的强项，而他组织大规模兵力进行群殴更是出类拔萃。他利用奥丁教给他的阵法很快便击败了对方，战败的国家不管是经济还是领土都会受到重创，为了解决那不堪重负的战争后果，英格只得割地赔款来向哈拉尔德求和，并以联姻的方式保证了以后的和平，英格娶了哈拉尔德的妹妹。

但是奥丁为了神界的利益，只能在人间不断挑起战事，和平对他来说毫无益处。人间的烈士越多，就能给神界输送更多的恩赫里亚，在神界有难之时也能多一分助力，而哈拉尔德的命运就是由奥丁亲自导演，他关乎着神界的利益。

接下来奥丁将能够引发战争的神矛冈尼尔丢到哈拉尔德的远亲当中，哈拉尔德当然明白奥丁的意思，为了避免跟自己的亲人兵戈相向，所以他只能南征北战。只要奥丁把他的神矛投向哪里，那里必将是战火连连，生灵涂炭。

哈拉尔德向南征服了莱茵河畔的日耳曼诸国，向东征服了俄罗斯，向西征服了苏格兰和英格兰。在他的军队中分布着欧洲各国的勇士，虽然他们身怀各种绝技，但无所畏惧是他们的共同点。在他们加入队伍的时候都要接受一项勇气的考验，那就是由主考官拿着利剑削掉应征者的眉毛，如果眨眼睛，则视为不合格。只有那些无所畏惧的人才能入选。

英格王在自己的妻子生下一子后便去世了。他的儿子名为陵，哈拉尔德将自己全部的心血都倾注在这个外甥身上，他把奥丁教给他的技能通通传授给了陵。在陵成年后，哈拉尔德还帮他坐上了瑞典王国的位置。哈拉尔德让普拉尼充当自

第十九章 奥丁和他的恩赫里亚

己和陵的信使，教导他如何治国安邦。

此时整个欧洲都在哈拉尔德的管辖内，年老体衰的他已无力带兵打仗，北欧也出现了难得的和平盛世，可这样下去，也就不能再为神界输入英杰了。奥丁对此很是不满，他决定从他们舅甥二人中挑起事端。这样不仅能够引发战争，还能让哈拉尔德早日飞升瓦哈拉神殿。

于是，在信使普拉尼去瑞典送信时，奥丁突然让冰面解冻。被冻僵的普拉尼失去了游动的能力，最终不幸溺水身亡。奥丁却变身为普拉尼，拿着被改过的信送给了陵。他把信改成这样：我依然娇嫩的外甥，这么多年我悉心培养，但未见你有任何战功。我们家族向来骁勇善战，不过好像从你开始就要弃武从文了。

看到信后的陵很是郁闷，虽然他知道舅舅一直对自己抱有很大的希望，也一直很疼爱自己，却从来没有鼓励或者建议自己去挑起或者发动战争，现在为什么会突然如此苛刻，这让他心里有些不高兴。但他还是写了回信：如果家族荣誉真的那么重要的话，我的生命又有什么好珍惜的呢。再说现在我的武艺也已成熟，一旦有机会我就会冲上战场，奋勇杀敌。

奥丁再一次将书信改后交给了哈拉尔德。信上称哈拉尔德为"我曾经战功卓著的舅舅"，信上说，要在正确的时间和正确的地点才能完成完美的胜仗，希望不要随着你年龄的增长而丧失稳重，而这一优良的家族品德正是我要传承的。

读完信，哈拉尔德对外甥的挑衅言语勃然大怒，随手将信纸撕成了碎片。就这样，他们两人之间的关系变得越来越紧张。年轻气盛的陵为了成为一方霸主，不惜背负骂名与舅舅开战。而哈拉尔德心想即便是战败，自己和训练多年的勇士也能够一起共赴瓦哈拉神殿；如果获胜，也可以给不可一世的外甥一个沉重的教训。自己的一辈子都在战场上度过，总好过因衰老和疾病而死。不管结果如何，都不能辜负对奥丁的誓言。

就这样在奥丁的怂恿和拨弄下，瑞典与丹麦之间的战争终于爆发了。在战车上督战的哈拉尔德，因年事已高，对战况已经看不清楚了，但他却能隐约看到越来越多的红色盔甲的丹麦士兵倒下，而瑞典士兵的蓝色盔甲却不见减少。这是哈拉尔德第一次觉得自己成了弱势群体，便知道这一切的安排都是奥丁作为，因为年老的自己已经无力征战，不能再为神界输送恩赫里亚。并且这时的陵已经得到了奥丁传授的"野猪阵"和"狂战士"术了，他就和当年的自己一样骁勇善战。看清了这一切他对奥丁说："我的主啊！很荣幸能将我以及我手下的兵士奉献给你。因为我也有'狂战士'术，所以瑞典人普通的刀枪对我毫无伤害。还是请你亲自来让我在这战场上死去，这种死亡方式也是我最希望的。"

奥丁听到了他的祷告，于是让哈拉尔德战车的车轮碾过一块大石，因颠簸而把哈拉尔德抛出了车外。奥丁用车身上折断的木制车辕敲碎了哈拉尔德的头颅，就这样哈拉尔德将自己献给了奥丁，而奥丁也没有违背当年给予的哈拉尔德刀枪不入的承诺。

第十九章　奥丁和他的恩赫里亚

屠蟒英雄瑞格纳

陵的儿子叫瑞格纳,他已经十五岁了,瑞格纳身体强壮,多才多艺。他是个爱憎分明的人。奥丁将他作为重点培养对象,给了他一艘海盗船,让他可以在海洋上磨炼自己的胆量和领导力。

条顿国王的女儿索拉长得倾国倾城,国王对她很是宠爱。每天国王都会送她一件贵重的礼物,还为她专门修筑了一座金碧辉煌、极端奢华的宫殿。时间一久,这位每天见惯了黄金珠宝的公主对这些已经厌倦。国王为了让女儿开心,每天都会送她一件稀奇古怪的礼物。一次,国王给索拉了一条全身晶莹剔透的小蛇。看到这条小蛇索拉喜欢极了,选了一个精美的首饰盒来作为小蛇的窝,并且在盒子里面还铺满了黄金。小蛇在索拉的照顾下一天天长大,那个首饰盒已无法装下它,索拉便让它栖息在宫殿中,同时还在宫殿地面上铺满了黄金。再到后来,就连宫殿也装不下它了,它就爬到宫殿外将宫殿盘绕起来。

自从这条巨蟒盘绕在宫殿外,除了给索拉送食物的奴仆外,任何人都无法靠近宫殿。并且现在这条巨蟒每天都需要一头牛来当作食物,这也是个不小的负担。关键是巨蟒强行霸占着索拉,每天都把她置于自己的保护中,寸步不离,就连国王想见自己的女儿一面都是难的。

国王对巨蟒的疯长很是担忧,害怕到一发不可收拾的地步。所以他发出通告只要有人能杀死巨蟒，便可娶公主为妻，并且巨蟒身下的黄金都作为嫁妆。很多勇士慕名而来，不但可以抱得美人归，更会获得大量的金钱，但结果前去屠蟒的人，都成了巨蟒的腹中物。

瑞格纳听说了此事，觉得这件事比那些在海上求生的冒险事件要容易多了，并且这也能得到更多的效益。于是，他穿了件熊皮并在外面涂了厚厚的松脂就去屠蟒，出发之前，他把连接剑刃和剑柄的铆钉弄松，向条顿国出发去了。

瑞格纳来到索拉宫前，毫不犹豫地拿剑向巨蟒的头部刺去。巨蟒顿时醒来，想要缠住瑞格纳，但由于瑞格纳在熊皮外涂满了松脂，非常光滑，根本缠不住。第二次瑞格纳打中了蛇的要害，利刃直刺巨蟒要害。巨蟒拼命挣扎，致使剑刃从剑柄上脱落。但瑞格纳却拿着剑柄转身离开了。身受重伤的巨蟒不停翻滚，致使伤口越来越大，最终因失血过多而死。

巨蟒发出的巨大声响吵醒了索拉，她急忙走出来看到了那条限制她自由的巨蟒已经死亡，而杀死它的英雄却没了踪影。唯一留下的就是血泊中的那把剑刃，留给了索拉无限的想象。她猜测：他之所以不辞而别，会不会是因为不想让自己看到他满身的血污；他会不会是想把最完美的形象留给自己，看样子将来我们一定会见面的。

穿过巨蟒的尸体，索拉飞一样奔向了多年未见的父王。两人见面后抱头痛哭。哭完后，索拉便向父亲表示，要履行承诺，并表示一定要嫁给此人。国王对这位无名英雄也很是中意，他当然愿意找他为自己的女婿，可现在的问题是这个英雄不仅没在现场，而且还没人知道他是谁。现场唯一能证明他身份的只有现场留下的那把剑刃。于是国王再一次发布公告，请这位屠蟒英雄携带佩剑到皇宫来领赏。

可谁知，前来领赏的人层出不穷。连瑞格纳自己都没想到会有这么多人来冒名顶替自己，对这种厚颜无耻之人，如果是在海上他一定会剖开他们的胸膛，并扔进海里喂鲨鱼。但现在他也想跟着他们进宫去看看这些沽名钓誉者丑恶的嘴脸，本来国王和公主以为英雄会独自前来，现在却没想到竟来了这么多人，让他们大吃一惊。自进宫后这些人就不停争吵，都说自己是屠蟒英雄，而别人却是冒名顶替的冒牌货。

这也难为了国王,一时分不清到底谁真谁假,于是让他们都拔出自己的佩剑来证明自己。一时间大殿内寒光四射。国王见这些人的佩剑都毫无损失,很是气愤。便命令侍卫将这些骗婚的人驱逐出境,等所有人都出去后,国王在角落处发现了一个身材魁梧、仪表堂堂的年轻人,便生气地吼道:"不是让你们都出去吗?你还在这做什么?"

这个年轻人开口道:"之所以我还在这里,是因为我根本没有亮剑。"的确,这个年轻人就是屠蟒英雄瑞格纳,他一直在旁边冷眼看着那些骗子的丑恶嘴脸,的确没有拔剑,所以他旁边的侍卫就没有驱逐他。

听完这话,国王对这个年轻人的稳重很是赏识,并且有感觉他应该就是屠蟒英雄。于是他请瑞格纳拔出剑来,瑞格纳拔出了剑柄,国王命人把现场遗留的剑刃拿来对比,发现剑柄与剑刃完全吻合,这也证明了他就是解救女儿的英雄。没多久国王为他们二人举行了盛大的婚礼,并遵守自己的诺言把巨蟒身下所有的金条作为女儿的嫁妆。结婚后的瑞格纳整日沉浸在醇酒盈杯、美人送怀的幸福中,也不再出海作战,他的这一举动让对他寄予厚望的奥丁很是失望。

奥丁决定通过诅咒来激活他的斗志。在为瑞格纳生下儿子埃里克和奥格纳后,索拉开始卧床不起,没过几年就离世了。瑞格纳在经历丧妻之痛后,将自己的儿子交给了亲戚抚养,自己离开了这座伤心之地,重新开始海上活动。他们在一次外出停在一个小港湾的时候,瑞格纳让船上的水手登陆上岸去村庄烤些面包。上岸后水手们发现这个村子只有一户人家,其他人都出海打鱼了,他们便让这户人家的老太太格利玛帮忙。可这位老太太的手一直抖个不停,她有帕金森症,所以只能等她的女儿克拉克回来帮他们烤面包。外出放羊的克拉克大老远就看到几名水手来到了自己的家,马上来到河边洗去了母亲在自己脸上涂的锅底灰。

美丽的克拉克一直就这样以丑示人,因为她的母亲害怕别人垂涎她的美貌而致使她吃亏。克拉克刚一进门,便吸引了那些走南闯北、见多识广、阅人无数的水手,她实在长得太漂亮了。以至于水手们的眼睛无法从她身上移开,但他们却不愿相信这样的老太太竟会有如此貌美如花的女儿。

　　克拉克一回到家便开始帮水手们和面、烤面包，水手们被她那莲藕般的玉臂以及春葱般的十指深深吸引着，忘了手中的工作，最终烤好的面包都如同焦炭一般。瑞格纳见到这样的面包询问原因，水手们将遇到的情况一字不漏地详细做了说明，并申辩完全就是这个美女惹的祸。对水手们的描述，瑞格纳并不相信，在这个偏远的穷乡僻壤竟有如此貌美之人，这也不禁引起了他的好奇心，想要一看究竟。

　　瑞格纳派遣两个心腹去一探真假，如果真如水手描述得如此貌美，便请她上船吃饭。但瑞格纳为了测试她是否是美貌与才智兼并的佳人，便提出要她在上船时，既不能饱也不能饿，既穿也不穿衣服，既不能独自前来也不能有人陪伴的要求。两位心腹见到真实的克拉克后，认为水手没有添油加醋，说的句句属实。他们躬身对克拉克道："美丽的小姐，作为感谢您为条顿国的舰队制作面包，特意邀请你到条顿国国王瑞格纳的船上共进晚餐。"接着将赴宴的要求一一对她说明，克拉克沉思了片刻便答应次日赴宴。

　　第二天，克拉克将挽起的秀发披散下来，脱去身上的衣服，将自己用一张大鱼网严严实实地裹着，并且在嘴里含着一块苹果，在她的牧羊犬的陪伴下赴宴去了。就这样她完全按照着瑞格纳赴宴的要求前去了。她如花的美貌和敏捷的才思深深吸引了瑞格纳，自从瑞格纳的妻子去世后，他就将自己的爱情尘封了起来，而此刻见到眼前的克拉克，他开始爱火重燃。

　　回到瑞格纳的城堡后，他们举行了盛大的婚礼。婚礼当晚心急火燎的瑞格纳便想得到克拉克，但克拉克却说这几天一直为婚礼的事情忙得焦头烂额。如果在这种情况下有了孩子很可能会先天残疾，所以要让瑞格纳等她三天。可欲火焚身的瑞格纳哪里肯听妻子的劝告，并且他认为这一说法根本就是无稽之谈，拉着妻子便行了夫妻之事。

　　因为有上次的教训，新婚不久的瑞格纳便离开家，马上出海为奥丁输送英灵。在他出海期间，克拉克为他生了第一个孩子，取名伊沃，正如克拉克所说的那样，

第十九章　奥丁和他的恩赫里亚

虽然伊沃长得十分英俊，并且智慧超人，却患有软骨症。也因为这一疾病，伊沃只能学习射箭，他的箭术简直到了出神入化的地步。虽然他患有先天疾病，无法站立，出行只能靠轮椅，但他具有极高的智慧，思虑深远，对战事总能运筹帷幄，做出合理又准确的判断。

接下来克拉克又生下了孪生兄弟比亚恩和维兹克，还有第四个儿子沃德。他们兄弟几个都英勇无比，对各种武艺都十分精通，极有其父之风。伊沃看着自己同父异母的两个哥哥埃里克和奥格纳早已开始海盗生涯，并且他们每次出海都能有很大的收获，收获了金钱，获得了名誉，伊沃向父亲表露了心声，想和兄弟们一起扬名四海。瑞格纳同意了他的请求，给他们拨了一些船只和人马，让他们去海上展示自己的才华去了。

维比特城是一个靠进出口中转贸易而发展起来的富饶城邦，它位居冰岛沿岸，它的守卫非常严格，固若金汤，就连瑞格纳都不曾攻下它，伊沃决定从它入手，这样一来就能赢得超出父亲的声誉和收益。他花重金从线人那里买到了城堡的防御工事平面图，在维比特城有两头魔牛镇守，这也是它难被攻克的原因，敌人会因它们愤怒的咆哮声而失魂落魄。为了解决这一问题，伊沃让所有攻城战士都用蜡封住自己的耳朵。当他们进攻时，城里将魔牛放了出来，即便海盗们用蜡封着自己的耳朵，但它们的咆哮声仍然能直刺耳膜，让人不寒而栗，但伊沃依然镇定自若地让侍卫把他抬上攻城车。他高高地举起他的弓箭，当两头魔牛冲到他的射程内后，他便射杀了它们。失去了魔牛的保护，很快维比特城便被海盗们轻松拿下。

瑞格纳有一个名为奥斯丁的朋友，他也养了一头魔牛，和维比特城的魔牛如出一辙，只要在阵前一吼，敌人就会失魂落魄、自相践踏而逃。瑞格纳和奥斯丁是好朋友，并且他们之间还签订了互不侵犯的协议，每年彼此都会到对方国家做友好访问。

有一次瑞格纳来访奥斯丁，奥斯丁对他们进行了热情的招待。特别是在送行的晚宴上，美食佳酿，轻歌曼舞，让瑞格纳很是留恋。奥斯丁的女儿伊尔法也是位绝色佳人,在晚宴上他特意让女儿给瑞格纳斟酒饯行。举手投足间有千般风情、万种妩媚的伊尔法深深吸引着他们这一行人。瑞格纳的侍卫开始议论,都说她比克拉克更加高贵,更加风华绝代。在手下的怂恿下,已有几分醉意的瑞格纳竟然向伊尔法求婚。奥斯丁也有意促成此事,让两人交换了定情信物。这样一来他摇身一变竟成了瑞格纳的岳父。

在回国途中已经清醒的瑞格纳,为自己的鲁莽行为很是后悔,命令所有知情人士不许提及此事。但这件事还是被克拉克知道了,她对瑞格纳讥讽道:"我听说了一件奇怪的事。有位国王明明家中有妻子,可在出国的时候却与别人订了婚约。"

听到这些话的瑞格纳便知自己的事情已经被妻子知道,急忙辩解道:"亲爱的,我那只是在逢场作戏,闹着玩的,只有你才是我的最爱。"

克拉克道:"瑞格纳,你不会真的以为我就是个普通的农家女吧,论血统我比奥斯丁的女儿高贵多了,论出身就是你都比不上我。"原来克拉克的真名叫阿斯罗格,她是沃尔松格家族的屠龙英雄西古尔德与奥丁手下女武神布伦修德的女儿,在西古尔德去世后,她的母亲便跟着他的英灵来到了瓦哈拉神殿。为了躲避仇家的追杀,她父亲的一位心腹海默尔将尚在襁褓中的她装在一个巨型的竖琴中,并乔装打扮成流浪汉四处漂泊。每当她啼哭的时候,海默尔就弹琴唱歌来安慰她、哄她。到了没人的地方,海默尔就会打开竖琴,为阿斯罗格梳洗一番,并将她父母的事迹讲给她听。直到后来他们来到格利玛家里,得到了老太太热情的招待。但她发现巨琴中露出一截华丽的腰带,就认为里面一定藏有宝贝。起了贪念的格利玛表面上好好招待了海默尔,酒足饭饱后她安排海默尔到外面羊圈休息。等她丈夫奥尔回来后,她让丈夫杀了海默尔。由于奥尔天性胆小怕事不敢做杀人之事,但又不敢违背自己妻子的意思,他只是把海默尔打昏之后扔进了海里。

两口子立刻打开竖琴,却没有发现自己预期的宝贝,里面只有一个漂亮的小姑娘。小姑娘吓得愣住了,看着他们,对他们的询问没做任何的回答。格利玛本想一块儿把她也杀了,以绝后患,但奥尔却认为既然她是个哑巴,还不如留下来

第十九章 奥丁和他的恩赫里亚

做家务。就这样老太太给小女孩取名为克拉克,对外说是自己收养的孤儿。为了做得更加真实,格利玛把克拉克的头发给剪掉了,还在她的脸上涂上锅底灰,给她换上脏衣服,所有的脏活累活,都让她干。这也说明了为什么又老又丑的格利玛却有这么一个貌美如花的女儿。同时,这也是克拉克义无反顾地跟随瑞格纳的原因。

"我从未忘记自己的身份。"阿斯罗格对瑞格纳说,"每天我都会在海边眺望。因为我相信,总有一天会有一个勇敢的国王前来解救我,作为女武神布伦修德的女儿不会就这样过完一辈子的,并且我知道会在不久之后我会生下一个儿子,眼里有龙的影子,这影子就跟我父亲西古尔德杀死的毒龙一模一样,并且这个孩子的名字你必须用我父亲的名字来命名。"

果然不出所料,没多久阿斯罗格就生下了眼里有龙影的西古尔德,此后,瑞格纳对奥斯丁女儿的事再也不敢提起。就这样过了很长时间,奥斯丁见瑞格纳既没有迎娶自己的女儿,也没有给自己一个合适的说辞。他觉得自己和女儿受到了莫大的羞辱,便修书与瑞格纳绝交。

对于奥斯丁的女儿勾引瑞格纳一事,他的两个大儿子很是不满,现在奥斯丁先翻脸了,他们就决定先给他个下马威,便召集人马攻打奥斯丁。在应战时奥斯丁将部队分为三股,其中正面对敌人纠缠的有一批,另外还有两股埋伏在旁边趁机偷袭。埃里克和奥格纳看敌人人数不多,还节节后退,便开始掉以轻心,冒失前进,结果竟被四起的伏兵截断了退路。同时奥斯丁放出魔牛,所有兵士被它的叫声吓得魂飞魄散,四处逃散。开战没多久奥格纳就战死了,而埃里克则被敌人活捉。

他们把埃里克五花大绑地带到了奥斯丁面前。奥斯丁说:"是你们的父亲悔婚在先,让我们丢尽了脸。现在想要我饶你不死也可以,但是你要娶了我的女儿才行,这样我们两国还能重归就好。"

埃里克怒吼道:"先不说我哥哥已经被你们所杀害,就算他没有被你所杀,我也不会娶这个父亲不要的妖女。你就是个暴君,如果我死了,我的兄弟一定会来替我报仇的！"

奥斯丁冷笑道："这可是你自找的，我给你指了活路你不走，就不要怪我无情了。"埃里克道："死有什么好怕的，如果你还有一丝将领气度的话，就应该根据国际公约放了我手下的那些兵士，让他们安全回国。"

看在瑞格纳的面子上，奥斯丁只得点头答应。在埃里克被执行死刑前，他将自己随身携带的一个金臂环交给了一个心腹，让他带回国交给继母阿斯罗格，并向全家人告别祝福。之后他就被巨型投石车抛上了天，不偏不倚地落在了军团所竖起的长矛上。

当埃里克的那位心腹带着金臂环和噩耗回国后，王后听闻了此事滴出了血泪，她的几个儿子决定要为哥哥报仇，就连年仅三岁的西古尔德也要去给哥哥报仇。于是，伊沃在国内招募了很多勇士，一同杀向奥斯丁的领地，而奥斯丁依旧带着他的魔牛来战。伊沃已经知道魔牛的攻击力，并且他也心知肚明只要杀死魔牛，敌军的那些士兵根本不值一提。但当伊沃看到这个魔牛时，还是吃了一惊，他发现与维比特城的魔牛相比，这只魔牛体型大了好多。伊沃事先已经让士兵用蜡封住了耳朵，并想用所有兵士的呐喊声来掩盖魔牛的叫声。但这魔牛的吼声实在太大了，它一路狂叫着向伊沃冲来。伊沃的军队看到这样的阵势不免有些慌乱，伊沃立刻发出命令让手下将为这次战斗专门准备的巨型弓架抬出来，以投枪作为箭矢，将巨弓拉成满月射了出去，这一箭贯穿了魔牛的左眼和右眼。魔牛没有了双眼，在疼痛的刺激下，它变得更加狂躁，不分敌我地胡乱踩踏。

眼看着魔牛向他们这边冲来，周围人都急切地催促伊沃快想想办法，可伊沃却面露得意的微笑。原来他早在弓箭上涂了剧毒，现在魔牛疯了似的狂跑，更加速了毒液的流动，也就更加快了它的毒发速度。就在大家担心不已的时候，中毒的魔牛开始四肢僵硬，中枢神经已经麻痹，心跳和呼吸也慢慢地停止了，就这样魔牛在伊沃面前轰然倒地。

魔牛一死，正如伊沃所料几乎不费吹灰之力便攻下了敌人的防线。奥斯丁趁乱逃跑了，维兹克一路追去，发现奥斯丁的时候，他纵身一跃用战斧砍下了奥斯

第十九章　奥丁和他的恩赫里亚

丁的头颅。

伊沃四兄弟凯旋，稍作休整就开始继续南下打家劫舍。一路上他们攻城略地，先后将萨克森人和法兰克人的领地尽收囊中。在攻打维菲尔斯的城堡时，他们和城中的居民交谈，只要用财物便可换取和平。但维菲尔斯堡的防守很是坚固，并且城中食物和水源十分地充足，根本不惧长久的战役。伊沃很清楚这样下去对自己不利，不得不下了撤退的命令。

城中军民见敌军已经离去，便高兴地举行了欢送仪式。他们在城墙上挂满了金银珠宝，让这些财宝在阳光的照耀下更加耀眼夺目；并且城中的军民还在嘲笑这些一无所获的海盗，他们竟然说看来瑞格纳家族的英雄事迹都是假的，根本就不值一提。

一向冷静理智的伊沃面对如此的冷嘲热讽竟然吐出了鲜血。大家让军队停下，并叫来军医查看。这时的伊沃突然灵光一现，想到了破敌妙法。他让手下人去砍些松木，并在入夜后偷偷返回维菲尔斯堡，将那些松木堆放在城墙脚下。此时城内军民上下一片欢腾，城墙上的防守很是薄弱。伊沃命人将松木点燃，顿时冲天大火熊熊燃烧起来。很快，在风力的作用下，城墙上的卫兵被烟熏得睁不开双眼，为了扑灭大火只得往城墙上泼水。就这样骤冷骤热的变化，使城墙出现了裂纹。就在这时伊沃命令所有投石车对城墙投射巨石，瞬间固若金汤的城墙被砸出了数个缺口。通过缺口伊沃的军队蜂拥而入。

城中兵士还在饮酒作乐，还没来不及清醒过来便被砍下了首级，很快城内的局势被伊沃的军队控制了。攻破了维菲尔斯堡，伊沃不医自愈，他感慨道：消灭敌人，挽回家族的荣誉就是给我治病最好的良药。

瑞格纳征战回国后，得知儿子去世的消息，瑞格纳很伤心也为自己不能亲手杀了仇人而感到遗憾。现在他感到了严重的紧迫感，因为自己的儿子不管是在战绩还是在威望上都远远超过了他。他的儿子们已经征服了欧洲大部分的地方，所以他为了表现自己的勇猛，就想去征战无人占领过的英格兰。他命人建造了两艘巨型战舰，以备打仗之用。

瑞格纳的妻子告诉他，英国地区海岸曲折，到处都是浅滩和暗礁。而这两艘巨舰吨位大，吃水线深，用它们去征战英国肯定会吃亏的。还不如建造十艘中型战舰，更为方便实用。但此时的瑞格纳求功心切，对妻子的劝告已听不进去了。他说道："战争在于攻心，英国人看到这么大两艘战舰就会在心理上有所惧怕，这样我们就占了上风，打败他们也就不是什么难事了。"临出发，妻子给了他一件衬衫，并告诉他千万不要脱下，这件衣服已经被施了魔法，可以抵挡任何兵器的攻击。

瑞格纳并没有那么幸运，他刚来到英格兰，就遭遇一场大火，使两艘巨舰烧毁殆尽。瑞格纳决心背水一战，他向英国腹地杀去。英国国王艾拉亲自率兵应战。交战前，艾拉已经明令禁止杀害瑞格纳。因为奥斯丁的事他很清楚如果伤害了瑞格纳，他的那些儿子不管付出什么代价一定会为他报仇，这样英格兰就别想有太平日子了。交战时瑞格纳手下的兵士以一当十，杀了不少英国兵。在交战的时候凡是被瑞格纳的长剑刺到的人都当场毙命，因为在他的剑上有着巨蟒携带的魔力，并且他身上的衬衫更是保护他，让他刀枪不入。但毕竟英国军队人多势众，即便瑞格纳和他手下的兵士已经杀死了十倍于自己的敌人，但前赴后继的敌人仍在源源不断地前来。慢慢地，瑞格纳的部队已经有些精疲力竭了，最终被敌人活捉，并被带到了国王艾拉面前。

艾拉之前并没有见过瑞格纳，询问他是谁，可他却什么也不说。不得已艾拉只好将他投到蛇坑里，并告诉部下，只要他说出瑞格纳在哪里，就饶他不死。

可他进入蛇坑，因为他身上衬衫的作用，所有的毒蛇都离他越来越远。艾拉见此情景，让人把他拉了上来，褪去了他的衣服再一次把他投入蛇坑。这一次所有的毒蛇都来到他的身上噬咬着他的每一寸肌肤。蛇毒随着他身上血液的流动流向全身，瑞格纳知道自己这次是难逃一死了。于是，他开始用哼小曲的方式来歌唱自己一生的功绩，以及他与两个妻子的爱情故事。直到这时艾拉才确定这个人就是瑞格纳，他立刻命人将他救出蛇坑，却为时已晚。

这时的艾拉很是懊悔，既然瑞格纳死在了自己的手里，他的儿子们一定会前

第十九章 奥丁和他的恩赫里亚

来为他报仇,到那时不但自己的人头难保,英格兰也必定是生灵涂炭。最终他只得派人前去议和,并愿意为瑞格纳的意外死亡出钱赔偿。但现在的这个任务却无人愿意去做这个议和的使者。没办法艾拉只得面向社会招聘议和使者,但民众一听说是要去丹麦,便无人敢去揭榜应聘。对丹麦大家都很恐惧。经过很长时间的悬赏后,终于有两个人愿意前往丹麦议和。艾拉特意叮嘱他们留心观察瑞格纳的几个儿子在得知父亲去世后的反应。

伊沃四兄弟从南欧归国后,知道父亲已经出航去征讨英国,便商量是否再带些人马前去协助父亲完成大业。阿斯罗格和伊沃认为瑞格纳此次独自征战就是把荣誉看得高于一切,想要属于他自己的胜利,如果此时他们前去帮助,也许是对他莫大的侮辱。

就在他们商量的时候,英国使者来了,告诉了他们瑞格纳去世的消息,众人顿时呆住了。清醒过来的伊沃询问父亲的死因,来使一五一十地讲述了当时的情况,并说出了此次来访的重点,愿意为瑞格纳的死做出赔偿。听到噩耗的比亚恩,他正在下棋,他那正捏着棋子的指甲中滴下了鲜血;正在修箭头的西古尔德就连小刀割到了自己的指骨都没有察觉到;在擦枪的维兹克紧握枪杆,枪杆上留下了深深的手印。而此时的伊沃就好像成了一条变色龙,脸色由开始的红,变成后来的青,再到最后的惨白。愤怒中的维兹克想要杀了议和使者,却被伊沃制止了,并高声说道:"两军交战,不斩来使!"伊沃还发下命令任何人不得伤害使者,并为了能让他们安然返回英格兰,还给他们补充了充足的粮食物资等。

在英国来使起锚后伊沃才把父王的死讯告诉了母亲阿斯罗格。阿斯罗格自幼便失去双亲,现在又失去了丈夫,虽然此时的她万念俱灰,但没有掉一滴眼泪,因为如果她哭了就会让瑞格纳蒙羞。她对儿子们说:"既然你们的父亲已经死了,你们一定要为他报仇,只有这样才能安慰他的在天之灵。"说完这些阿斯罗格就哀伤地离开了。

但他们在考虑如何为父报仇这件事上有了不同的意见,伊沃认为,如果艾拉能够给予足够的赔偿,他愿意议和。因为他觉得,父亲和艾拉之间原本就没有什么利益冲突，并且是父亲先挑起的事端，是在准备不充分的情况下仓促出兵，不听从母亲的劝告，他的失败从一开始就是注定了的。从亲情上来说，儿子为父亲报仇是理所应当的，但从道义上来说，父王的这一举动无法得到国际舆论的支持，这个结果也算是咎由自取。

大哥说完自己的想法后，其他几个兄弟哪里肯愿意。第一个向大哥提出质疑的是比亚恩："之前我们几个联手，所谓是攻无不克战无不胜，一个小国难道还怕它不成？而且在他们国家还没有魔牛，更是不值一提了。"

平时对大哥很尊敬的维兹克怒吼道："为了父亲我们可以连命都不要，更何况现在父亲被害，我们岂能置之不理，如果真的这样我们家族的荣誉将置于何地！我必须要去砍下英王的头，为父亲报仇。"

其实伊沃又哪里不想为父报仇，但他知道就算是杀了艾拉，父亲也不可能再活过来，并且他考虑的是如果在报仇中自己的弟弟再出了意外，就更加得不偿失了。此外，从国家利益上来说，战争从来没有真正胜利的一方。打仗对任何一个国家都是不好的，所以伊沃说："如果真的要打仗，我会跟随着你们一起去，但是我去的第一目的还是和艾拉议和。"

伊沃前往英国的时候，带领了很多勇士，但他这样做是为了备不时之需。在三个弟弟登陆时，他让自己的部队留在了海上。使者回国后，艾拉从他们那里得知，伊沃在知道父亲死讯的时候非常地镇定，知道他是个不好对付的狠角色。面对着现在和自己交战的三个弟弟，在后方按兵不动的伊沃更让他担心。艾拉在应战的时候不敢使用全部的兵力，因为他害怕伊沃会趁机对他发动攻击。所以他下令，只能打退敌人的进攻不能伤害他们三兄弟。就这样伊沃的三个兄弟一次次地进攻，却都被艾拉一次次地打退了，最终他们不得不返回船上。这时，伊沃对弟弟们说："你们现在应该知道，蛮力解决不了任何问题。如果不是艾拉放了你们，你们以为自己可以全身而退吗？照目前的形势，还是去和艾拉议和吧。"三个兄弟对大哥的话也都心知肚明，如果不是有大哥在后方坐镇，他们很可能真的就回不来了。经历过失败后他们才更加懂得兄弟间的情谊，于是便同意了大哥的想法。

第十九章 奥丁和他的恩赫里亚

伊沃安排三个弟弟先回国，他让西古尔德暂时掌握行政大权，又安排另外两个弟弟掌管丹麦的财务，但他提前嘱咐弟弟在自己需要的时候必须按时将财产送来英国。在弟弟们返航后，伊沃便和自己的兵士一起上岸与艾拉讲和。艾拉十分清楚伊沃一向诡计多端，可现在他却让自己的弟弟回国，只留下他自己，这样的反常让艾拉更是捉摸不透。就算是这样，能够赔偿钱款总好过刀兵相向。但在商讨赔偿数量时，伊沃只是说："我要的并不多，只要一块牛皮可以铺盖的土地就行了。"

艾拉听到这个条件很是吃惊，一口便答应了。但艾拉还是多嘴问了一句："除此之外，还有别的要求吗？"

伊沃回答："我想利用这块土地修建一座城堡，但我保证永远不会和你兵戎相见。"

尽管艾拉对伊沃提的要求很是怀疑，但听到他说不会有任何政治和军事企图后，还是很爽快地签订了合约。合约签订后伊沃便宰杀了一头体型巨大的牛，将牛皮制成皮革，之后又将它割成很细的牛皮绳。伊沃用这根牛皮绳在艾拉的领土上圈住了差不多十里的土地。直到这时，艾拉才知道中了伊沃的圈套，但双方已经签约，他也只能吃了这个哑巴亏。

在圈定的土地上伊沃修建了一座比英王皇宫还豪华的宫殿，当然他就成了这里的主人。他将自己的领土让给周围的农民耕种，并免收三年的赋税。有免费的土地可以耕种，还不用交赋税农民当然愿意。就这样伊沃在自己的领地势力稳固后，派人到丹麦让弟弟把自己的财物转移来英国。

伊沃有了资金的支持，经常邀请达官贵人来他的城堡饮酒作乐。他为人豪爽、有情有义，对这些英国贵族出手很是大方。慢慢地，他在英国和各个阶层的人都交了朋友。也因为这些诸侯平时在伊沃那里得到不少好处，所以对他都十分地友好，并表示：如果他与艾拉交战，他们会保持中立，按兵不动。

伊沃见自己的付出并没有白费，觉得自己终于等来了报仇的机会，他秘密地派人去给丹麦的弟弟送信，让他们全力攻打英国。直到现在，他的这些兄弟们才明白了大哥的苦心，只是为了在等待一个合适的机会然后致艾拉于死地。得到消息的弟弟们马上组织舰队，前来攻打英国。艾拉听说伊沃的弟弟们再一次前来挑战，马上下令召集人马。但各路诸侯与伊沃有言在先，所以都按兵不动。这时艾拉能够调动的兵将实在少之又少，而伊沃却带着自己的部队假意与艾拉并肩作战。

艾拉对伊沃的帮忙很是吃惊，伊沃说："你我已经有过契约，我绝不会跟你刀兵相向。所以，你不用担心我会违背诺言而帮着弟弟们攻打你。"

艾拉听了此话，想让伊沃说服弟弟退兵，但伊沃却说："我早在跟你和解的时候就把王位让给了弟弟西古尔德。现在丹麦的军队已不再听从我的指挥，只有弟弟才能让他们退兵。但即便如此我还是他们的大哥，我想如果我去劝他们，他们应该还是会同意的。"艾拉连忙答应。

伊沃出城来到西古尔德的营地，对弟弟说："现在的艾拉已经没有什么兵将了，你们只需尽力攻打一定可以大获全胜。"

然后伊沃又回到艾拉身边，对他说："我这些死心眼的弟弟们一心只想为父报仇，对和解和赔偿没有丝毫的兴趣。但你可以完全放心，我会信守我们之间的约定，绝不与你发生兵变。"听了这话艾拉稍稍放心了些。但伊沃又说："可如果你让我们手足相残，那也不可能。"这时艾拉才明白伊沃和各路诸侯一样只是保持了中立，并不会帮自己，这无疑是把他往死路上逼。

在交战的时候，英国军队终因寡不敌众而被打得七零八落、溃不成军。在逃跑的时候艾拉不幸被乱箭射中，伊沃命人把艾拉绑在一块巨石上，用钩子穿过他的肋骨然后往左右使劲儿将他的胸腔撕裂开，之后又把他扔进了让父亲丧命的毒蛇坑，并说道："这是给父亲迟到的祭奠，但我想这也是他最想得到的！"

第十九章 奥丁和他的恩赫里亚

哈尔夫和沃尔格

挪威王哈夫尔丹有三个儿子，分别是哈尔加、哈罗尔和哈尔顿。后来哈尔加跟随父亲在邻国征战的时候，父子二人不幸身亡，没过多久哈尔顿也因病去世。哈尔加和哈尔顿分别还有一个儿子，名字为哈尔德和哈尔夫，这两个孩子在哈罗尔的抚养下长大成人。哈罗尔却在晚年才有了一个儿子——罗里克，却因为他年纪太小，没办法处理政务，哈罗尔就让成熟稳重的哈尔夫来辅佐自己。哈尔德认为自己受到了叔父的轻视，选择远走他乡。而年轻不懂事的罗里克对父王让堂哥执掌实权这一事，也很是不满，因为他觉得自己才是王位的继承人而现在却成了候补队员，所以很是恼火。

一天，罗里克对自己的父亲表露了心声，他想让父亲把象征着王权的臂圈赐给他，他说怕将来父亲去世后，自己的王位会被堂哥哈尔夫所窃取。听了此话的哈罗尔怒喝道："不知道你整天在想些什么，不把心思放在学习治国之道上，却在这里怀疑自己的兄弟。再说这臂圈，早晚都是你的，但现在按照家族的规矩，不能给你。如若违背，怕有不好的事情发生。"

但罗里克就这样一直缠着父亲："父王，我知道是我自己好高骛远，嫉妒心强。你现在不把臂环传给我也行，但能否摘下来让我看看呢？"对儿子的苦苦哀求哈罗尔没有办法，只得取下臂圈递给儿子。罗里克拿着臂圈高兴极了，并感叹道："长这么大还没见过比它更好的臂圈呢。既然大家为了它会互相伤害，为了避免战争的发生就应该把它放在任何人都接触不到的地方。"说完他就把臂圈抛入了大海，然后扬长而去。

悲怒交加的哈罗尔仰天长叹："主神奥丁啊！我该怎么做才能洗清自己的罪孽啊？"就在这时云上传来一个声音："血！想要洗刷罪孽就要用至亲和仇人的血才可。"哈罗尔听了此话后，便知道自己的家族会有血光之灾。

如果拿罗里克和哈尔夫相比，哈罗尔更信任跟随自己四处征战的勇者哈尔夫，所以他希望哈尔夫在罗里克继承王位后能够继续辅佐罗里克。哈罗尔去世后，罗里克如愿登上了王座。可他一上台就把自己的堂哥哈尔夫赶出了宫廷，并剥夺了他所有的政治权利，甚至还剥夺了他的所有财产，无奈的哈尔夫只能带着剑浪迹天涯了。

贪财是罗里克的本性，登基后的他更是如此。并且他为人十分吝啬，根本没有一点的帝王之风，有时甚至还会从侍从那里扣他们那本来就少的要命的收入。人们常说"财聚人散，财散人聚"，贪财的罗里克越来越失去民心。时间一久，很多人包括罗里克的部下都弃暗投明选择了勇武大度的哈尔夫。

此时的哈尔夫已经有了自己的领地和势力。大家对罗里克越来越不满，他的身边经常有人劝他回去夺回王位。再说哈尔夫的父亲和罗里克的父亲同样都是王子，所以哈尔夫才有资格、有能力成为新一代的国王。

思虑再三后，哈尔夫决定率领自己的队伍与罗里克决斗。胆小的罗里克并不应战，他只是在哈尔夫的面前放了一堆的金银珠宝，并让他随意拿取，并说道："拿走之后，以后就不要再来找我了。"

哈尔夫对眼前的罗里克充满了蔑视，冷笑道："财宝不是勇士的武器，只有剑才是。如果你自己知道自己没能力应战，那就投降吧，并让出王位。"罗里克见自己的堂哥对这些珍宝毫无兴趣，就慌忙退回宫中召集兵士应战。但由于他平时没有善结人缘，现在用人之际也没有人肯为他效命，他只是召集了一些骗吃骗喝的人来保卫王室。哈尔夫和手下的精兵良将几乎不费吹灰之力便铲除了他们所有人，之后还把罗里克搜刮的钱财分给了兵士和穷苦百姓。

哈尔夫豪爽、仗义疏财的性格为他赢得了不少人的拥戴。慢慢地挪威的国势变得越来越强大。一天来了一个叫作沃尔格的年轻人，他对哈尔夫直言道："早就听说北方最伟大的国王就是你哈尔夫，可现在在我看来你不过是一只渡鸦罢了。"

哈尔夫对此并没有生气反而笑道："谢谢你把这么响亮的名号送给我。"然后还送给了沃尔格一个金臂圈。

沃尔格戴好金臂圈，然后把另一只手藏在背后，举着戴臂圈的手说："已经很长时间没人赏赐我东西了，这个金臂圈我还是挺喜欢的。"

哈尔夫好奇地问："那你为什么要藏起你的另一只手呢？"

沃尔格答道："因为它看到自己的同伴如此光鲜亮丽，羞愧难当，所以才躲藏起来。"

哈尔夫哈哈大笑，便又赏赐给了他一个金臂圈。看到哈尔夫如此大度，如此重视自己，沃尔格走到皇室族柱前大声宣誓："我尊敬的国王，如果有人来伤害你，我一定会让他为此付出代价的。"

机智勇敢的沃尔格甚得哈尔夫的喜欢，哈尔夫让他担任御林军总管的职务。沃尔格也没让哈尔夫失望，将这支剽悍的卫队训练得骁勇善战，誓死愿为哈尔夫效命。

一天，哈尔夫的继父阿迪尔斯邀请他来做客。他心里还在想着，继父在迎娶母亲的时候没有给母亲任何聘礼，这一次应该会有所表示。阿迪尔斯热情地接待了哈尔夫以及他的随行人员。阿迪尔斯一边畅饮，一边向哈尔夫炫耀他的战绩。甚至还无礼地问哈尔夫："你感觉自己有什么优点吗？"

哈尔夫答道："我认为我最大的优点就是有着超乎常人的忍耐力。那我也想问问您有什么优点呢？"

阿迪尔斯道："我认为作为一个君主的基本修养和品德就是慷慨，而我最大的优点就是慷慨。刚才你说你最大的优点就是忍耐力，如果你不反对，我想见识一下。"说完吩咐手下在哈尔夫的面前堆起了一堆柴火。熊熊大火瞬间燃烧起来，眼看就要把哈尔夫的衣服烤焦了，他灵机一动说道："在这里弄这么大的火会把厅内的装潢烧坏的，干脆我们还是到院子里把火烧得更旺些。"说完他拔出自己的佩剑砍倒身边的一根柱子，借着柱子跑了出去。走出来后，哈尔夫就笑道："不知现在我是否也能见识下您的优点呢？"

阿迪尔斯哪里肯甘拜下风，他命人拿来许多黄金，还有自己祖传的金臂圈。哈尔夫道："那这些财宝就当作您迎娶我母亲的聘礼了。"然后就打道回府了。哈尔夫还没走多远就看到阿迪尔斯带兵追了过来。哈尔夫命人把刚才得到的那些黄金撒在了地上，阿迪尔斯的兵士纷纷下马拾取金块。阿迪尔斯斥责部下："你们别抢了，先去追人，等追到了人我大大有赏，再说等会儿我们回来有的是时间来捡这些金子。"

很快，阿迪尔斯的人马快追上哈尔夫了。哈尔夫将那个金臂圈抛了下去。阿迪尔斯担心马蹄踏坏了祖传的宝贝，便停止了追赶。哈尔夫狂笑道："大王的慷慨我总算见识了，今天多谢大王的馈赠，还亲自护送我这么远。送君千里，终有一别，你们还是回去吧。"

哈尔德王子离开家乡后，在瑞典和一个名叫斯库尔德的公主结婚。哈尔德的妻子极力怂恿丈夫夺下哈尔夫的王位，他们暗中招兵买马，伺机夺取哈尔夫的王位。没过多久便有了机会，哈尔夫邀请堂兄回国，并盛情招待他们，但卑鄙的哈尔德自己只带了几个随从来到宫中，而在随行的船中藏了大批的士兵。

宴会一直到深夜才结束，哈尔夫因太过劳累而先行退席就寝。随后哈尔德召集藏在船中的士兵，将王宫围得水泄不通。这时哈尔夫的手下刚好有个人准备出宫约会，看到了哈尔德的兵士。他马上掉头告诉了国王王宫被围。仓促间哈尔夫召集了宫中御林军前来应战。

很快两军便开始了激战。由于哈尔夫的军队是仓促应战，并且好多人在晚宴中都喝多了，而哈尔德是有备而来，所以在战斗力上有所悬殊。渐渐地，哈尔夫的军队人数越来越少，即便这样也没人后退，因为他们都有过誓死效忠国王的誓言。最终哈尔夫战死，升入瓦哈拉神殿，但他的卫士仍留在他的尸体边，直至战到最后一人。

就这样哈尔德实现了自己的愿望，登上了王位。之后为了庆祝自己登基还举行了盛大的宴会。宴会后，他问道："这里还有谁是哈尔夫的部下？现在只要你愿意投奔我，我就可饶你们不死，还会给你们安排相应的职务。"

当哈尔德的手下告诉他，哈尔夫的部下都已随他战死时，一直没有露面的沃尔格站出来说："还有一个，我就是！"

哈尔德问："你愿意为我效命吗？"

"当然愿意。"沃尔格答道。

哈尔德拔出长剑，用剑尖指着沃尔格问："那现在你就用胸口对着剑尖发誓吧。"

沃尔格说："胸口对着剑尖只能是对阿斯加德的诸神起誓。而现在是在王宫，只用握着剑柄起誓就可以了。"哈尔德一想也是这样，自己也不敢得罪天上的诸神，就掉转长剑，把剑柄递给了沃尔格。紧握着剑柄的沃尔格，用力将剑刺进了哈尔德的嘴里。就这样哈尔德被沃尔格杀死了。一时慌了神的卫兵纷纷将沃尔格围住。沃尔格仰天长啸一声，坦然敞开胸膛道："既然自己已经许下了诺言，就算是死也要遵守。我最看不起的就是那些为了生存而违背诺言的人，我发过誓，如果有人伤害了哈尔夫，我就会替他报仇，现在我已兑现了自己的承诺，是什么结果已经不重要了！"说完这些，数支长剑一同刺向了沃尔格的身躯。

孤胆英雄雅尔哈康

丹麦老国王在他的儿子雅尔哈康尚在年少之时，就在抵御挪威海盗时阵亡。家破国亡后，雅尔哈康为了躲避追杀，只得亡命天涯。这个无家可归的孩子后来被女巨人海格丽收养了，得到了女巨人无微不至的照料，并在女巨人那里学到了十八般武艺。在海格丽的抚养下，雅尔哈康终于长成了一名强悍的武士。

雅尔哈康成年后，长成了一个英俊的美少年，海格丽要让他为自己这么多年的付出做出回报。雅尔哈康为她做了很多事，但都不能令海格丽满意。海格丽见雅尔哈康很朴实，只能直接坦言了自己的爱意，并希望能得到雅尔哈康的真心。

虽然海格丽也有着如花的美貌，但在雅尔哈康的心里一直把她当作长辈，从未有过别的想法。眼下的情况让他不知该如何是好。最主要的是，他们之间还存在着种族的差异。他对海格丽说："很抱歉，虽然我也对你心怀爱恋，但我只是个普通人，和你这样的巨人，差距实在太大，我没办法给你让你满意的感情，并且我们这样的爱情是不会有结果的。"

海格丽听后愣了一下，然后又咯咯笑道："我没办法改变你的体型，但我可以改变自己啊，我可以把自己变得跟你们普通人的体型一样啊。"说着她就将自己变成了娇小玲珑的美女。从那以后，他们之间的爱火越烧越旺，两个人形影不离，浪迹江湖。

第十九章 奥丁和他的恩赫里亚

一天夜里,他们二人来到一间木屋前准备借住一晚。但敲了好久的门,都无人应答,不得已他们只能不请自入,进屋后发现屋中有具男尸。海格丽告诉雅尔哈康她可以通过死者的口来预知未来,于是她就在一块小木片上写了鲁纳符咒,把它放到了尸体的舌头下面。

很快,死尸坐起来阴森地说道:"是谁让我死了也不得安生?让死人不得安息的人必要大祸临头。至于你,小伙子,倒是吉人自有天相。"说完又倒了下去。

到了半夜的时候,在这个小屋内出现了一只巨人的手胡乱地抓着。慌乱中的海格丽还没来得及变身就死死抓着巨手,对雅尔哈康喊道:"快挥剑砍它。"雅尔哈康应声砍去,巨人的手被砍掉了,伤口喷出的鲜血差点把他们淹没了。听着屋外巨人的惨叫声,附近的其他巨人也围了过来。海格丽对一旁的雅尔哈康喊:"你快逃进那片树林,我怕一会变身后伤到脚下的你。"

雅尔哈康转念一想,的确如此,为了让海格丽安心应战,他向树林飞奔而去。他刚跑到树林,就听见了海格丽的惨叫。那些围攻她的巨人见她为了人类而伤害自己的同类,就拽着她的四肢和头将她撕裂了。雅尔哈康看到妻子惨死非常伤心和气愤,当即向奥丁发誓,只要能为海格丽报仇,杀死那些巨人,自己愿意升入瓦哈拉神殿为奥丁效命。

一天雅尔哈康正在海边伤心落泪时遇到了一个独眼老人,于是他把自己的遭遇向老人一一诉说。老者对他说:"单枪匹马难成大事,要有志同道合的朋友相助才能完成大业。"于是老人将雅尔哈康带到了一条大船上,把他介绍给了船长鲁克。两人志趣相投,有种相逢恨晚的感觉,便很快就成为朋友,之后他们一起在海上劫掠钱财,获得了巨大的财富,也赢得了极高的社会地位和威望。但没过多久,在一次与冰岛国王洛克的交战中。鲁克战死,雅尔哈康则被活捉。洛克计划将他扔进兽栏喂熊。正在这千钧一发之际,那独眼老人再次出现,告诉他逃跑的方法,两人并约定了见面的地点。

到了晚上,守卫开始欢庆自己的胜利,这时雅尔哈康为了消除他们的戒心,为他们哼起了小调助兴。待守卫酒足饭饱后,雅尔哈康将自己的海上经历低声讲述给守卫听。卫兵被他的故事吸引了，就凑上前来以便听得更仔细。就这样几个守卫在雅尔哈康的故事中慢慢熟睡，他轻而易举拿到了囚笼的钥匙，并找回自己的长剑，然后杀死了兽栏中的黑熊，挖出熊心熊、胆美美地吃了一顿，瞬间他感觉自己的勇气和力量大增，便立刻赶向与老者约定的地点。老人骑着马在那里已等候多时，看到逃出来的雅尔哈康，让他上马坐在他背后，同时吩咐他用布条将眼睛蒙上，并叮嘱他马儿在停止前万不可睁开眼睛。接着老人就策马飞奔起来，通过耳边呼啸的风声雅尔哈康知道马儿正在高速前进。他还在心里嘀咕又没有追兵，用得着跑那么快吗？在好奇心的驱使下，他揭开了蒙在眼上的布条，环顾四周。这时他才发现马蹄下是一片望不到边的絮状物体，并且没有一点的马蹄声。虽然在周围看不到任何东西，但他知道他们是在向天上飞。直到后来看到身下波光粼粼的水面，才知道此刻自己已经在九天之外了。雅尔哈康俯视着大地的一切，没有丝毫的恐惧。最后在一座高耸入云的山顶上他们停了下来，沉浸在美景中的雅尔哈康早忘了老人的忠告。独眼老人回头见雅尔哈康居然一直在看着四周，不由得低喝道："好小子，胆子挺大。"说着顺手递给雅尔哈康一个牛角杯。

老人道："一般的凡夫俗子喝了这东西便会七窍流血而死，可如果是真正的英雄就能洗髓伐毛、脱胎换骨。你喝了这东西，是龙是虫我一眼便知。"

雅尔哈康欣然接过牛角杯说道："男子汉大丈夫如果不能叱咤风云，建功立业，那还不如死了算了。"然后一饮而尽喝了个精光，喝完雅尔哈康瞬间觉得全身血液沸腾，好像有一团高温物质从喉咙开始流经全身各处。此刻他很清楚自己已经脱胎换骨，虽然还是人类的躯壳，但体内却拥有着用之不竭的力量。老人笑道："你果然没让我失望！现在你已身兼智、勇、力、胆四种能力，当今世间无人能及，希望你不要辜负我的厚望。"说完便消失了。

随后雅尔哈康靠着自己的威望组建了一支舰队，为父亲报了血海深仇，收复丹麦，成了新一任的国王，一时间将所有男人都想得到的荣誉尽收囊中。在某一个夏天，他跟瑞典的海军交战，一路所向披靡直至瑞典腹地。一天晚上将士们在一条大河边安营扎寨，雅尔哈康想要到河里洗洗身上的尘土，可他刚一下去就看到一头怪兽向他游来。他立即跑上岸，拔出自己的佩剑将怪兽杀死了。然后他还将怪兽的尸体拖到营中，向自己的部属炫耀自己的战绩。就在这时营中突然冒出一个老妇对他责备道："你就是个有勇无谋的匹夫，不问青红皂白枉杀了河中的圣兽，你会为自己的鲁莽付出代价的。"说完这些，老妇人就随风消失了。

很快她的诅咒就应验了，雅尔哈康带着队伍在行军途中找不到半点粮草，不得已士兵只能将战马杀死来充饥，还有好多的战士跑到森林里找一些野蘑菇来吃，却不幸中毒身亡。

无计可施的雅尔哈康，只能带着剩下的残兵往回撤。可就在他们撤退的时候却遇上了敌军，雅尔哈康的部队几乎全军覆没，最后还是在部下的掩护下他才得以逃脱。接下来雅尔哈康一直被厄运缠绕。每次出航，都会遇到大风暴雨，导致他的船触礁沉没。在岸上，只要他一出门就会雷雨交加，不管他躲到哪里，屋顶都会被雷电击中而坍塌。最后还是在他向诸神献祭了祭品，才摆脱了厄运的缠绕。

雅尔哈康的妻子海格丽死后，他就一直想找机会为她报仇。他常常会到海格丽去世的那片树林等待着巨人的出现，却一直一无所获。所以，在他听说巨人逼迫贝地国的公主罗尔顿嫁给巨人时，他觉得这是个千载难逢的好机会。在巨人逼婚那天，他偷偷来到贝地国，在巨人的必经之路上设了埋伏。果然巨人抱着他抢来的新娘过来了。雅尔哈康冲出来用剑刺去，巨人放下公主，开始应战，轻松拿起身边的巨石向雅尔哈康投来，但身手敏捷的雅尔哈康总能安全躲过，并向巨人的四肢砍去。靠近巨人身旁的雅尔哈康就在巨人的腋下和腿间穿梭着，巨人无法躲闪，只能用拳砸脚跺。虽然巨人力大无穷，可他的动作笨拙。巨人把现场弄得飞沙走石，地动山摇，雅尔哈康却毫发无伤，巨人却被削得血肉横飞。最后，遭到重创的巨人倒下了。雅尔哈康跳上他的胸口，用利剑直刺他的心脏。垂死挣扎的巨人抓起胸前的雅尔哈康便向旁边的巨石上摔去。虽然雅尔哈康为了缓冲摔击力在空中翻了好几圈，可还是被力大无穷的巨人给摔晕了。

这时躲在一旁的公主罗尔顿走到他的身边，用自己的衣服给他包扎了伤口。

按照固定的情节发展，这位公主深深地爱上了这个救自己的英雄。公主在雅尔哈康的右脚脚踝上戴上了自己祖传的金臂圈，趁他还没有清醒，便回国去了。

罗尔顿的父亲见女儿毫发无伤地回来了，一时激动得热泪盈眶。他想自己也老了，女儿已经长大了该为她找个人来保护她了。罗尔顿希望父亲能为消灭巨人举办一场盛大的酒宴，周边的所有王公贵族、青年才俊都可前来参加。哈尔肯猜到女儿是想利用这事来选择未来的夫婿，便一口答应了。

宴会举行的时候，贝地国内所有的青年才俊都赶来赴宴，当然雅尔哈康也来了。表面上大家是来祝贺杀了巨人一事，实际上是想来一睹公主的芳容。当然其中还有人心存幻想希望能够得到公主的青睐。

酒宴中公主在为所有武士们敬酒时，都会留心观察他们的脚踝。敬了一桌又一桌，那个戴着自己金臂圈的人还是没有找到，公主开始有些焦急了。当她来到雅尔哈康的面前时，一种似曾相识的感觉涌上心头。并且对方表现出来的坚定和镇定与其他人截然不同。公主为了确定他是否就是自己要找的人，刻意去观察他的脚踝，却发现面前的这个人穿着长袍脚踝都被挡住了。罗尔顿一声轻叹，只是礼节性地给他回敬了酒。

雅尔哈康在和公主碰杯时突然问道："公主好像是在找什么？不知在下是否可以帮忙？"罗尔顿的心思被他看穿，顿时羞得满脸通红。索性她假装把酒杯弄掉，酒水洒在了雅尔哈康的长袍上。慌忙间雅尔哈康提起自己的长袍，露出了脚踝上的金臂圈。

公主马上问："原来我的金臂圈真的在你脚上啊？"

雅尔哈康说："这么说是你给我戴上这个金臂圈的啊。"

弄清了真相的罗尔顿激动万分，挽着雅尔哈康的胳膊，把他带到了父王面前，并讲述了事情的经过。

于是哈尔肯便宣布说："这位英雄手刃巨人，拯救了公主，那就是我的女婿了。"

顿时一片欢呼声四起，雅尔哈康也做了自我介绍。大家这才知道他就是赫赫有名的雅尔哈康。哈尔肯也为女儿挑选的这个丈夫很满意，顺势让这个酒宴变成

第十九章　奥丁和他的恩赫里亚

了他们的婚宴。雅尔哈康就这样娶了罗尔顿，从此两人过上了幸福的日子。

就这样一晃过去了好多年。一天，雅尔哈康正在壁炉前烤火。突然从火炉边的地面上出来了一个美女，美丽的鲜花点缀着她的裙摆。雅尔哈康上下打量了一番，正要询问她，她却抢先问道："你想知道为什么在这极冷的北国冬天，而我的裙边还有不凋谢的鲜花吗？"好奇的雅尔哈康点头表示，只见美女一下子掀起了自己的长裙，将雅尔哈康罩在了下面，就这样雅尔哈康被带到了一个前所未见的空间里面。

他们最先来到的是一段云遮雾绕的地方，走过这里顺着羊肠小道来到一片生机盎然的绿地，草地上开满了美女裙边的鲜花。在绿地的尽头是一道千丈飞瀑，但在瀑布流下来的水中还有刀枪剑戟。他们逆着飞瀑来到一条宽广的河道，岸上正有两队人马激战着。看着如此酣畅淋漓的画面，一旁的雅尔哈康有些激动，也想上前去助阵。他问身边女子："这都是些什么人啊？"

那女子答道："他们都是人间的英雄，在阵亡后来到这里，在享受美人美酒之余，仍在不停地征战。"

雅尔哈康道："死后还有这么多志同道合的人陪着，真是一大幸事。"说完这话，雅尔哈康渐渐恢复了意识。等他真正醒来时，发现自己依然坐在壁炉前。原来那个美女就是奥丁派来的女武神，而他去的地方就是彩虹桥和瓦哈拉神殿。雅尔哈康知道这是奥丁给自己的警示，于是他立刻带着妻子回国准备征战。归途中，他又看到了那个帮了自己无数次的独眼老者，便下令靠岸，亲自将老者请到了船上。在接下来的几天里，老者用棋子来教他排兵布阵，还送给他一套弓箭，并说道："现在你有了这些，任何人都伤害不了你，除了你自己。你所到之处都会战无不胜攻无不克。"

从此以后，雅尔哈康不管到哪里都没有打不赢的仗。在打败了数国后，他又想起了曾经让自己战败的瑞典国王沃尔夫。现在的雅尔哈康已今非昔比，他很轻松地取得了沃尔夫的项上人头。之后，他还为这个自己最强劲的敌人进行了风光厚葬。

豪爽的雅尔哈康并不为了一己私利而掠夺战败国的钱财和土地，他这样不停征战只是为了胜利和为奥丁输送恩赫里亚。所以在打败沃尔夫后，他就离开了瑞典。因为雅尔哈康对不惧生死的勇士很是欣赏，所以他和沃尔夫的弟弟霍尔德义结金兰，这时丹麦和瑞典可以说是强强联手。他们之间建立了深厚的友谊，以致在霍尔德听到雅尔哈康在征战中去世的谣言后，命工匠炮制了一口深达十英尺的巨型酒缸，并在里面装满了烈性蜜酒，以慰兄弟的在天之灵。在祭祀仪式上，霍尔德亲自在巨型酒缸边为朋友敬酒。却不想悲愤交加的他一失足竟掉进了酒缸中。当侍卫捞他上来的时候，霍尔德已经死去。

在外征战的雅尔哈康得知了霍尔德去世的消息，悲痛不已。而屋漏偏逢连夜雨，雅尔哈康的妻子也因突发疾病过世，一时间同时失去至亲和挚友的雅尔哈康只能用征战来缓解自己的伤痛，他想让自己在征战中轰轰烈烈地死去，可这样也无法满足他。因为他征战的那些国家不是震慑于他的威严不战而降，就是在奥丁魔法的保护下无法杀死他。

就这样，雅尔哈康人生的三大支柱：知己、爱人、敌人都破灭了，顿时他觉得生活了无生机。雅尔哈康现在的这种孤独寂寥感是常人无法感受到的。不管是在什么方面他得到的都是最好的，可现在他却认为自己一无所有。尽管他为自己的死设计了各种壮烈的死法，却都毫无用处。后来他突然想起独眼老者的话：没有谁能杀得了你，除了你自己。他知道只有自己杀了自己，这一切的烦恼才能随风而逝。于是，他为了报答奥丁对他的恩赐，选择了自杀，死后便飞升到瓦哈拉神殿成了一名恩赫里亚。

终生孤独的斯卡德肯挪威国王阿尔法有个女儿名叫奥丽尔，这位公主生得甚是漂亮，赢得了许多少年英雄的垂怜。渐渐地，一个名叫斯卡德肯的霜巨人听说了她的倾城容貌。这个巨魔就爱强抢民女。他有着像章鱼一样的八条手臂，并且八只手能同时运用自如，即便是一个军团的人都不是他的对手。所以在他闯入王宫想要抢走公主的时候，皇室卫队根本奈何不了他。那些卫兵就像是苍蝇、蚊子一样被他打得半死。看到奥丽尔公主的他，急忙把公主搂在怀里，强行占有了她。

第十九章 奥丁和他的恩赫里亚

完事后扛着公主大摇大摆地离开了。

无计可施的国王阿尔法只好向雷神索尔祈祷。听到祷告后的索尔马上追击斯卡德肯。在索尔靠近巨人时，因为他还在调戏公主所以没有一丝的察觉。索尔就从巨人的身后用雷神之锤直劈他的脑后，巨人当场就死了。随后索尔将惊魂未定的公主送回了国。

没过多久奥丽尔发现自己怀孕了。阿尔法认为这是对自己以及国家的侮辱，要女儿把胎儿打掉，但奥丽尔却执意要生下来。阿尔法虽是一国之君，但也是一个父亲，见女儿如此坚持，也就只好随她了。不久奥丽尔生下一个男婴，取名为斯多尔克。

因为斯多尔克身上流有巨人的血，所以从他生下来就比别人高大健壮。他生性爱冒险，所以在他少年时期便离开了王宫开始了成年人的海盗生活，最后他成了伟大的"战齿王"哈拉尔德手下的海盗船长。斯多尔克不仅传承了父亲的体型和武艺，同时也遗传了父亲好色的本性。但不同的是，一般的庸脂俗粉根本入不了他的法眼，他的要求很高。在一次讨伐冰岛的战争中，他抢了冰岛的公主沃丽，可不曾想公主竟然真的爱上了斯多尔克，还在不久后为他生了一个儿子。斯多尔克给他取名为斯卡德肯。

后来斯多尔克和沃丽在岸边休整时，被沃丽的兄弟逮到了，他们看到自己的妹妹给敌人生下了孩子更是恼火，一气之下放火烧死了他们。因为当时斯卡德肯上岸去洗澡了，才躲过了这一劫，后来他被哈拉尔德收养，成了一名战士和吟游诗人。他将哈拉尔德的一生战绩编成歌谣四处传唱，还和哈拉尔德的外甥陵义义结金兰。

后来哈拉尔德在战争中去世，随即丹麦的领土被瓜分。斯卡德肯只好和陵的信使普拉尼之子维克尔继续他们的海盗生涯。有一次，他们在海上遭遇了好多天的大风暴雨，他们觉得这是天神发怒，需要向奥丁献祭，否则只有死路一条。这时他们在海上已经停留了数日，自己吃的粮食都没有了，拿什么来献祭呢？于是他们认为他们之中将有一人被吊死来献祭，而要吊死的这个人由上天来决定，就是通过抓阄儿的方法。却没想到是维克尔抓到了，虽然大家都十分不愿意，但还是决定明日执行。

到了晚上，睡梦中的斯卡德肯被普拉尼的亡魂唤醒，跟着他来到了一个虚无缥缈的地方。在那里有一棵参天大树，旁边围着十二块巨石，在十二块石头上分别坐着一个人。其中一个手握大锤的红髯大汉正恶狠狠地看着自己。当听普拉尼叫奥丁的时候，斯卡德肯这才意识到自己的魂魄已经被带到了阿斯加德。

奥丁开口道："今天让大家来就是想听听大家的意见，该如何决定斯卡德肯的命运。"奥丁的话音刚落，那个红髯大汉便说道："他的祖父是那个可恶的老巨人，像他这样道德败坏的人的后代，我认为应该立即斩杀。"

这时斯卡德肯也意识到这个大汉应该就是当年杀死自己祖父的雷神索尔。奥丁说："可那已经是几代前的事了。再说这个孩子不仅骁勇善战，还为我们输送了不少的恩赫里亚。我觉得不仅不应该杀他，还应该延长他的生命，让他更好地为我们服务。"

索尔嚷道："我们也不能对他听之任之，别让他跟他的祖父一样祸乱人间。在他的这一生中如果做出三件恶事，就人神得以诛之。"

奥丁："既然他满腹诗书，就让他做个吟游诗人吧。当然他还会得到最锐利的武器和最坚固的甲胄，成为一名伟大的战士。"

索尔："但他却永远无法拥有一寸不动产，永远无法建立自己的国家，一辈子只能流浪天涯。"

奥丁："他会得到很多的金钱。"

索尔："即便如此他还是要忍受缺衣短食之苦。"

奥丁："打仗的时候他可以力敌万人，做个常胜将军。"

索尔："但他也要为此付出沉重的代价。"

奥丁："各国的王公贵族都会邀请他，成为他的朋友。"

索尔："但他却得不到一点的民心，所有的百姓见到他就像是躲避瘟神一样，让他得不到一点的帮助，并且他的一生中的大部分时间都将在孤独寂寞中度过。"

第十九章 奥丁和他的恩赫里亚

就这样斯卡德肯的一生被设定了轨迹，奥丁和索尔谱写出命运篇章，交给命运三女神织结命运之网。一旁的斯卡德肯眼睁睁地看着自己的命运被别人导演着，也是百感交集。最后奥丁让斯卡德肯返回船上，并对他说："诸神对你的态度你应该看得很清楚吧，只有我在为你争取利益。所以，明天你不能阻止他们把维克尔献给我。"无奈的斯卡德肯只能答应。临走，奥丁把一根芦苇递给了他。

第二天，风暴把大家晃醒了。船上的人对让维克尔献祭这一事几乎都不愿意，可又怕惹怒了奥丁，所以大家想了一个折中的办法，把维克尔象征性地吊一会儿就算是献祭了，于是，他们顶着风雨在一个小岛上停了下来，找了一棵不是很高的杉树，选了一根很细的枝条，在维克尔的脖子上套上了一根细细的牛肠子，还绑的是个活结，并在他的脚下放了一个大酒桶，就这样象征性地给奥丁献祭。按照礼仪，斯卡德肯将手持芦苇秆碰触维克尔的胸口，并喊道："主神奥丁，我们现在把他奉献给你。"

可谁知话音刚落，这枝芦苇秆瞬间就变成了一把投枪，尖锐的枪头穿透了维克尔的胸膛。并且在这时，矮小的杉树突然长高，柔弱的树枝顿时粗大坚固无比，那根细细的牛肠马上变成了结实的绳索，就这样将维克尔吊在了半空。原本只是想装样子，没想到现在却成了真的，维克尔真的被献祭给了奥丁。

斯卡德肯亲眼看着自己的朋友被献祭，他才明白从此时开始他的一生已经被奥丁和诸神控制了。他觉得此时的自己如此令人厌恶，虽然周围任何人都没有说什么，但看他们的眼神，足以看出对斯卡德肯的鄙夷。这时风暴终于结束了，斯卡德肯知道自己已经不能和这些同生共死的兄弟一起回国了。他知道没有人会原谅他，他便独自开始了流浪的生活。

他流浪在各国之间，为国王出谋划策征讨其他国家。他也会为那些野心勃勃的人充当赏金猎人，替他们报仇雪恨。只要有利可图，不管有再大的风险，他都会去做。他把爱尔兰的国库洗劫一空，获得了"海盗王"的称号，他把抢来的财宝装在船上，却不料船只触礁沉没，所有的财物沉入了海底，没办法他只好投靠乌萨拉国王菲罗兹，为他效命。对斯卡德肯的到来菲罗兹很是高兴，因为他有勇有谋所以十分器重他，给了他一支舰队让他掌管，以保护海上交通线。可他们之间的友谊在菲罗兹死后就中断了。后来继位的英加尔德骄奢淫逸，沉溺于女色，一点也不像他的父亲。斯卡德肯不愿与这样的人为伍，便离开了这个国家。

对于英加尔德的穷奢极欲，不理朝政，刚开始他的妹妹哈尔嘉还会为哥哥感到羞耻。但时间久了，这样的环境也慢慢改变了她，她也习以为常了。有一次，哈尔嘉在后花园中正巧遇到了正在寻欢作乐的哥哥。看着他们的所作所为，听着他们的缠绵蜜语，哈尔嘉觉得这也挺新鲜刺激的，忍不住也想尝尝禁果。后来英加尔德聘请了一位年轻英俊的金匠进宫打造首饰，哈尔嘉看到后春心荡漾，在金匠的挑逗和诱惑下，他们很快便偷吃了禁果。年轻人旺盛的精力让她变得和他哥哥一样沉湎其中并且无法自拔。

斯卡德肯虽然已经离开了这个国家，但他还在顾念着与菲罗兹的友情。当他得知朋友的女儿竟变得如此不堪之时，很是生气，决定替亡友好好管教管教她。

斯卡德肯秘密回到乌萨拉国，跟随哈尔嘉找到金匠的家，然后就坐在他家的门框上，用帽子遮着自己的脸。金匠看到他还以为是个讨饭者，想把他赶走，却没想到不管他怎么大声呵斥，斯卡德肯都对他不理不睬的，就这样金匠既赶不走他，又关不了门，可他急着跟公主幽会，也管不了那么多了，在欲望刺激下，他们两个就这样大开着屋门当着斯卡德肯的面玩弄起来。公主看到门口的斯卡德肯，觉得有些面熟，有些尴尬地推开金匠，让他把流浪汉赶走。斯卡德肯气得火冒三丈，拔出佩剑。胆小的金匠趁机逃跑。斯卡德肯走到哈尔嘉面前，狠狠地扇了她一巴掌。也就是这一巴掌让她彻底清醒了。自那次之后，哈尔嘉用理智战胜了激情，彻底改变了自己，重新挽回了自己的声誉。

丹麦豪门子弟安格尔有兄弟九人，都是好色之徒。他们都曾听闻哈尔嘉风情万种，安格尔前来提亲，岂料此时的哈尔嘉已经痛改前非，拒绝了这个满脸坏笑的登徒子，就连一向骄奢淫逸的英加尔德也没有正眼看过他。安格尔恼羞成怒，开始用语言羞辱哈尔嘉。

听到这些污言秽语的哈尔嘉不禁为自己曾经的不检点流下了悔恨的泪水。虽

第十九章 奥丁和他的恩赫里亚

然英加尔德荒淫无道，但此刻听到别人在自己面前侮辱自己的妹妹，也不肯罢休，想杀了安格尔，又想到他们家族财大势粗，如果杀了他必会引起战争，而自己又根本不懂领兵作战之道，到时如果真打起来，只有战败的份，所以他只是把他逐出国境。

被放逐的安格尔，厉声说道："我得不到的东西，别人也别想得到。"

不久，痛改前非的哈尔嘉获得了年轻的挪威国王赫尔瓦的青睐，赫尔瓦前来向她求婚，英加尔德和哈尔嘉对他都十分地满意，同意了他的求婚。

听闻此事的安格尔，很是恼怒，哪肯罢休，要去跟赫尔瓦决斗。但他在挑战书上却写的是安格尔兄弟决战赫尔瓦，也就是说应战的时候他们九个兄弟会一起上，并决定在他们结婚后的第一个早晨决斗。赫尔瓦明知这是一场不公平的决战，可却不能不应战。如果退缩就会让那些无赖更加侮辱自己和妻子的家族，并且他还知道自己几乎没有生还的可能，可他还是接受了挑战。哈尔嘉提醒他："既然那个混蛋能够带上他的兄弟，你也可以戴上帮手啊，我想到一个人他应该可以帮助你：那就是我父亲生前的好友斯卡德肯，你可以去求他帮助，我相信他会看在与父亲朋友一场的情分上帮你的。"

随后赫尔瓦便去邻国找斯卡德肯，邀请他能出席他和哈尔嘉的婚礼。斯卡德肯看着朋友的女儿现在也有了好的归宿也很欣慰，但他却拒绝参加婚礼。他对赫尔瓦说："请转告你的妻子，我很为她感到高兴。可对这种吃喝宴乐之事我素来不喜欢，所以你们的婚礼我就不去了，但我会送上自己深深的祝福。"

迫于无奈赫尔瓦只能说出了实情："因为安格尔曾被哈尔嘉拒绝，所以一直对她怀恨在心，现在他以兄弟九人的名义向我发出挑战，如果我不接受，一定会背上懦夫之名；但如果我孤身应战，那是必死无疑。死我倒是不怕，可我就是担心哈尔嘉刚结婚就要经历丧夫之痛。所以，我此次前来是希望你能助我一臂之力。"

斯卡德肯对各种争斗和打杀都比较热衷，并且这种以少敌多更是刺激。他立刻动身和赫尔瓦一起回到了乌萨拉国。国内正在举行盛大的婚礼，邻国的所有王公贵族都前来祝贺，当然也包括安格尔兄弟，只是在这时，他们碍于自己的身份和周围人多势众，不敢轻举妄动。

第二天早晨，赫尔瓦因昨晚贪杯睡过了头，而耽误了决斗时间，斯卡德肯独自一人去了决斗的地方。

到达决战地点，斯卡德肯发现还没有一个人，便坐在那里发呆。没过一会儿，安格尔兄弟如约而至，但他们却没有看到赫尔瓦，只见一个老头坐在他们面前。就吼道："老头，赫尔瓦是不是认怂了？"

斯卡德肯挠着头说："对付你们这些胆小鬼，我一个人足够了。"

安格尔怒道："老家伙，口气还不小，为了不让人家说我们欺负一个老头，我们就一个一个地跟你打。"

说话间安格尔的一个弟弟刚拔出剑，还没有看明白是怎么回事，便被斯卡德肯斩杀了。剩下的八个人见情况不对，将斯卡德肯围了起来。但这些不知天高地厚的家伙哪里是斯卡德肯的对手，当斯卡德肯把安格尔他们九兄弟都杀了的时候，却觉得这胜利来得太容易了。

当年叔叔哈拉尔德被陵打败后，一个叫贺加的诸侯得到了丹麦的大部分土地。丹麦人一向视自由和荣誉为生命，不甘当亡国奴的他们联络前国王哈拉尔德的另一个外甥兼斯科纳国王欧伦，希望他发兵解放他们。

早就觊觎丹麦土地的欧伦一直没有找到合适的借口，借此机会他即刻发兵丹麦攻打贺加，被奴役的丹麦人也是奋起反抗，里应外合，就这样欧伦得到了贺加所拥有的领地。让丹麦人气愤的是欧伦并没有像约定的那样让他们在战后自治，而是比贺加更加贪婪地剥削。

于是，丹麦人又请斯卡德肯来帮忙铲除欧伦。因为斯卡德肯和欧伦在少年时期是好朋友，便于接近欧伦。对于斯卡德肯来说，最空虚痛苦的莫过于刀剑无法饮血，再加上丹麦人出的高价更是让他心动不已。清楚欧伦底细的斯卡德肯知道欧伦最厉害的就是那双锐利的眼睛，而且他的武艺不在自己之下。他那双具有催眠效果的眼睛让人心生畏惧。因此，斯卡德肯决定只有在欧伦卸除一切武装的时候才能一举干掉他，于是一直等待机会的斯卡德肯来到正在沐浴的欧伦面前。

第十九章 奥丁和他的恩赫里亚

然而，身经百战的斯卡德肯在面对欧伦的目光时居然也有些心惊胆战。欧伦看到老友在自己目光面前的窘态便用手遮住眼睛问："老朋友，许久不见啊。什么事这么着急啊？"

趁机靠近的斯卡德肯道："我倒没什么急事，不过你却有祸事。丹麦人出高价买你的人头。"话音还没落下，欧伦就被长剑刺穿了心脏。事后斯卡德肯万分悔恨自己杀掉了信任自己的朋友，他为了不让自己的恶行暴露，更为了泄愤，就杀死了诱惑他杀死老朋友的人。

渐渐地，痛苦、悔恨和迷茫的斯卡德肯迎来了人生的暮年，老态龙钟的他再也无力四处征战，他的光荣事迹也被人们慢慢地忘记了，人们也不再哼唱他写下的光辉诗篇。英雄的最好归宿则是战死沙场，不愿慢慢孤独终老的他只求死在刀剑下。

他想尽一切办法引起别人对他的杀机。每次出门他都会佩带两把长剑，在脖子上挂上刺杀欧伦所得的满满一袋黄金。他希望有贪财者人能杀人越货，这样能减轻他残害好友的罪恶感，他也就解脱了。可是，有谁会对一位弯腰驼背、几近双目失明的老人动杀机呢？即便他对路人恶意中伤，路人还是会怜悯他，甚至送他回家。这一幕幕更是让斯卡德肯生不如死。

一天，斯卡德肯看到有人在街上策马飞奔，就晃晃悠悠地对着马匹走过去。看势不妙的骑手立刻使劲拉缰绳躲避，结果马失前蹄导致自己摔了下来。这人正要发火，看到前方竟然是一位年迈的老人，只能自认倒霉准备离开。

见对方转身要走的斯卡德肯就说道："懦夫，你只会逃避挑战吗？我这样的垂暮老朽发起的挑战你也不敢接受吗？来吧，我们决一死战。你胜了，将会获得至高的荣誉。你还不知道我是谁呢！"然后斯卡德肯就吟唱起他谱写下的盖世之功。

听完老人的自我介绍，骑手知道了这个老头竟然是自己苦苦寻找的杀父仇人。因为这个名叫哈德尔的骑手，他的父亲则是雇斯卡德肯杀死欧伦，却又死在斯卡德肯刀下的幕后主谋。

得知了哈德尔的身世后，斯卡德肯觉得能死在他手中也是死得其所，这样对方即可以复仇又可以帮助自己了却心愿。于是他说:"你杀了我吧,不仅杀了你的杀父仇人,还能取回我谋杀欧伦获得的佣金。"说完他就伸长了脖子,并把佩剑扔给哈德尔,接着又说道:"砍下我的脑袋吧,如果在我人头落地之前,你能从我的头与躯干之间跳过,以后的你就刀枪不入了。"

虽然这个巨人让哈德尔十分害怕,但为父报仇的心理以及重金的诱惑,让他拿起佩剑猛地斩下了斯卡德肯的头。他并没有从斯卡德肯的头和躯干之间跳过去,因为他觉得老奸巨猾、心狠手辣的斯卡德肯不会有如此好心。随后,哈德尔不仅厚葬了斯卡德肯,而且在杀死他的地方竖立了一座丰碑,上面记录着他一生的丰功伟绩。

神秘的圣矛武士布兰修法

日德兰和斯科纳是丹麦王国的两个诸侯国,其中日德兰由希格沃法王统治,斯科纳则是奥特罗娜女王的领地。奥特罗娜对权力有极强的欲望,她精通各类魔法、工于心计。当她得知宗主国丹麦的王后去世后,而国王的独子也就是王位的继承人尚未婚配时,她就想利用自己国色天香的姿色和尊贵的血统成为丹麦国王的妻子,然后再干掉丹麦王子奥格尔,夺取丹麦政权。于是,奥特罗娜女王就操纵了一场超完美的阴谋。

当时,正值妙龄花季的日德兰公主希格利特还待字闺中。尊贵优雅的公主虽然有众多仰慕者,但高傲的她对任何男人都不屑一顾。一天,希格利特的父亲希格沃法给爱女讲述女大当嫁的道理,但希格利特却发誓说:"我的丈夫一定是能吸引我目光的那个男人。"

知道此事的奥特罗娜女王在出访日德兰国的时候拜访了这位公主。这位誉满全球的女王早就让希格利特尊崇备至,如今亲自造访,更是让她荣幸之至。这位渴望早日成熟的公主被奥特罗娜的迷人风韵和魅力深深吸引了。临别前,女王对公主说:"这是我祖上传下来的魔法水,它能让你具有鉴别男人的眼力,用它洗过眼睛后,那些能与你匹配或者忠诚于你的男人就会得到你的赏识;如果那些男人对你心怀邪念或仅贪恋你的美色,他们就会在你的注视下化作顽石;如果有谁动用权势逼迫与你一夜风流，他会在你的注视下变为飞禽。"一直仰慕女王风采的希格利特觉得这魔法水正合她意，便不假思索地清洗了自己的眼睛。

回国后的奥特罗娜给丹麦国王写信。她在信中邀请老国王到自己国内散心，并对他的孤独寂寞深表关心，还委婉地表示希望能分担老国王的孤寂之苦。

随后，她又动之以情、晓之以理地从丹麦王室利益和国家命运的角度提议为王子选亲，并说才貌双全的希格利特是不二人选。

为儿子婚事操碎心和遭受丧偶之痛的老国王在接到女王来信后甚是欣喜。本来他准备续弦的最佳人选就是奥特罗娜女王，但如果贸然求婚遭拒，不仅自己颜面扫地，而且两国关系还会受到影响。不过如今看来，不仅得到了奥特罗娜女王，而且得到了一个巨型嫁妆——斯科纳国。他更是对女王的真知灼见深为佩服，儿女的联姻不仅加强了丹麦与日德兰国的关系，而且更加有利于国家的稳定发展。

丹麦王子奥格尔也在王宫中听说了关于希格利特的花容月貌和她从不正眼瞧人以及用她那带有魔力的眼神来择偶的各种传说。心中好奇的奥格尔决定乔装成普通武士前去求婚。同时，前往斯科纳国进行亦公亦私的国事访问的老国王像往常一样让自己的弟弟特拉孟法亲王管理国内事务。特拉孟法头脑简单，四肢发达，是丹麦最有声望的勇士，他没有任何野心，一心只效忠于丹麦王室。

奥特罗娜女王热情地接待了丹麦老国王的到来，很快二人喜结连理的消息便传得满城皆知，奥特罗娜顺利地坐上了丹麦王后的宝座。

希格利特从不正眼瞧任何男人的传言被一个霜巨人得知后，这个霜巨人决定用魔法骗取公主。他用魔法缩小自己的身形，乔装打扮成女人混进王宫，并找到一份牵马的差事。一天，希格利特被巨人的甜言蜜语骗到了一片密林之中。可巨人想尽办法恐吓诱骗，公主始终没有看他一眼。公主被气急败坏的巨人扛到一个山洞中，他将公主的长发系在自己的手腕上，并编成无人可拆解的魔结。吓得大惊失色的希格利特哀求对方放过自己，惊恐地盯着巨人的希格利特那眼中爆出的火花瞬间把巨人变成巨石，而公主的头发更是牢牢地缠压在巨石之下。

得知公主被拐的奥格尔赶到那片密林中寻找，最终在山洞中发现了无法脱身

第十九章 奥丁和他的恩赫里亚

的公主，公主沉鱼落雁的容貌深深地吸引了他。随即，无法打开魔结的奥格尔只得用剑割断公主的秀发，并表达自己的爱慕之心。可是，哪怕是奥格尔说得天花乱坠希格利特都没有看他一眼，更没有与他说话。

其实，这位英俊的武士不仅让希格利特心中很感激，而且也对他萌生了爱意，但她怕救命恩人在自己的目光下变成石头或飞禽，便没敢看他一眼，矜持害羞的她更是不愿说明自己的爱意。奥格尔觉得自己的自尊心严重受损，便黯然离去。

希格利特在奥格尔离开后迷路了，在密林中游荡了几日后的公主鬼使神差地闯入了奥格尔的领地。希格利特希望丹麦王子能够帮助自己返回故土，可她做梦也没有想到的几天前救自己的青年武士正是丹麦王子。希格利特虽然在密林中遭受很多苦难，衣衫破烂不堪，但还是无法掩盖她那与生俱来的高贵气质，所以奥格尔宫中的贵族妇女坚信她是某个没落贵族的后裔，便热情接待了她，让她服侍王子，希望有朝一日王子能宠幸与她，帮她恢复家族荣光。

得知父亲马上就要再婚，而自己却求爱失败的奥格尔回到了自己的领地。新来的侍女在每次服侍奥格尔时，都会用头巾遮住双眼，这让奥格尔很是疑惑不解。他便对这个不奢望荣华富贵的孤傲侍女心生爱慕，决定娶她为妻。后来在得知此女从不正眼看异性后，便猜测此女应该是希格利特公主。

见到奥格尔的希格利特吃惊地发现他竟然就是在山洞中解救自己的年轻武士。由于害怕自己的目光对奥格尔造成伤害，他在每次见面时都会用头巾遮住双眼。不久后，奥格尔王子马上就要结婚的消息传得人尽皆知，希格利特也不例外，痛不欲生的她却不敢将自己的真实身份告诉奥格尔。

婚礼那天，让众人疑惑不解的是只见新郎奥格尔，却不见新娘的人影。奥格尔解释说，新娘希格利特公主，因受海上风雨的影响耽搁了行程，恐怕会在明天早上赶到。听到此言的希格利特异常惊喜，却又摸不着头脑。婚宴在新娘缺席的情况下直到半夜才结束，众人离席后，奥格尔让手持烛火的希格利特扶他进入洞房。推说头昏的奥格尔进屋后就躺到了床上，并让希格利特把蜡烛送到他面前。趁希格利特毫无防备，奥格尔一口吹灭了希格利特手中的烛火。

黑暗中，希格利特耳边传来了奥格尔温柔的声音："虽然每次与你见面你都蒙上了头巾，但是我还是认出了你就是那山洞中的公主。"纵使在此时，希格利特的双眼还在紧闭着。

　　"你惧怕什么？忌惮什么？亲爱的，睁开双眼看看吧！我可不像霜巨人那样有着狰狞恐怖的面孔和肤表。"奥格尔道。

　　"亲爱的，不是我不愿意看你，而是我怕失去你。我的眼睛曾用魔法水清洗过，对我心怀邪念或者强迫我的人在我的目光下会变成石头或者飞禽。当初我们在山洞见面时压住我头发的巨石就是当初逼迫我的那个巨人，在他变为石头之前，我的头发被他施法绑在自己身上。"听到这些，希格利特的脸上充满了恐惧。

　　然而，奥格尔那争强斗狠、爱冒险的天性又占了上风，他笑道："我怎么可能会和霜巨人有同样的后果？我是爱你的，而他是在威胁你。你的目光一定不会把我变为石头的。"

　　希格利特禁不住奥格尔的一再劝说，也睁开了眼睛。她看见奥格尔用温柔的眼睛注视着自己，并且他也没有变成石头，不由得喜极而泣。很快，万分激动的奥格尔牵着希格利特的手走入大殿，把这个好消息告诉大家。

　　谁知刚走到众人面前，奥格尔突然变成了一只天鹅。见此情景希格利特惊叫一声，便昏了过去。这天鹅愣住了，停留在希格利特身边哀鸣几声后就飞走了。

　　很快丹麦王子变天鹅的故事传开了。丹麦王室觉得罪魁祸首是希格利特，他们觉得是她故意用魔法加害了王子，便逮捕了她，并将她押解到首都审判。

　　虽然为儿子的事老国王悲痛不已，但他并不认为是希格利特有意加害。为了不破坏两国的关系，他邀请了希格沃法也来到王宫，并表明了自己的想法："虽然议会觉得希格利特有罪，但我并不认同他们的看法，更不想用世俗的方法审判她。我想应该用最公平、公正的雷神来处理此事。那时如果她真的是无辜的，就会有守卫阿瑟神祠的圣堂武士出来保护希格利特，并战胜禁军教头特拉孟法亲王，这样的话，我不仅会收她为义女，还会把她赐婚给拯救她的圣堂武士，以此来作为她失去丈夫的补偿。"

第十九章 奥丁和他的恩赫里亚

希格沃法告诉了女儿国王的决定，并安慰她说雷神是最公平的，一定会还她清白。对于审判一事希格利特并不担心，因为她坚信阿瑟众神会站在她这一边。

审判当日，大家在海边正在对希格利特进行审判，就在这时海面上来了一只白天鹅，它还带来了一艘船。船中坐着阿瑟神祠中的圣矛武士布兰修法，只见他头戴金盔身披金甲，十分英俊潇洒。还没等船停稳布兰修法就飞身上岸，来到丹麦国王面前，先向国王行礼，然后高呼："陛下，希格利特公主是无辜的。现在我可以用我手中的圣矛来证明。如果谁不相信，就来和我一决胜负。"

听此，国王便命令丹麦最勇猛的武士特拉孟法亲王和布兰修法比武。布兰修法手持圣矛，没几下特拉孟法亲王就败下阵来。于是，按照先前的约定国王宣布希格利特无罪释放，并收她为义女，还成全了她和布兰修法的婚姻。

因为布兰修法的到来让王后奥特罗娜很是不安。她害怕自己的夺权计划会被布兰修法搅黄。当她注视勇敢、英俊的布兰修法时，却发现对方其实也正在盯着自己，他的眼神好像能看穿一切，这让她不寒而栗。

布兰修法将目光收回，来到了希格利特的面前。布兰修法那独特的气质深深吸引了她。他威严却又亲和，华丽但不张扬，甚得希格利特的喜欢。她用自己的眼睛深情地望着布兰修法，而布兰修法回应她的也是炽热的目光，可他并没有因此而石化或兽化。希格利特从他的眼神中感受到了无比的温暖，好似春风拂面般。

布兰修法托起希格利特的脸颊，在她的双眼上轻轻一吻，然后在她耳边轻声说道："以后你再也不用害怕自己的眼睛会让人石化或兽化了，并且我保证对你施魔法的人将来一定会得到报应的。"

布兰修法还对希格利特说："可是关于我的身份来历是我必须要遵守的秘密，如果你愿意嫁给我，就请不要问我这些问题。"

"你的过去我不需要知道，我们的爱情才是最重要的。过去已经过去了，没必要理会，我们要为未来而活。"看着希格利特坚定的眼神，布兰修法相信了她。很快国王就为他们举行了盛大的婚礼，王后亲自为希格利特梳妆打扮。她问道："现在你认识了布兰修法，那你还会想念之前的奥格尔吗？"

对于这个问题，希格利特没有一点要回避的样子，她直言道："自从见了布兰修法，我的整颗心都已经被他填满，我是真的很爱他。而回想起奥格尔，就感觉是在回忆几天前的梦一样，那么地模糊不清。"

"在任何方面布兰修法都比奥格尔强，但有一点不太好。"王后故意吊起希格利特的胃口。

"是哪一点呢？"希格利特追问。

"那就是他的出身了。为什么他不愿意将自己的身世告诉大家？是因为他有着不可告人的低下血统，还是他根本就是敌人派来的卧底？或者是你们的仇家，想来伺机报复？现在你们都要结婚了，你们就是一家人了，还有什么好隐瞒的呢？"

希格利特思考了一会儿说："你看他的言辞、气质、武功，肯定不会是低下血统的人能有的。再说保持一定的神秘也没什么不好啊！"虽然希格利特嘴上这么说，但奥特罗娜能够看出她的紧张，她知道自己的目的达到了，便什么也不再说了。

婚后的希格利特和布兰修法很是幸福，但随着在一起的时间越久，希格利特觉得布兰修法的神秘对她来说越来越成为一种折磨。她越来越想弄清楚自己的丈夫到底是谁？他是哪里的？以前他是干什么的？这种强烈的欲望一天比一天加重。她经常想：既然我已经是你的妻子了，还有什么好隐瞒的？为什么你就不能坦言相告呢？所以在以后的日子里希格利特常常旁敲侧击地询问布兰修法身上的这些谜团。

时间一久，布兰修法知道必须要说出实情了，不然妻子就会永远这样无休无止地纠结。于是，他对希格利特说："你想知道的我都会告诉你，并且所有人都会知道，因为我会当着国王的面说出我的身份、来历。"

第二天，布兰修法顶盔戴甲，手持圣矛来到了王宫大殿，就像当年他刚出现在众人面前时一样。他神色凝重地对着众人说："今天我就会告诉大家我的身份。我是圣堂武士的首领，人们都称我为圣矛武士。我来自供奉了阿瑟诸神神像和圣物的圣城赫尔格。奥丁的圣矛就是我手中的武器，我的职责就是守护雷神的酒角。

我在人间游荡时也会帮雷神完成他所赋予我的任务。但我曾经发誓要保守这一切的秘密，一旦泄露，圣物和守护者就不能再停留人间。现在我没办法再对我的妻子有所隐瞒，所以今天我就当着大家的面给她一个合适的答案。"

布兰修法悲痛地对希格利特说："亲爱的，我要走了。"希格利特哭着哀求着拉着他的衣袖，希望他不要走。但布兰修法挥动手中的圣矛割断了自己的衣袖，跳上了船。这时悲伤过度的希格利特已经昏迷了过去。

在船上布兰修法大声说："在我走之前，还有最后一件事要做。奥特罗娜，你凭借着自己卑鄙的手段当上了王后，诱骗希格利特使用了你的魔法药水。之后你又借希格利特的手杀害了王子，让她承受了不应该的痛苦和审判。这样下去，几年后老国王去世，没有人继承王位，而你就能实现自己的野心了。现在我就把奥格尔王子召唤回来。"说着他挥动手中的圣矛刺死了拉船的天鹅。奥特罗娜王后也惨叫一声气绝身亡。而那被刺的天鹅又变回了奥格尔王子，他飞奔过人群，一把将昏倒在地的希格利特拥在怀中。这时从天上飞来了一只巨隼，抓起纤绳将布兰修法和大船一起带上了天空，消失在茫茫天际中。

第二十章 「诸神的黄昏」

第二十章　诸神的黄昏

诸神的黄昏指的是阿瑟诸神的劫难之日、灭亡之时，也是世界末日。神魔将在这时进行最后的决战，这也是新世界浴火重生的契机，这是冥冥中注定的，是一场辞旧迎新的悲喜剧。自从洛基被众神逮捕后，他们便知道黄昏之时已经快到了。

当初众神建立阿斯加德、给众神编排等级时洛基封为十二正神之一，并让他住在阿斯加德，这是错误的起点，从这时开始就注定了悲伤的结局。有时诸神做了错事并造成损失的时候就会让洛基出面摆平，最终和平被破坏了，战争不断爆发。就这样他们在洛基的蛊惑和影响下做出了许多背信弃义的事，渐渐的威信和名誉丧失，甚至最后让圣洁的阿斯加德变成了血污的不洁之地。他们滥用手中的职权，多次背弃自己的誓言，渐渐地形成了贪婪、虚伪、狂躁的性格。自博德死后众神已走下神坛。作为造物主，他们至高无上的权利已经不复存在了。

而此时洛基这一大祸害已被众神所厌恶，并且他仍在不断地制造祸端，事情已经到了不可收拾的地步。后来洛基被逐出神界，他便来到人间，挑唆那些更加贪婪、自制力更差的人类犯罪。后来洛基被囚禁了，但他挑起的祸事已无法弥补。

随着众神犯的错误越来越多，魔道对他们也不再那么惧怕。诸神黄昏的事不仅是众神心头的一块大石头，这层阴云笼罩在阿斯加德的上空。

曼尼和苏尔两兄妹驾驭着日月双车，现在却被天狼紧追其后，甚至快咬到他们飘扬的衣带了。他们照亮大地的时间越来越短，他们露面的机会也越来越少。寒冬来临，寒冷和饥荒肆虐着大地，所有的一切都被大雪覆盖着。北方的霜巨人放出了风刀霜剑，致使大地冰封千里。就这样严冬持续了三年，了无去意，反而变本加厉。因为饥荒，人类开始自相残杀，上演了一幕幕丑陋的罪恶。

芬尼尔的母亲名叫安格尔布达，在死域中她为了喂养哈迪、斯古尔、蒙纳卡罗这三匹饿狼，便会用罪犯的尸体。由于这些罪犯实在太多，喂得这三匹恶狼体肥肚圆，只要它们一张开嘴就能在天上映出浓浓的血影。现在它们对日神和月神的追赶更是凶猛。

在世界末日来临之前，地震频发，空中繁星频频坠落。而地狱犬加尔姆和被禁锢的洛基、芬尼尔，随时都有挣脱束缚的可能。因为它们总是把身上的锁链弄得响声震天，这似乎也是在给众神示威一般。

死域的乾坤树已被毒龙尼德霍格啃断，这棵代表着世界的生命之树眼看就要被毁。在瓦哈拉神殿上的红色雄鸡也发出警报。看守彩虹桥碧芙斯特上的海姆达尔看到这些不祥征兆，马上拿起他的号角，对三界发出战前警报。

阿斯加德众神和瓦哈拉神殿的所有恩赫里亚为了迎战魔界大军，纷纷穿戴好自己的装备，跨过彩虹桥，来到阿斯加德郊外的伊达沃特平原上，摆好阵形。在这时，之前一直蜷缩在海底的伊门格尔毒蛇也腾空而出，掀起滔天巨浪，爬上地面，向伊达沃特平原进发。而另一边挣脱束缚的洛基和芬尼尔亲自率领穆斯贝尔海姆的火巨人苏尔铁尔和他的儿子们也纷纷而至。还有一路是从北极来的霜巨人族，他们乘坐着一艘巨舰扬帆而来。这巨舰的桅杆如果让一个普通人来爬上去恐怕需要用一辈子的时间也未必能爬上，在甲板上如果想要送信还必须要骑马才行。

死亡女神海拉带着她的地狱犬加尔姆和啃穿了乾坤树树根的毒龙尼德霍格也一路赶来。海拉坐着一艘用死人指甲做的船，而她的那条毒龙一出地下城就展翅飞向战场上空，在它的翅膀上满是滴着毒液的毒蛇和散发着恶臭的死尸。这些人在洛基的带领下来到伊达沃特平原。火巨人苏尔铁尔举起他的真火之剑，顿时天空变成了一片血色。

虽然众神对这一刻的到来早有准备,但现在很显然他们成了弱势群体,因为现在奥丁只剩一只眼,铁尔只有一只手,弗雷尔也没有了他最厉害的武器,即便如此,众神却没有丝毫的惧怕,仍是斗志昂扬。奥丁提前来到沃达尔圣泉旁,想从命运三女神那里得知战争的结果,可当他看到缄口不言的三女神和她们身边的一张破网,便知神界必败,但他却一点不死心、不害怕奔赴了战场。交战双方分别是阿瑟神族、瓦纳斯神族和众多恩赫里亚和神界的叛徒洛基、火巨人苏尔铁尔家族、海拉和恶灵军团、毒龙尼德霍格、地狱犬加尔姆、众多霜巨人、苍狼芬尼尔和毒蛇伊门格尔。整个战场都被芬尼尔喷出的火焰和毒蛇伊门格尔喷出的毒雾弥漫着。

双方不共戴天,没有任何叫阵,便直接开打起来。奥丁对付芬尼尔,铁尔对付地狱犬加尔姆,索尔对付毒蛇伊门格尔,海姆达尔对付洛基,弗雷尔对付苏尔铁尔。其余众神和恩赫里亚们也开始和敌人互相厮杀着。

如同之前多次预言众神战败的结局一样。在和奥丁搏斗时,芬尼尔非常灵活地躲闪着,奥丁根本伤不到他。而在战斗中芬尼尔的身躯也随之越来越膨胀,最后他一张开嘴,上颌顶天,下颌着地,一口将奥丁吞了下去。众神看到主神被吞,却只能眼睁睁地看着,根本抽不出身。勇猛的弗雷尔因为求婚时把武器送给了霜巨人,没有了趁手的武器,所以在他的鹿角被砍断后,死在了苏尔铁尔的真火剑下。

倒是海姆达尔略占上风,然而就在他把洛基劈成两半后,被垂死挣扎的洛基用斧头砍掉了头颅。他们二人同时阵亡,加尔姆被铁尔单手持刀剖开了胸膛,但不幸的是铁尔却被地狱犬咬断了脖子。

索尔与毒蛇伊门格尔在大战了数百回合后,将它的蛇头一锤砸碎,但却被它的毒血毒死了。

就在这千钧一发之际,从森林中赶来的威达尔,身形暴长,双手抓住芬尼尔的上颌,一脚踩住它的下颌,就这样把这匹恶狼撕成了两半,也算是报了杀父之仇。此时的伊达沃特平原成了一个修罗场，残尸断臂随处可见。虽然苏尔铁尔刺死了弗雷尔，但他自己也受了重伤，也因为这个伤口让他狂性大发，扬起他的真火剑一阵乱砍。瞬间，烈焰吞噬了天、地、冥三界，代表生命的乾坤树也燃烧起来，大地被烧为一片焦土，慢慢地沉入沸滚的海水中。这就是世界末日了，整个世界都被苏尔铁尔造成的大火烧成了灰烬，与此同时所有的善与恶也一并被烧毁，整个宇宙笼罩着一片黑暗。苏尔铁尔也算是在临终前做了一件好事，大火烧毁了一切，所有的善恶一起消失。就这样海水淹没了阿瑟众神辛辛苦苦创造的世界，整个世界又重新回到了创世之初的混沌与黑暗中。就这样不知过了多少个世纪，海水的温度慢慢下降，大地也重新浮出海面，经过洗礼后的世界，变得更加清新美丽。太阳女神苏尔之女秉承母亲的遗愿，将沉在海底的太阳车打捞起来。于是大地又重新恢复了生机，有了阳光的照射，花草树木也从土壤中偷偷钻了出来。

从智慧之泉出来了一男一女，他们彼此牵着手来到了绿意盎然的地面，他们成了这新世界的见证者。威达尔经过地狱之火和沸腾海水的淬炼后脱胎换骨，变得更加强大。他重回伤心之地——伊达沃特平原，在那里遇到了索尔的儿子马克姆，在那里他还捡到了索尔的米尼奥尔神锤。博德和双目失明的霍都也死而复生，他们之间已经放下隔阂，放下了所有的罪孽，现在全新的世界已经降临，光明和温暖重回大地。